KB008454

러브 머신

2015년 6월 02일 초판 1쇄 발행
2015년 6월 22일 초판 2쇄 발행

지은이 이정숙
발행인 이종주

기획 박지해
편집 권영은

발행처 (주)로크미디어
출판등록 2003년 3월 24일
주소 서울시 용산구 원효로97길 46 5층
Tel (02)3273-5135 Fax (02)3273-5134
E-mail romance01@rokmedia.com

ⓒ 이정숙, 2015

값 9,000원

ISBN 979-11-255-8882-5-03810

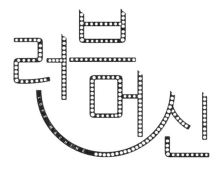

러브머신

LOVE MACHINE

이정숙 장편소설

romance story
Renee

contents

could hear something
ous crash that shook
followed by another. ?
filled his nostrils, coming fr
can't reach
ed himself to swallow down hot bile
Got to block them out . . . *can't* reach
Sam thought back, desperately searc

프롤로그 - 눈물의 의미

모든 일은 그 저주받을 '눈물'로부터 시작됐다. 그리고 눈물은 바로 욕망의 씨앗이 됐다.

"야, 명노은! 너 왜 이렇게 예의가 없어?"

환은 평소 회식에 잘 참석하지 않았다. 오늘도 전체 회식이 있으니 꼭 참석해 달라는 팀장급들의 요청이 있었지만 내키지 않았기에 늘 그렇듯 무시하려 했다. 하지만 문득 호기심이 도는 일이 있어서 2차가 이어지고 있는 이 호프집까지 왔다.

그런데 넓은 호프집의 한쪽에서 약간의 잡음이 일었다. 환이 흘끗 쳐다보니, 직원들 사이에 약간의 마찰이 있는 모양이었다. 딱 보기에도 술에 취해 진상 짓을 벌이고 있는 남자 직원이 원인 제공자 같았다. 그 앞에서 눈을 똑바로 치뜨고서 남자 직원을 노려보고 있는 예쁘장한 얼굴의 여자가 그의 심기를 거스른 듯했다. 명노은, 환의 호기심 대상이다.

"본부장님, 뭘 그렇게 보세요?"

"저쪽, 안 시끄러우십니까?"

"아, 제작 1팀이네요. 그냥 두세요. 술이 들어가다 보면 마음에 담아 둔 얘기들이 나오고 한두 마디 싫은 소리도 쏟아지는 거죠. 직장인이란 게 다 저러면서 쌓인 스트레스를 풀고 하는 거 아니겠어요? 그거 아세요? 상사가 괜히 중재한답시고 저런 자리에 끼어들면 미움받는답니다. 그런데 아까부터 한 잔도 안 드시네요. 제 잔도 안 받으실 건가요?"

마치 자신의 잔을 안 받고는 못 배길 거라는 듯, 미모의 마케팅 1팀 팀장이 얼굴에 자신만만한 미소를 지었다. 상체를 굽히고 있어서 열린 블라우스 사이로 가슴골이 훤히 다 드러나는 적극적인 자세였다. 하지만 환이 그 어떤 표정 변화도 없이 목석 대하듯 고개를 돌려 버리자, 그녀가 후후 웃곤 손으로 턱을 괴고서 달짝지근한 미소를 흘렸다.

"뭐, 술이 안 받는 날이 있을 수도 있죠. 그런데 본부장님 이상형은 어떻게 되세요?"

"이상형이라."

환은 고개를 삐뚜름하게 하고 심드렁하게 중얼거리더니 피식 웃었다. 그러다 강렬한 시선을 어딘가로 던졌다. 그 시선 끝에 닿은 얼굴, 노은은 현재 갈색 눈을 치뜨고서 누군가를 노려보고 있었다.

하필이면 회사 생활 1년 동안 가장 저를 괴롭히던 망나니 선배가 바로 앞자리였다. 안 그래도 회식만 하면 광속으로 더 미치는 인간인데, 오늘은 아예 자리를 옮길 때마다 지척에 따라 붙었다. 피한다고 해서 피해지는 게 아니었다. 술김에 평소의 앙갚음을 하려는 게 눈에 보였다.

도대체 자신에게 뭐가 그렇게 불만인 건지 사무실에서뿐 아니라 회식 자리에서까지 그녀를 못 잡아먹어 안달이었다. 사실상 따지고 보면 모두에게 민폐 타입이긴 했지만 특히 노은에게 더 지질하게 굴었다.

노은은 최대한 흥분하지 않으려 애쓰며 되물었다.

"제가 무슨 예의가 없다는 건가요?"

"야! 몰라서 물어? 회식 자리에 오면 남녀불문하고 선배가 굳이 안 시켜도 후배가 술을 따르는 게 예의지! 내가 이런 거까지 하나하나 다 알려줘야겠어? 하여튼 요즘 여자애들은 이게 문제야. 사포처럼 뻣뻣해서 어디 하나 고분고분한 게 없어. 왜? 따르기 싫어? 야, 술 따르는 데 쓸데없이 거부감 같은 걸 가지니까 일이 커지는 거 아냐. 그냥 잔 비었으면 채운다고 생각해. 여자가 돼서 그것도 못해?"

"잔이 비었으니 채운다고요? 제가 어릴 적 엄마한테 자주 들은 말이 하나 있어요. 넌 손이 없어, 발이 없어? 갑자기 지금 그 말이 생각나네요."

"뭐? 너 지금 뭐라고 했어? 이 계집애가 감히 선배 무서운 줄 모르고 어디서 고개 뻣뻣이 들고 또박또박 말대꾸야! 네가 이러니까 사랑 못 받는 거야, 알아?"

"저 계집애 아닙니다. 그리고 사랑해 달라고 구걸한 적도 없고요. 그보다 여자한테 술 따르기를 강요하는 것도 성희롱이란 건 아세요?"

"이게 진짜!"

남자 직원이 술잔을 확 치켜들었다. 그대로 노은에게 확 뿌리려는 순간 누군가가 그 손목을 꾹 잡아 눌렀다. 남자 직원의 진상 짓에 눈살을 찌푸리던 주변 직원들이나 노은이 놀라 휘둥그레진 눈으로 한 곳을 쳐다봤다.

"누가 그러더군. 상사가 괜히 중재한답시고 이런 자리에 끼어들면 미움받는다고. 하지만 날 미워하진 말고, 더 싸우지도 말았으면 하는데."

더없이 부드럽게 협박하고 돌아선 사람은 분명히 이환 본부장이었다. 그의 날카로운 시선이 진상의 얼굴을 예리하게 훑는 것도 같았다. 노은을 포함한 모두가 조용해졌다. 몇몇 여직원들의 눈은 하트가 튀어나올 것처럼 빛났고 노은은 그냥 놀랐다. 그 틈을 타 여자 동료들이 노은에게 이 기회에 잠깐 피해 있으라는 듯 눈짓을 줬다.

"너 두고 보자. 회사 생활 아주 편해질 거야!"

노은은 여전히 자신을 죽일 듯 노려보며 헛소리를 하고 있는 진상을 두고서 호프집을 나왔다. 뺨에 와 닿는 바람이 꽤 서늘했다. 마치 진상 선배를 시기적절하게 제압하던 순간 보였던 이환 본부장의 눈매처럼.

역시 직장인에게 가장 무서운 건 윗선이다. 분명 도움을 받

있는데도 왠지 으스스 닭살이 일어 몸이 흠칫 떨렸다. 이환 본부장. 작정하면 뼛속까지 남을 시리게 만들 수 있는 남자였다.

아무튼 이환은 이환이고. 어차피 다들 취하는 회식 자리였다. '너는 떡, 너는 개, 나는 쓰레기.' 각자 인간 본연의 솔직한 모습으로 돌아가는 곳인데, 그냥 술 몇 잔 따라 주면 될 걸 뭘 그리 잘났다고 고개 빳빳이 들고 대응한 건지. 화가 나는 만큼 후회도 일었다.

하지만 그녀라고 처음부터 빳빳하게 군 건 아니었다. 안 그래도 평소에 그녀를 괴롭히지 못해 안달 난 인간인데 좋은 게 좋은 거라고 잘 넘기고 싶었다. 그래서 처음엔 술도 받아 마시고, 몇 잔 따라 주기도 하고, 핀트가 어긋난 재미없는 농담에 웃어 주기도 했다. 그런데 슬슬 취기가 오르자 갑자기 뭘 해도 꼬투리를 잡고 시비를 걸어 왔다. 그러다 완전히 취하자 아예 명령조로 나왔다.

"야! 따라! 술도 안 따르고 뭐 하는 거야? 똑바로 안 할래?"

술집 아가씨로 취급하자 결국 노은의 인내심이 폭발했다.

"지질하긴. 고분고분하게 맞춰 주면 꼭 그렇게 오버를 하지."

입사 직후 사수로 소개받았을 땐 이 정도인지 몰랐다. 처음엔 후배를 아끼는 멋진 선배인 척하더니, 몇 번이고 그녀의 카피가 그의 것을 누르고 좋은 반응을 얻자 그때부터 이상해지기 시작했다. 일을 못 하도록 교묘하게 훼방 놓는 것은 예사고 몇 날 며칠 밤을 새워가며 완성한 아이템을 자기 것인 양 빼앗았다. 게다가 그 문제를 따지고 들면 도리어 선배인 것을 내세워

큰소리를 쳤다.

'그래서 뭐? 네가 했단 증거 있어? 이까짓 게 뭐 그렇게 대단하다고. 나도 처음부터 생각했던 거라고 했어, 안 했어? 똥오줌 못 가리는 걸 기껏 공들여 키워 놨더니 주제도 모르고 선배를 물려고 들어? 야, 너 진짜 회사 생활 힘들어지고 싶어!'

지금까지 당했던 걸 떠올리며 까만 밤하늘을 올려다보고 있는데 일순 울컥하고 올라온 눈물이 노은의 뺨을 타고 또르르 흘러내렸다.

"아, 이건 무슨 오버야? 취했어?"

노은은 어이가 없어서 얼른 눈을 문지르며 중얼거렸다. 고작 그런 인간 때문에 울다니 자존심이 상해 펄쩍 뛸 노릇이었다. 하지만 아무리 막으려고 해도 술기운 때문인지, 한 번 터진 눈물은 잘 멈추지 않았다. 하하, 차라리 웃어야 하는데.

이건 억울해서 우는 거다. 어쩌면 취기 탓에 꼭꼭 쌓인 서러움이 폭발한 건지도 모르겠다. 마치, 즐거운 마음으로 고등학교에 입학했는데 바로 옆자리 애가 왕따를 시키는 기분이었다.

가장 가까워야 할 바로 위의 사수가 그녀를 잡아먹지 못해 안달이었으니. 회사라는 공적인 공간 안에서 노은이 할 수 있는 건 그저 참고 견디는 것뿐이었다.

결국 이렇게 서늘한 밤공기에 홀로 내몰려진 순간 막막함을 인정했는지도 모르겠다. 앞으로 대체 얼마나 저 선배를 견뎌야 하는 걸까?

"뚝. 그만 울어. 너 진짜 취했어?"

러브머신

노은은 속상했다. 우는 주사가 가장 보기 싫은 진상 짓이라지만 그래도 어쩔 수 없어서 계속 눈물을 뚝뚝 떨어뜨리고 있는데, 노은의 숙이고 있는 고개 앞으로 갑자기 무언가가 불쑥 내밀어졌다. 그녀의 젖은 눈동자에 의문이 돌았다. 그건 체크 무늬의 정갈하고 고상한 손수건이었다.

울어서 토끼처럼 빨개진 눈을 들어 올린 노은의 입술이 의아함으로 살짝 벌어졌다.

'……누구?'

그녀의 눈앞에 낯익으면서도 낯선 남자가 서 있었다.

길쭉하고 호리호리한 실루엣, 차분한 그레이 빛의 정장이 참 잘 어울리는 남자. 그 남자가 숙이고 있던 고개를 살짝 들자 낯익은 얼굴이 더욱 선명하게 드러났다. 그중에서도 가장 인상적인 건 바로 그 단단하고 강렬한 눈빛이었다. 들이치는 소낙비처럼 세차게 몸이 젖는 느낌, 그런 짙은 눈빛으로 그 남자가 노은의 두 눈을 내려다보고 있었다. 순간 노은은 깨달았다. 아, 이환 본부장님을 참 닮았다.

하지만 그일 리가 없지 않은가. 그가 자신 같은 말단 사원에게 손수건을 내밀어 주고 있을 리가 없으니까. 울어서 눈앞이 흐려졌거나, 아니면 취해서 환각이 보이거나……. 그것도 아니면 아까 본부장님 덕분에 맥주 샤워를 면한 일로 그의 이미지가 강하게 남은 탓일 거다.

"왜 혼자 뚝 떨어져서 울고 있지, 명노은?"

하지만 자신의 이름이 정확하게 귓속을 파고들자 더욱 의아해졌다. 그건 분명 이환 본부장의 목소리였다. 조용하게 퍼지는, 낮지만 힘 있는 울림을 가진 목소리. 순간 노은의 머릿속에 번개가 번쩍 쳤다. 그는 이환 제작 본부장 본인이었다.

"보, 본부장님?"

노은은 반사적으로 벌떡 일어나 섰다. 하지만 너무 갑작스럽게 움직인 탓에 머리가 어지러워 휘청거리고 말았다. 그런 노은의 몸을 환이 재빨리 손을 뻗어 가볍게 받아냈다. 노은의 눈이 놀라 휘둥그레졌다.

"자, 잠깐만요……."

더없이 민망한 자세. 그리고 너무도 가까운 거리. 피하려 했지만 팔이 붙들린 탓에 쉽게 벗어날 수도 없었다. 환의 숨결이 노은의 이마 위로 쏟아져 내렸다. 밤바람과 대비되는 따뜻하게 젖은 숨결과 함께 그에게서 아주 산뜻한 향기가 흘러들었다. 그건 너무 따뜻하고 기분 좋은 느낌이라, 이상하게도 노은은 다친 마음을 위로받는 것 같았다.

아무튼 그건 정말이지 기묘한 사고였다. 도대체 어쩌다가 이런 상황이 된 건지, 알코올보다 더 독한 민망함으로 노은의 온몸에 열이 지펴졌다. 예민하게 그가 인식되고 신경 쓰였다. 그녀의 심장이 놀라움과 두근거림에 쿵쿵 뛰었다.

"놀라긴."

환이 혀를 찼다.

'혹시나 해서 나와 봤더니.'

"기껏 구해 줬더니, 여기서 이렇게 울고 있으면 반칙이지."

탓하는 걸로 생각했는지 그녀가 고개를 푹 숙였다. 순간 환이 허리를 깊이 숙여 그런 노은의 눈을 똑바로 마주 들여다봤다. 빨갛게 짓무른 여린 눈가. 갈색 눈동자는 푹 젖어 있고, 풍성한 속눈썹엔 아직 채 마르지 않은 투명한 눈물이 물방울처럼 반짝이며 그렁그렁 맺혀 있었다. 환은 난감해졌다. 이건 좀, 위험한데…… . 그 맑은 모습에 환의 혈중 본능의 농도가 서서히 올라갔다.

'그런데 본부장님 이상형은 어떻게 되세요?'

'이상형이라.'

마케팅 팀장의 질문에 환은 그 강렬한 시선을 노은에게로 던졌다. 그리고 낮게 대답했다.

'우는 얼굴이, 예쁜 여자.'

...chomping of jaws. T...
...overrun by a pack of r...
...he could hear something...
...furious crash that shook...
...quickly followed by another. T...
...flesh filled his nostrils, coming fr...
...himself to swallow down hot bile a...
Got to block them out ... can't reach ...
Sam thought back, desperately searc...

그놈 목소리

이환, 광고 회사 '공感 기획'의 젊은 제작 본부장. 제작, 기획, 캠페인, 마케팅 등 모든 분야를 총망라하여 관리하는 총책임자로 자세히 알려지진 않았지만 대단한 배경을 갖고 있다는 남자.

명노은, 같은 회사 신입 카피라이터. 입사한 지 막 1년이 지난 햇병아리 말단 사원.

일반적으로 생각해 보면 이환과 명노은은 절대 닿을 수 없는 인연이었다. 실제로도 노은이 발발거리며 바쁘게 뛰어다니다가 저 멀리서, 혹은 회의 때 아주 잠깐씩 그 존안을 넘어다본 적이 있을 뿐이었다.

이환 제작 본부장을 표현하는 말은 단 한마디로 족했다.

'미친 슈트 존재감.' 혹은 '슈트라는 이름의 흉기.'

정장이 그렇게 근사하게 잘 어울리는 남자를 노은은 이환 외에 본 적이 없는 것 같다. 물론 모든 여직원들의 공동 평가였지만, 아무튼 쭉쭉 뻗은 장신과 세련된 잔 근육으로 이루어진 그의 몸은 '이 죽일 놈의 섹시' 그 자체였다.

너그러운 듯하면서도 조금만 더 들어가 보면 매우 차갑고 오만한 성격, 특히 무슨 생각을 하는지 알 수 없는 페일 블랙의 눈동자까지. 그 남자는 갖고 있는 외모와 배경을 포함해 온몸에서 접근 금지의 카리스마를 뿜어내는 사람이었다.

그러니 지금 이 순간 그와 자신이 이런 자세로 엮여 있는 건 명백히 부적절한 접촉 사고 같은 거였다. 얼른 사건 현장을 해결하고 떠나야 한다는 경고음이 노은의 머릿속에서 울렸다.

"죄, 죄송합니다. 그리고 감사합니다."

노은은 최대한의 사과와 감사의 마음을 담아 공손히 환을 밀어냈다. 분명히 그렇게 했다고 생각했지만 여전히 그녀의 몸은 그에게 붙들려 있었다. 왜 그런가 하고 자세히 살펴봤더니 환이 그녀의 팔을 움직이지 못하도록 꽉 잡고 있었다.

"저기……."

"그냥 가만히 있는 게 어때? 꽤 취한 것 같은데."

"아뇨. 괜찮습니다."

노은은 단호하게 거절했지만 하필이면 그 순간 비틀거리는 바람에 팔뚝에서 손목으로 잡을 지점만 변경시켜 주고 말았다. 아니, 사실 이 정도면 잡혔다기보다는 부축을 받는 거라고 보는 게 옳았다. 이럴 거면 단호한 척하지나 말 것을.

"어이, 괜찮아?"

"괜찮다고 대답해도 못 믿으시겠죠. 제 상태가……."

"알긴 아는군."

근사하게 울리는 중저음의 목소리 톤. 하지만 애석하게도 그 안에 담긴 건 비아냥거림이었다.

사실, 그는 원래 그랬다. 그 저음으로 내뱉는 건 대부분 독설이었다. 가끔 그가 참석하는 회의가 있을 때마다 모든 팀원들이 그의 독설에 벌벌 떨었다. 그 독설은 팀원들을 가차 없이 낯 뜨거워지게 만들었고 하릴없이 지옥으로 추락하는 기분이 들게 했다. 제대로 안 하면 물어뜯는다고 해서 일할 때 그의 별명은 '슈트 빨 광견', 사람이 안 취했을 때도 개가 될 수 있단 걸 여실히 보여 주는 아주 드높은 개성을 지닌 분이었다.

다만 오늘은 아직 독설의 '독' 자도 보여 주지 않았지만 그런데도 노은은 그가 두려웠다.

"저기 그런데 손……."

"손 뭐?"

"손 좀 놔 주시겠어요?"

"엎어지면 볼 성 사나우니까 그냥 내가 잡고 있는 게 낫겠어."

"괜찮습니다. 안 넘어질 자신 있습니다."

"그건 본인 생각이고."

노은은 머릿속이 핑 돌았다. 마치 이 남자가 고집을 부리고 있는 것처럼 느껴지는 건 자신의 착각일까? 됐다는데 왜 이렇게 자꾸만 부축해 주겠단 거지? 그걸 진심으로 소리 내어 묻고 싶었지만 더 적나라한 대답이 돌아올까 봐 참았다. 본부장님

앞에서 실수하는 건 이쯤에서 그만하고 싶었다.

그나저나 기분이 묘했다. 잡힌 손목에서 열이 나는 것 같았다. 그의 손은 굉장히 차가웠다. 그런데도 제 손목은 용암이라도 들이부은 것처럼 뜨겁게 느껴졌다. 이 체감 온도의 차이는 대체 어디서 온 걸까?

"어이, 명노은. 정신 차리라고."

"정신, 차렸어요. 아까부터 계속 괜찮다고 말씀드렸습니다. 제 말을 무시한 건 본부장님이셨죠."

"그렇게 생각하고 싶으면 그렇게 해."

생각하고 싶은 게 아니라 그게 진실인 것 같은데. 노은은 말이 전혀 안 통하는 것 같아 답답했다. 무엇보다 그가 자신의 이름을 알고 있다는 게 그 와중에도 매우 놀라웠다. 직원이 그렇게나 많은데 아직 그다지 활약도 못 한 햇병아리 신입의 이름까지 기억해 주실 줄이야. 감격은 감격이고, 그것까지 포함해서 지금 이 순간을 모두 잊어주셨으면 싶었다.

"그런데 왜 울었지?"

노은은 당황스러웠다. 누가 봐도 아까 그 일로 한심하게 홀로 숨어서 울고 있는 패턴이지 않은가. 알고서도 묻다니 성격이 정확한 걸까? 고약한 걸까?

그때 손수건이 다시금 그녀의 눈앞으로 다가왔다.

"닦아."

"괜찮……."

"하긴, 안 닦는 게 나으려나?"

손수건이 다시 환의 양복 안주머니로 들어가자 노은은 멍한 눈으로 그를 쳐다봤다. 얼떨떨한 얼굴로 보자 환이 피식 웃었다.

"그건 농담이고."

다시 손수건을 꺼내서 피할 새도 없이 노은의 눈물을 살짝 닦아 주었다. 다른 한 손으론 여전히 그녀의 손목을 움켜쥔 채로. 노은이 반사적으로 뒤로 물러났다.

"왜, 왜 이러세요?"

"뭐가?"

뭐가라니. 모르는 사람이 보면 엄청나게 다정한 사이로 오해할 만한 장면이었다. 하지만 노은으로선 어쩐지 공포 영화의 한 장면 같았다.

"제가 닦을 수 있어요."

"그래서?"

노은이 낮은 한숨을 흘렸다.

"아닙니다."

저렇게까지 목소리를 착 깔면서 날카로운 눈매로 고집을 부리는데 더 따지고 들 수가 없었다. 부하 직원 독려 기간 같은 것도 아니라면 배려란 건데. 그녀가 보기엔 그냥 독선 같았다. 도통 적응도 안 되고 머리는 어지럽다 못해 깨질 것 같아 노은은 취한 김에 그냥 본부장이 원하는 대로 하게 두기로 했다.

그런데 그때 환이 더 이상한 말을 했다.

"위로해 줄까?"

급기야 노은의 눈동자에 수십 개의 물음표가 그려졌다. 환은 그런 노은의 시선을 피하지 않았다. 그저 머리의 각도를 기울인 채 그녀의 대답을 기다리고 있었다. 노은이 납득이 안 간다는 표정으로 되물었다.

"······왜요?"

하지만 그건 환 자신도 쉽게 대답할 수 없는 부분이었다. 그러고 보니 자신은 지금 왜 이런 말을 하고 있을까? 확실히 위로해 주고 싶단 생각이 앞섰을 뿐 그 이유는 스스로도 알 수 없었다. 그때도 그랬지만 울고 있는 명노은은 강렬하게 그를 끌어당겼다.

"왜 본부장님이 절 위로해 주시는데요?"

생각보다 그녀가 집요하게 나왔다.

"왜? 내가 위로해 주면 안 되나?"

"안 되죠. 그럴 이유도 없고."

"그 이유를 급조해서 만들어 봐야 안 통하겠지?"

"정말····· 뭐라고 하시는 건지."

"그럼 위로는 됐고 이런 건 어때? 네 우는 모습을 계속 보고 싶은데 좀 더 보여 주지 않겠어? 이곳이 아닌 다른 곳에서."

뭔가 유혹 비슷한 제의가 들어왔단 걸 자각한 순간 노은의 생각이 바윗덩어리에 막힌 산길처럼 딱 막혔다. 머릿속에 수십 가지 생각이 들었다. 이것은 본부장님이 취해서 작업 거는 건가? 아니면 나한테 관심이 있었나? 그런 건 일단 다 통과시키고, 지금까지 이환 본부장이 사이코패스일 수 있다는 생각은 해 본 적도 없었다.

"저, 저는 이만······."

왜 그 순간 '사이코패스'라는 단어가 가장 크고 환하게 반짝 떠오른 걸까? 그래서 도망치듯 반사적으로 돌아섰지만 간단하게 환에게 다시 잡혔다. 노은의 심장이 철렁 내려앉았다. 자칫 조절에 실패했으면, '꺄악!' 같은 비명까지 지를 뻔했다. 그 손을 뿌리치려고 했지만 도리어 단단하게 잡힌 채로 환의 바로 눈앞까지 덜렁 옮겨진 노은의 호흡이 흡! 정지했다.

이, 이건 대체······.

심장 소리까지 들릴 정도의 가까운 거리. 당황과 의혹으로 점철된 이 부정의 기운이 그에게 그대로 노출될 것 같았다.

노은은 눈에 힘을 주고서 환을 노려봤다.

"이상한 취미 있으세요? 아니면 지금 저한테 치근덕거리시는 건가요?"

환은 그저 무표정했다. 이 남자의 검은 눈동자는 사람을 홀리게 하는 빛이다.

"심심하세요?"

"아무리 심심하다고 이런 짓을 함부로 하진 않지."

"역시 자각은 있으시군요?"

"오해할까 봐 말하는데 나 술 한 방울도 입에 안 댔어."

"그럼 더 위험하단 소리네요. 저 소리 지를 거예요."

"그 정도로 내가 끔찍한가?"

"······."

대답할 수 없었다. 그게 일순 노은을 약간 분하게 했다.

물론 끔찍하진 않다. 이상하게 약간의 스릴 같은 것도 느끼고 있었다. 지금 저 안엔 수많은 회사 사람들이 모여 있고, 자신은 지금 밖에서 무려 이환 본부장과 이상한 밀고 당기기를 벌이고 있는 것이다. 본질적으로 밀고 당기기를 할 만한 관계 형성 같은 게 전혀 없단 게 문제였지만. 아무튼 이환 본부장님과의 실랑이에 그녀는 지금 약간 흥분한 상태였다. 이 남자의 상태가 어떤 건지 살짝 두려운 것도 포함해서 말이다.

"본부장님은 원래 이렇게 말단 사원에게까지 공평하게 관심을 두시나 봐요?"

그가 피식 웃었다.

"전혀 아니지만, 알고 싶어졌어."

"……뭘요?"

"왜 회식 중에 이런 구석에서 울고 있는지. 아까 그 일 때문인지, 아니면 무언가 다른 이유가 더 있는 건지. 뭐든 말해 봐. 내가 감정의 하수구 역할을 해 줄 테니까."

그가 길게 뭐라고 했지만 노은은 그 말이 잘 해석되지 않았다. 그게 알코올 탓만은 아니겠지? 정말 궁금했다. 이환 본부장이 왜 지금 자신에게 이런 일반적이지 않은 관심과 배려를 베풀어 주고 있는 걸까?

"왜……요? 왜 저한테 그렇게 잘해 주시는 건데요? 왜 감정의 하수구 같은 걸 해 주신다는 건데요? 혹시 취하셨어요?"

'아니면 나한테 관심 있어요?'

'답정녀'란 말이 있다. 답을 정해 놓고 물어보는 여자. 자신도 어쩌면 지금 이 순간 그 답정녀가 아니었을까? 나한테 관심 있어서라는 대답이 돌아오길 은근슬쩍 바라면서 물어본 건 아니었을까?

하지만 그는 그런 차원의 관심은 아닌 것 같았다.

"취하지 않았더라도 여자가 어두운 구석에서 청승맞게 혼자 울고 있으면 눈이 가게 마련이지."

"그렇다고 그걸 좀 더 보여 달라고 하나요, 보통?"

관심이라기보다는 그냥 그의 호기심을 끈 모양이었다. 상당히 철통 같은 호기심일 줄 알았더니 의외로 간단하게 뚫렸다는 게 노은은 좀 재미있었다. 겨우 청승맞게 혼자 운 것 정도로도 그 비싼 눈길을 주셨다니.

"난 우는 여자를 보면 못 지나치거든."

"그러시구나."

"그동안은 용케 꾹꾹 눌러 참는 것 같더니 드디어 터진 건가? 그리고 보면 술이 위험한 게 맞을 지도. 덕분에 난 좋은 구경을 했지만."

노은은 우스웠다. 용케 끊지 않고 마지막까지 잘 듣긴 했지만. 그 말들은 마치 꼭, 그가 평소에 자신을 잘 알고 있었다는 말처럼 들렸다. 지켜보기라도 한 것처럼.

사람을 꽉 붙들고 놓아주지 않는 눈빛, 그 강렬한 빛이 문제였다. 자꾸만 반갑지 않게 그녀의 가슴이 뛰었다. 그리고 그때, 그의 강렬한 눈빛이 잠깐 연한 색으로 풀어져서 약간 연약하게 보인 것도 같았다. 마치 강렬한 남자에서 순수한 소년으로의 변화처럼. 핑 하고 그녀의 머릿속이 어지러워진 순간 환이 천천히 입을 열었다.

"가슴이, 살짝 건드려졌어."

사람을 꼼짝 못 하게 만들어 놓고서 그가 다가왔다.

"여자가 청승맞게 우는 건 딱 질색이거든."

그의 기다란 검지가 노은의 뺨을 스쳤다. 손가락이 닿는 순간 마음이 따뜻해졌다. 노은의 눈동자가 흔들렸다. 밤바람이 차가운 게 문제였다. 살짝 닿은 그의 체온에도 온몸이 따스하게 녹는 것 같았다. 가슴이 살짝 건드려진 건, 그녀도 마찬가지였을 지도 모르겠다. 저도 모르게, 그가 자신을 보는 것 이상으로 그를 강렬하게 바라보았던 것 같다. 어쩌면 욕망을 담은 눈으로 이글이글 타오르듯이.

그에게 몸을 살짝 숙였다. 아니 반사적으로 몸이 툭 기울어진 것 같았다. 천천히 손을 올려 그의 가슴에 손을 대는 순간, 마치 그것이 신호라도 되듯 그의 입술이 그녀의 입술에 겹쳐졌다. 노은은 심장이 저릿해졌고 환의 머릿속은 징 하고 울렸다. 1년을 기다려온 대가 혹은 선물이었다. 덕분에 달콤하고 부드러운 입맞춤은 물 건너갔다. 노은의 작은 머리를 감싸 쥔 채 환은 거침없이 그녀의 입술을 열었다.

아! 하며 그녀가 놀란 듯 빠져나가려고 했다. 하지만 떠지려는 그녀의 눈을 손으로 가리고 뒷머리를 더욱 압박하자 그녀가 곧 자극을 수용하는 것 같았다. 그 입술이 저절로 더 크게 벌어졌다. 따뜻하고 뜨겁고 말랑말랑한 공간으로 혀를 빠르게 밀어

넣고서 도망가려는 그녀의 작은 혀를 단번에 낚아챘다. 집요하게 비비고 얽고 달콤한 타액을 빨아들였다. 자신의 숨결과 타액, 그리고 혀로 그녀의 입안을 강제로 채웠다.

숨이 막힌 노은이 그의 가슴을 때리며 밀어냈지만 그는 단단한 바위처럼 꼼짝도 하질 않았다. 도망가려는 허리를 꽉 끌어안은 채 더 강렬하게 입을 맞췄다.

"이제 그……만! 흐읏!"

노은이 항의하듯 환의 등을 사정없이 긁었다. 결국 그의 숨결이 터졌다. 하지만 그건 통증이 아닌 흥분 쪽의 소리였다. 더욱 거칠고 집요하게 그녀의 혀를 얽어 오는 그의 혀. 도무지 빠져나갈 수가 없었다. 노은은 밀어내고 환은 더 몰아붙였다. 바로 그때 노은의 머릿속으로 어떤 말이 번개처럼 떠올랐다.

이환 제작 본부장의 이상형은 '우는 모습이 예쁜 여자'라고 한다. 당연히 헛소문인 줄 알았는데, 어쩌면 그게 사실일지도 모른다는 생각이 들었다. 그것 외엔, 이 남자가 난데없이 여기까지 찾아와 자신에게 이렇게 강렬한 키스를 하고 있는 이유를 찾을 수가 없었다.

그래, 충동적인 키스! 하지만 딱 거기서 끝나지 않을 것 같은 이상한 예감이 들자 노은은 약간 두려워졌다. 머릿속으로 현실적인 수많은 걱정거리들이 밀려든 건 너무도 당연했다. 이 뒤는 어떻게 하지? 내가 너무 겁 없이 달려든 게 아닌가? 상대는 이환 본부장이다. 그것도 내가 몸담고 있는 회사의!

뭔가가 잘못되었단 걸 깨달았지만 이미 너무 늦은 것 같았다. 모든 게 그렇다. 충동적인 결정을 내렸을 땐 언제나 항상 늦게 깨닫고야 만다.

"아, 잠깐! 하아, 흡! 하……."

그렇게 차갑던 환의 두 손이 지금은 완전히 뜨거워져서 노은의 얼굴을 당겨 더 깊이 그녀의 혀를 빨아들이고 있었다. 등줄기로 알 수 없는 자극이 내달렸다. 입안을 휘젓고 있는 촉촉하고 뜨거운 그의 혀를, 뜨거운 그 손길을, 거세게 부딪쳐오는 힘을 도저히 거부할 수 없었다.

노은은 결국 쾌락에 굴복했다. 참지 못하고 온몸을 바들바들 떨며 그의 가슴에 몸을 붙이자 그의 입술이 떨어져 나가 그녀의 귀로 향했다. 머릿속에 떠오르고 있는 온갖 복잡한 고민 따위, 불안정하게 헝클어져 그녀의 귓가에 퍼부어지고 있는 그의 호흡에 비하면 아무것도 아니었다. 그 거친 숨소리에 머릿속이 어떻게 되는 것 같았다. 그건 마치 뇌를 갉아먹는 어떤 벌레처럼 노은의 뇌를 야금야금 갉아먹다가 심장까지 멋대로 침식하고 들어올 것 같았다.

뇌가 타격받는 건 어쩔 수 없었지만 심장까지 잠식당한 건 놀라웠다. 어쨌거나 지금 그녀는 미친 듯 두근거렸지만 그만큼 만족스러웠다. 대체 왜 이렇게 된 거지? 어쩌다가 이렇게 된 거지? 하지만 한 가지 정확한 건, 이 급격하고도 경솔한 충동에 몸이 뜨겁게 달아오르고 있단 것이었다. 이 뜨거움이 싫지 않단 것이었다. 너무 강렬하게 안아 주는 통에 뜨거움을 따뜻함으로 인식해 버린 것도 같았다. 감각이 환각 상태에서 사기

당한 기분. 그런데 그게 전혀 나쁘지 않았다.

저릿! 하고 전류 같은 것이 그녀의 몸을 관통했다. 그 전류는 그녀의 은밀한 곳에까지 파고들어 뜨거운 뭔가가 질의 내벽을 긁고 흘렀다. 그녀의 민감한 부분이 점점 젖어갔다. 흠뻑 젖어 속옷이 흥건해질 정도였다.

그런 일이 실제로 일어날 줄은 몰랐다. 단지 몇 마디 말에, 몇 번의 눈빛 교환에, 약간의 유혹에 이렇게 간단하게 이성의 끈이 툭 끊어지는 날이 오리라곤 생각하지 못했다. 이렇게 삽시간에 피가 뜨거워져 본능에 휘둘리고 싶어질 줄은 몰랐다.

다행히 그의 입술이 점차 부드러워졌다. 촉촉하게 젖은 입술이 몇 번이고 노은의 입술 위로 와서 부딪쳤다. 다시 그녀의 입술을 벌리고 혀를 부드럽게 핥았다. 타액이 넘어오고 넘어갔다.

환의 손길은 은밀하면서도 다정했다. 그녀의 뒷머리를, 목을, 등을 어루만지는 그 섬세한 긴 손가락이 느껴졌다. 그럴수록 노은의 피는 점점 뜨겁게 달아올랐다. 더…… 더 만져 주길 원했다. 더 안고 있고 싶었다. 멀어지지 않길 바랐다. 계속 이렇게 뜨거운 상태로 있고 싶었다. 좀 더 깊은 무언가를 원했다.

취한 머리는 이게 비정상적인 일이란 걸 알고 있었지만 그걸 제대로 판단해서 바로잡을 여유까지는 없었다. 그냥 정신이 붕 뜬 채로, 젖어서 부딪치는 두 개의 입술과 예민하게 건드려지는 혀, 숨소리만으로도 짜릿하게 상승하는 흥분 같은 것만 점점 더 선명해졌다. 찬물을 퍼부어도 한 번 달아오른 몸의 불씨를 꺼뜨릴 수 없을 것 같았다. 원한다, 이 남자를.

아, 이렇게 자신은 미쳐가나 보다.

단단하고 넓은 그의 가슴이 느껴졌다. 자신의 가슴이 부드럽게 눌리는 것도 느껴졌다. 숨이 막힌다. 이성이 조금씩, 조금씩 더 끊어져 나가고 있었다. 환이 서서히 입술을 뗐다.

"하아, 하아……."

노은은 겨우 돌려받은 숨을 몰아쉬며 자신도 모르게 그의 얼굴을 두 손으로 다시 잡았다. 더 만져 주길 바라는 건, 내가 더 만지고 있고 싶단 말이기도 했다. 마치 갈구하듯 간절하게 그를 바라보며 그의 가슴에 얼굴을 기댔다. 창피하고 수치스러웠지만 도저히 이 남자의 몸을 놓아주고 싶지 않았다. 욕망을 담은 노은의 작은 어깨가 가늘게 떨렸다. 그 솔직한 반응에 환의 심장이 뛰었다. 환의 호흡도 그녀만큼이나 거칠었다.

환이 노은의 손에 천천히 자신의 손을 깍지 끼었다. 그리고 낮게 말했다.

"같이 갈까?"

노은은 천천히 고개를 들었다. 순간 자신도 모르게 아찔해지고 말았다. 눈앞에서, 물에 씻긴 보석처럼 깨끗하게 반짝이는 남자의 눈이 뚫어져라 그녀를 응시하며 기다리고 있었다. 왜 사람들이 이 남자의 눈동자를 페일 블랙이라고 하는지 이제야 알 것 같았다. 가까이에서 본 그 눈동자는 너무도 처연하고, 투명하고, 아름다워 보였다.

가슴이 아릿할 정도로 창백한 검은색. 숨결은 거칠었지만 그 눈동자 색은 고고하다. 함부로 건드리면 쨍 금이 갈 것 같았다.

러브머신

그가 함부로 건드린 자신의 정신 줄은 이미 쨍 금이 가 버리고 말았지만, 그 와중에도 그의 눈동자 색을 훔치고 싶단 생각을 했다. 손안에 넣어두고서 누구도 볼 수 없게 몰래몰래 꺼내보고 싶다.

맙소사…… 이건 호러다. 그녀의 뺨은 따끈따끈하고 눈 주변은 따끔따끔했다. 몸은 이미 뜨겁게 그를 원하고 있었다. 답은 이미 나왔다.

고무줄을 늘이다 보면 탄성이 끝나는 시점에서 줄이 끊어지는데, 바로 어젯밤 노은은 그 지점을 경험했다. 몸을 긁는 지독한 쾌락, 아마도 그게 절정이라는 것이겠지.

하지만 그것보다 더 위험한 건, 바로 그녀가 어젯밤 가진 환에 대한 '욕심'이었다. 이 남자를, 그 몸을 내 걸로 소유하고 싶다는 '욕심'. 물론 주로 몸에 대한 욕심이었지만 어제 그녀는 확실히 이환을, 아니 그 몸에 붙은 근육, 숨결, 눈빛 등등 보이고 닿는 그 모든 걸 가질 수 있다면 무엇이든 할 수 있을 여자였다. 자신의 안에 그런 자신이 있다는 것이 스스로도 놀라울 정도였다. 하지만 폭풍 같은 격정이 지나자 현실이 다가왔다. 아니 현실로 내쳐졌단 표현이 옳으리라.

"그러니까, 도대체, 무슨 짓을, 한 거야."

다음 날 출근한 노은은 벽에 머리를 쿵쿵 찧어가며 지난밤의 사태를 자학으로 무마시키려 하고 있었다.

"어째서, 그런, 대형 사고를, 저지른, 거냐고."

어젯밤엔 뭐가 어떻게 되건 상관없을 것 같았는데 화장실 들어갈 때 마음, 나올 때 마음 다르다더니 어쩔 수 없이 차후 일이 걱정되었다. 오늘부터도 당장 회사에서 상사와 부하 직원의 관계로 마주쳐야 했다. 역시나 너무 큰 사고를 친 것에 대한 복잡한 심경을 감당하기가 힘들었다.

다만 후회는 아니었다. 그는 그녀를 함부로 대하지 않았고, 눈빛은 뜨거웠으며 만져 주는 작은 손길들에서 그녀를 소중하게 여긴다는 것이 느껴졌다. 그랬음에도 현실의 눈앞에선 별이 반짝였다.

'하아…… 이환 본부장님이라니. 그 이환이라니.'

"누구세요?"

죄 없는 벽에 쿵쿵! 머리를 찧어대고 있는데 안에서 목소리가 흘러나오는 바람에 노은은 깜짝 놀랐다. 벽인 줄 알고 머리를 박아댄 곳이 하필이면 문이었다니. 노은은 당황해서 얼른 도망치듯 그곳을 벗어났다. 마치 아침에 환의 집에서 그랬던 것처럼.

그녀는 한숨을 삼키며 제작 1팀 사무실로 들어섰다.

"노은 씨 왔어? 좋은 아침."

"안녕하세요. 안녕하세요, 선배님들. 안녕하세요, 팀장님!"

노은은 언제 그랬냐는 듯 사람들에게 싹싹하게 인사하며 자신의 자리로 갔다.

러브머신

수십 명이 일하는 넓고 개방된 사무실에는 각각 파티션이 쳐져 있고, 각종 제품 광고 시안과 자료들이 산더미처럼 쌓여 있었다. 각자의 책상엔 메모지가 어지럽게 붙어있고, 유리 보드에는 매직펜으로 P/T 상황이 빼곡하게 적혀 있었다. 아직 이른 시간임에도 벌써 자료를 들고 왔다 갔다 하는 사람들, 커피 한 잔씩 들고 잡담을 하는 사람들로 사무실은 시끌벅적했다.

노은도 자리에 앉자마자 얼른 메일을 체크하고, 제작 회의, 아이디어 회의 시간을 파악했다. 워낙 밤샘 작업이 많은 일이었지만 팀장급들에 비하면 그녀는 새 발의 피였다. 그들은 매일 회의에 경쟁 프레젠테이션 준비에 광고주의 컴플레인 처리까지, 몸이 열 개라도 모자랐다. 언젠가는 노은도 그 정도로 바쁜 위치까지 올라가기 위해서, 일단 골치 아픈 일은 뒤로 미루고 부지런히 하루를 시작했다.

그날 오전, 언제나처럼 회의가 시작되자 노은은 얼른 자료를 챙겨 회의실로 갔다. 제작 1팀, 2팀, 캠페인 팀, 마케팅 팀 팀장들을 필두로 기타 직원들이 속속 회의실로 몰려들었다.

오늘 회의의 주제는 D사 자동차 광고였다. 본래 회의는 브레인스토밍 방식으로 상대의 의견을 부정하지 않고 자유롭게 토론하면서 아이디어 수집하곤 했다. 그런데 그날은 각자 써낸 카피를 벽에 쭉 붙이고서 체크하는 약간의 고압적인 방식으로 회의가 진행됐다. 그리고 그 이유는 얼마 후 바로 밝혀졌다.

심장이 철렁하게도, 다름 아닌 제작 본부장이 회의실로 들어선 것이다. 이환이 여느 때와 다름없는 깔끔한 슈트 차림으로 들어선 순간, 다른 직원들과 함께 노은도 자리에서 벌떡 일어섰다. 지금껏 이런 일은 별로 없었기에 스커트를 부여잡은 노은의 손이 가늘게 떨렸다. 너무도 당황스러웠다. 알 수 없는 갈증으로 입안까지 바짝바짝 마르는 것 같았다. 아무렇지 않게 날 밝자마자 밝은 사무실 형광 불빛 아래서 자연스럽게 마주할 얼굴은 피차 아니지 않은가.

그를 쳐다보자 자연스럽게 어젯밤 일이 함께 떠올랐다. 끊임없이 부딪쳐 오던 단단한 근육질의 몸, 러그를 움켜쥐어가며 쾌락의 비명을 지르던 자신, 정말이지 너무 창피했다. 그의 이름을 부르던 자신의 목소리, 토해지던 그의 신음이 귓가에 달라붙은 듯 떨어지질 않았다. 그토록 섹시한 음성, 짙은 눈빛, 그 뜨겁던 열기까지.

생각하는 것만으로도 온몸에서 열이 나는 것 같아 노은은 고개를 푹 숙였다. 이건 고문이나 다름없었다. 얼굴에서 열이 화화 지펴지는 것 같았다. 할 수만 있다면 이 자리에서 도망치고 싶었다.

"됐으니까 다들 앉아요."

환의 목소리가 들렸다. 웃음기라곤 전혀 없는 차갑고 딱딱한 목소리였다.

다들 긴장한 채로, 하필이면 회식 바로 다음 날 제작 본부장이 회의실에 들이닥친 걸 두려워하며 자리에 앉았다. 물론 노은도 마찬가지였지만, 그녀의 고뇌에는 한 가지 더 말하지 못할 사정이 있었다.

러브머신

지금 이 순간, 그 이유를 떠올리지 않기 위해 노은은 무던히 애써야 했다.

"어때, 따라올 수 있겠나?"

어젯밤, 마치 시험하듯 환이 그녀에게 말한 순간 모든 게 명백해졌다. 네가 감당할 수 있겠냐는 듯. 이 남자는 이 모든 걸, 게임의 한 종류로 여기고 있는지도 모르겠다. 그리고 그 배팅의 희생자는 바로 명노은 자신이었고.

평상시의 차갑고 냉철한 이환 본부장은 없었다. 어젯밤의 그는 단지 위험하고 사나운 남자의 기운을 풍기고 있을 뿐이었다. 남자 vs 여자. 결국 충동적인 불장난의 끝이 '해피'일 수는 없다. 그러니 이 이상 위험한 짓 하지 말라고, 뭔가가 그녀에게 마지막 경고를 하고 있었다. 하지만 노은은 그 경고를 자신의 선택으로 무시했다.

"전 사실 착한 여자가 되고 싶었어요. 착한 딸, 착한 이모, 착한 여자 친구, 착한 사람. 그래서 순간적인 유혹이나 일탈 같은 건 하지 않았으면 했는데."

"날 따라오면 나쁜 여자가 될 것 같다, 그 뜻인가?"

"……어쩌면요."

"그런데?"

그의 마음은 모르겠지만 자신의 마음은 알겠다. 명백히 악마가 파 놓은 함정에 한 걸음 한 걸음 다가가는 느낌이었지만 노은은 자신의 솔직한 감정을 직시했다.

"하지만 전 아무래도 나쁜 여자가 더 끌리나 봐요. 착한 여자 는 천당 밖에 못 가지만 나쁜 여잔 어디든 갈 수 있으니까. 그 리고 전 지금 제가 가고 싶은 곳으로 갈래요."

심장을 긁는 이 욕구가 사실이라면, 한 번 무모해져 볼까? 노은은 떨리는 손을 뻗어 그의 목을 끌어안았다.

환의 눈동자가 살짝 커졌다가 곧 뜨거운 빛을 발했다. 순간 노은의 목덜미가 아프게 빨렸다. 그녀의 상체가 뒤로 휘어졌다. 도대체 자신이 얼마나 청승맞게 울어서 이 남자를 건드린 건지 는 모르겠지만, 아마도 가장 위험한 부분을 건드린 게 아닐까?

지금 것은 확실히 욕망이 담긴 애무였다. 그저 단순히 입 맞 추는 게 아닌, 널 잡아먹고 싶다. 혹은 너랑 자고 싶다.

그의 차를 타고 가는 내내 노은은 기묘한 두근거림과 흥분으 로 긴장했다. 어쩌면 지금까지 살아오면서 저지른 행동 중 가 장 경솔한 행동일 것이다. 누가 봐도 잘했다고는 할 수 없는 가 장 즉흥적인 결정, 내 몸이 내 몸이 아닌 것처럼 녹아내리는 것 같은 반갑지 않은 기분. 분하고 또 분하지만 노은은 그런 자신 의 솔직한 욕구를 인정할 수밖에 없었다.

그의 단독 빌라에 도착해 현관으로 들어선 순간부터 키스가 시작되었다. 그에게 몸을 열면 열수록 노은은 알 수 없는 카타 르시스를 느꼈다. 내내 자신의 세포를 건드리며 괴롭히던 뭔가 가 단번에 툭 해소되는 기분. 그건 바로 마지막 망설임과 미련 마저 벗어던지는 소리였다.

그 어떤 논리도, 이성도, 정상적인 판단도 가능한 시간이 아니었다. 그저 숨결을 섞고 뒤틀리고 일그러지며 그를 찾고 그에게 만져지며 간절하게 그를 원했다. 몇 번이고 몸이 겹쳐지고 쓰러지고 돌려지면서 이곳저곳에 키스당하고 키스하고, 부끄러운지도 모르고 높은 교성을 쏟아냈다. 현관에서 침실로 이어지는 길목 길목마다 서로의 옷가지들이 두서없이 벗겨져 나갔다. 그 밤은 그런 밤이었다. 순서도, 정돈된 것도, 제정신인 것도 그 무엇 하나 없는 밤.

침대로 채 올라가지도 못하고서 바닥에 깔린 하얗고 폭신한 러그 위에서 노은은 환을 받아들였다. 무서울 정도로 부풀어 오른 그의 욕망이 불쏘시개처럼 달구어져 쿠퍼 액을 토해 내며 그녀의 입구를 문질렀다. 미끈거리는 그녀의 입구는 스스로도 부끄러울 정도로 너무 많이 젖어 있었다. 어느 순간 그가 노은의 안으로 꿰뚫고 들어왔다.

직각의 어깨와 멋진 골격을 가진 환의 건강한 맨몸에서 강렬한 열기가 뿜어져 나왔다. 벗은 그의 몸은 슈트를 입고 있을 때와 비교할 수 없을 정도로 남성적이고 야성적인 냄새가 났다. 잔 근육이 꿈틀거리는 팔뚝과 단단한 복근, 부딪쳐오는 탄력적인 피부는 너무나 매력적이었다. 일순 그의 몸이 너무나 크게 보여서 겁이 확 날 정도였다. 쇄골에서 어깨로 이어지는 선은 아름다웠고 입술은 섬세했으며 그녀의 다리에 겹쳐지는 긴 다리는 관능적이었다. 그의 모든 것이 노은을 육체적으로 미친 듯 끌고 있었다.

그의 몸이 상상할 수 없을 정도로 뜨거웠다. 쏟아지는 거친 호흡 소리가 노은을 옭아매는 것 같았다. 그가 그녀의 턱을 들어 다시 입술을 찾았다. 뜨거운 입술이 곧바로 노은의 도톰한 입술을 찾아 겹쳤다. 가슴이 두근거렸다. 얼굴을 돌릴 수도 없이 숨을 할딱거렸다. 그가 거친 숨소리를 토해 내면서 좁은 내벽을 끊임없이 괴롭히던 끝에 결국 끝까지 쑥 밀려 들어왔다.

너무도 아파서인지, 아픈 것 이상으로 열락을 느낀 것인지 노은은 눈물을 방울방울 떨어뜨리며 그를 마지막까지 전부 받아들였다. 그리고 그 순간 느낀 것은 맙소사, 만족감이었다. 단지 미쳤다고밖에 설명되지 않았다.

육체적인 욕망이 얼마나 이성을 간단하게 무너뜨릴 수 있는지 노은은 그날 처음 알았다. 정신이라도 나간 것처럼 정염의 불길은 육체가 부딪칠수록 더욱 활활 타올랐다. 사람 하나를 통째로 삼켜 다 태워 버릴 수도 있을 것 같은 그 불꽃은 그녀를 두렵게도, 미칠 것처럼 탐욕스럽게도 만들었다. 뇌가 어떻게 되는 것 같았다. 겁이 나면서도 조금이라도 더 그와 닿고 싶었다. 아파하면서도 다리를 조이면서 그 남자를 더 잡아두려고 했다.

"하…… 웃!"

"잠깐만, 움직이지 마."

"보, 본부장님……."

"하아, 조금만 가만히 있어. 널, 좀 더 느끼게."

가쁜 숨을 몰아쉬며 환이 말했다. 그나마 만족스러운 건, 그도 지금 이 순간 자신처럼 힘겨워 보인다는 것이었다. 아니, 자신만큼이나.

러브머신

"이렇게…… 떨릴 줄 몰랐다."

노은이 젖은 눈을 흐릿하게 떴다. 그 말이 준 쾌락을 어떻게 설명할 수 있을까. 뇌를 관통한 쾌감, 자신이 이 남자를 흔들고 있는 것 같단 기묘한 만족감. 그건 어떤 육체 행위보다 더 짜릿하고 직접적으로 그녀를 흥분시켰다. 말한 대로 그는 정말로 가늘게 떨고 있었다. 새끼줄처럼 꼬인 팔 근육에도 미세한 경련이 일었다. 노은의 심장에 파문이 일었다.

환의 손가락이 노은의 손가락에 겹쳐졌다. 그 손을 끌어당겨 마디마디에 키스하고서 그가 그녀의 벗은 몸을 내려다봤다.

"제발 보지 마요."

순간 노은은 가슴을 가리며 누에처럼 몸을 말려고 했다. 하지만 환에게 다시 손이 잡혀 깍지가 끼인 채 침대에 양손이 붙여졌다. 마치 지배하듯 그녀를 위에서 내려다보며 환이 웃었다. 그 눈빛이 너무 고혹적이라 노은은 얼굴을 붉혔다.

"……싫어?"

그가 물었다. 노은은 고개를 돌리고 있다가 그를 바라봤다. 천천히 고개를 저었다.

"그런 건 아니에요."

손을 뻗어 그를 만졌다. 유난히 새까만 머리카락을 더듬고 그의 뺨도 찾아 어루만졌다. 상체를 들어 그에게 입을 맞추자 환이 아주 만족스러운 표정을 했다. 이 남자가 이렇게 부드러운 눈매를 지닌 사람이었나 싶었다. 그윽한 그의 눈동자가 노은의 가슴에 파문을 일으키는 것 같았다.

"다행이다."

환이 으스러지듯 노은을 끌어안았다. 강렬한 그 품에서 느낀 건 놀랍게도 부드러움과 따뜻함이었다. 환의 입술이 노은의 얼굴을 더듬어 어느새 맺힌 눈물을 훑어 냈다.

"눈물이 왜 투명한색인지 알아?"

"몰라요."

"인간의 몸에서 나오는 가장 깨끗한 것. 그중에서도 네 눈물은 가장 깨끗했어. 적어도 나한테는."

그의 말을 알아들을 수는 없었지만 이해하고 싶었다. 그의 젖은 입술이 그녀의 눈꺼풀을 빨아들였다. 노은은 입술을 벌리며 야릇한 신음을 흘렸다. 그리고 다시 시작되었다.

아프다. 하지만 뜨겁다. 죽을 것처럼 아프다. 하지만 죽을 것처럼 심장이 뛴다. 환이 긴 손가락으로 노은의 입술을 어루만지더니 그걸 그녀의 입안으로 밀어 넣었다. 노은의 빨간 혀가 손가락 끝에 닿자 환은 더 흥분하는 것 같았다. 노은은 그 손가락을 떨리는 혀로 핥았다. 그의 호흡이 변했다. 더 빨자 그의 얼굴이 일그러졌다. 하지만 선동은 보복으로 돌아왔다. 일순간 환이 그녀의 엉덩이를 움켜쥐고 허공에 띄워 깊이 삽입하는 바람에 노은은 놀라 그의 손가락을 깨물어 버리고 말았다.

"하웃! 제, 제발……!"

마치 전쟁 같았다. 누가 누구에게 더 위협적이고, 누구를 더 공격하는가 하는, 마치 목숨을 걸고 임해야 하는 두려운 전쟁터. 땀을 흘리며 환이 체중을 전부 실어 찍어 누르듯 피스톤 운

동을 하자 노은은 견디다 못해 그를 밀쳐냈다. 도망가고 싶었다. 한순간 정말 달아나려고 했는지도 모르겠다.

"아, 윽! 아파……."

"명노은, 어디 가."

"몰라요……."

마치 지켜보듯 동작을 멈춘 환에게서 몸을 뺀 노은은 더듬거리듯 바닥을 짚으며 몸을 뒤집어 도망가려고 했다. 하지만 뒤에서 허리가 잡혔다. 그가 다시 삽입하려고 하기에 노은은 얼른 몸을 당겼다.

단단하게 발기한 성기가 꿈틀거리며 그녀를 위협하는 것 같았다. 노은은 겁이 났다. 바들바들 떨며 소파를 짚고서 몸을 일으켜 세우려다가 다리가 휘청거려 주저앉고 말았다.

그녀의 가는 허리를 그의 긴 팔이 감싸 안았다. 노은의 뺨이 소파에 기대듯 툭! 떨어졌다. 몸이 나락으로 떨어지는 것 같았다. 하아 하아, 걷잡을 수 없이 불안정한 호흡이 터졌다. 환이 뒤에서 그녀를 가만히 껴안고서 등에 뺨을 댔다.

"미안해. 힘들지?"

"하……."

"뜨거워, 너."

환의 혀가 척추를 핥아 올리자 온몸에 자극이 퍼지면서 소름이 쫙 끼쳤다.

"도망가지 마."

"그럼 그렇게 몰아붙이지 마요."

"왜? 무서워?"

노은은 고개를 돌려 원망스럽게 그를 바라봤다가 대답하지 않고서 그냥 다시 앞을 봤다. 환이 은밀하게 귀 뒤를 핥으며 다시 물었다.

"정말 무서워?"

"그래요."

귓속을 핥았다. 어깨가 움츠려졌다.

"그, 그만……. 그래도 이렇게…… 어떻게든 도망가지 않잖아요. 그 용기만은 높게 사 줘요."

"하아, 너 정말……."

환이 노은의 고개를 돌리게 해 입술을 빼앗았다. 더운 혀가 그녀의 입안으로 파고들었다. 아, 너무도 뜨거웠다. 거침없이 말랑거리는 혀를 찾아 촉촉하게 비비고 끈질기게 감아올렸다. 집요한 그 움직임에 노은은 넋을 놓았다. 정신이 다시 흐릿해졌다. 이건 정말이지 불공정한 시합 같았다. 그런 불만을 느끼기라도 한 듯 환의 커다란 손이 노은의 목덜미를 따스하게 쓸었다.

"뭐 해……. 키스할 땐 눈 감아."

속삭이는 그의 목소리에 노은의 초점 잃은 눈동자가 잘게 흔들렸다.

"겁나서 한시도 맘 놓고 눈 감을 수가 없잖아요."

"걱정하지 마. 부서지지 않도록 내가 잘 지켜줄 테니까."

"우쭐대지 마요. 사람을 이렇게 몰아붙이는 주제에……."

환이 큭 웃었다. 노은이 가까스로 숨을 쉬며 말을 이었다.

"그리고 내 감정은 내가 견뎌요. 본부장님의 보호를 받을 정도로 약하지 않아요."

"흠, 어린애 다루듯 조심하려고 했는데, 좀 더 성숙한 여인으로 생각하고 밀어붙여도 된다는 건가?"

"거짓말. 조심 같은 거 하지도 않았으면서."

환이 정답이라는 듯 더없이 야하게 웃으며 그녀의 몸을 다시 애무했다. 엎드려 있는 그녀의 목덜미를 혀끝으로 핥아 내려가자 노은의 고개가 뒤로 젖혀졌다. 반사적으로 열린 도톰한 입술에서 연신 쏟아져 나오는 연약한 신음이 환을 자극했다. 열이 올라 뜨거워지는 그녀의 몸을 환은 더욱더 느끼고 싶었다.

"명노은, 왜 넌 이제야 내 품에 들어온 거지?"

그가 잔뜩 잠겨 탁해진 낮은 목소리로 토해 냈다. 하지만 그걸 해석하기에 지금 노은의 머릿속엔 너무도 지독한 안개가 아득하게 깔려 있었다. 뭔가 기묘한 말을 들은 것 같은데. 이대로라면 머리고 몸이고 다 망가질 것 같았다. 이 남자는 이상하다. 자꾸만 의미심장한 말을 한다. 마치 자신을 기다리고 있기라도 했던 것처럼. 호프집 앞에서도 그러더니.

도대체 여기서 뭘 더 바라는 건지. 그의 손톱만 스쳐도 온몸이 떨리는데, 이렇게나 활짝 몸을 열고 있는데 무엇을 얼마나 더 열어야 만족하려는 걸까?

"널 지켜봤어. 계속."

그의 입술이 등을 타고 내려왔다. 노은은 소파가 자신의 생명을 붙들어 주는 동아줄이라도 되는 양 꽉 붙든 채로 몸을 비틀었다. 척추의 마디마디마다 그의 젖은 혀가 느껴졌다. 그가 뭐라고 더 웅얼거리고 있었지만 열기에 귀가 꽉 막혀 들리지 않았다. 공간이 두 사람의 호흡으로 꽉 찼다. 단지 뜨겁다, 뜨겁다, 그것만 느껴질 뿐.

환이 손을 앞으로 뻗어 뒤에서 노은의 가슴을 어루만졌다. 마음껏 주무르고 비틀어가며 손가락으로 유두를 비비다가 터뜨릴 것처럼 힘껏 감싸 쥐었다. 그의 애무는 가끔 말할 수 없이 가학적으로 변하기도 했다. 결국 견딜 수 없어 노은의 상체가 앞으로 쏟아졌다.

"아아…… 제발……."

턱이 붙들려 다시 입술이 겹쳐졌다. 쪽쪽 지치지도 않고 입술을 빨아 대는 소리에 귀가 멀 것 같았다.

"부드럽다. 부드러워, 너……."

속삭여지는 음란한 목소리에 현기증이 일었다. 소파에 쓰러지듯 기댄 채 신음하고 있는 그녀의 긴 머리카락이 등허리에서 흔들렸다. 순간 그녀가 몽롱한 눈으로 환을 돌아봤다. 그리고 울듯이 말했다.

"그만…… 안아 줘요. 얼른."

환이 바로 그녀의 몸을 뒤집었다. 뽀얀 가슴과 연한 분홍빛의 유두를 삼켰다. 다른 손으로는 한쪽 가슴을 애무하며 그녀의 가슴에 자신의 숨결을 깊이 불어 넣었다. 하지만 그녀가 바라는 대로 바로 안지는 않았다.

"아아, 제발……."

이렇게 애타 하는 소리를 듣고 싶어서. 자신은 생각보다 더 문제가 많을지도 모르겠다고 환은 자각했다. 가슴을 무방비하게 그에게 내맡긴 채 노은이 잔뜩 열망이 담긴 흐린 눈빛으로 열렬하게 그를 올려다봤다. 환은 그 눈에 키스하고 다시 가슴을 빨았다.

자신의 가슴을 희롱하는 그의 머리를 노은이 내려다봤다. 노은의 손끝이 움찔거리며 떨렸다. 그의 입안에 반 이상 들어가 있는 자신의 가슴이 보이자 노은의 몸 안쪽에서 다시금 미끈거리는 액체가 흘러넘치는 걸 느꼈다. 아, 갖고 싶다. 좀 더, 더 갖고 싶어.

반듯한 이마, 춤추듯 움직이고 있는 새까만 머리카락, 우뚝한 콧날과 근사한 어깨선, 툭 불거진 멋진 견갑골이 노은의 붉어진 눈을 꽉 채웠다. 안기고 싶었다. 빨리 안아 주길 바랐다. 욕심쟁이처럼 채근하고 싶었다.

미끈한 애액이 묻어 있는 그의 남성이 그녀의 배에 닿았다. 노은은 그에게 키스했다. 그의 혀를 끄집어내 빨아들였다. 달콤한 타액을 정신없이 맛봤다. 모르겠다. 왜 이렇게 이 남자를 갖고 싶은 건지. 힘들고 두려우면서도 왜 이렇게 욕심나는 건지.

그의 목을 힘껏 끌어안은 채로 입술을 떼어냈다. 가만히 눈을 떠 그를 바라보았다. 마주 응시하는 환의 두 눈빛이 뜨거웠다. 정염을 담아 더욱 섹시하고 근사한 눈빛, 적당히 흐트러져 있어 더욱 마음에 드는 그의 외모에 넋을 잃을 것 같았다.

계속해서 그를 바라보자, 이유를 알 수 없어 긴장한 듯 환의 목울대가 크게 움직였다. 거친 호흡이 계속해서 노은의 얼굴 위로 쏟아졌다. 그래도 계속 쳐다보고 있자 그의 눈동자가 살짝 커졌다. 결국 그의 입술이 흔들렸다.

"왜 그러는 거야, 겁나게."

"혹시 알아요? 왜 이렇게 흘러가는 건지. 왜, 이렇게 된 건지 본부장님은 알아요?"

환이 노은의 콧등을 어루만졌다.

"알고 싶어?"

"당연히……."

"흠…… 네가 유혹하지 않았나?"

노은이 낮은 한숨을 삼켰다. 결국 진지한 대답은 듣지 못할 것 같았다.

"실은 내가 한 것 같지만."

이어지는 환의 말에 노은이 눈을 들었다. 그가 또 도저히 뿌리칠 수 없는 미소로 그녀를 홀리고 있었다. 노은은 그 미소를 손에 잡고 싶어 미칠 지경이었다.

"유혹, 확실히 본부장님이 했어요?"

"그래. 일단 내가 유혹했지만, 지금은 유혹당한 기분이야. 너한테 제대로 카운터펀치를 한 방 먹은 기분. 못 알아듣겠으면 넘어가고."

그의 시선이 다시 노은의 가슴으로 내려왔다. 입술이 벌어지며 그녀의 가슴에 닿으려는 순간 노은이 환의 얼굴을 꽉 잡아 움직이지 못하게 했다.

러브머신

"이게 지금 무슨 짓?"

"하나만 더 대답해 줘요."

"후우, 뭔데?"

"왜, 저였어요?"

환이 고요해졌다.

"절세미인도 아니고, 무인도에 떨어져서 둘만 남아 있는 어쩔 수 없는 상황도 아니었는데, 도대체 왜 저였어요?"

환이 눈썹을 찌푸렸다. 마치 감정이라도 상한 듯.

"그렇게 자신 없나, 명노은?"

"왜요? 정말 제가 울고 있어서?"

환이 자신의 머리카락을 쓸어 넘겼다.

"난 우는 여자한테 약해. 특히 아주 청승맞게 우는 여자한텐 더더욱. 구미가 당겼어."

"……기가 막히네요."

노은은 천천히 눈을 감고 고개를 옆으로 돌렸다. 그리고 가만히 떠서 다시 그를 쳐다본 순간 멈칫하고 말았다. 또다. 또 그 사람을 홀리게 하는 짙은 눈빛으로 그녀를 보고 있었다. 너무 짙어서 어쩔 수 없는 기분이 들게 하는 눈빛. 어쩌면 지금까지의 그 어떤 눈길보다 더 뜨거운 온도로 사람을 닦달하고 있었다. 대체 어쩌라는 건지. 정작 중요한 대답은 제대로 해 주지도 않으면서.

그가 그녀의 벗은 어깨에 키스했다. 긴 손이 다가와서 노은의 턱을 들어 올렸다.

"왜? 이유가 없으면 지금이라도 도망가고 싶나?"

"그런 짓은 안 해요."

그래. 그런 짓은 안 한다. 이건 내가 선택해서 결정한 거니까. 그렇기에 밀어낼 수도, 그렇다고 무작정 지속할 수도 없었다. 갑자기 뭔가가 걸려 버린 겁나는 현실에서 감정적으로나마 회피하려는 듯 노은이 눈을 감았다.

"눈 떠, 명노은……. 노은아."

몸을 붙인 그가 귓가에 대고 속삭였다. 아, 정말…… 이건 또 뭘까? 자신의 이름을 부르는 그의 목소리에 불안한 마음 대신 저릿함이 들어찼다. 그의 입에서 나온 자신의 이름이 낯설면서도 말할 수 없이 친근하게 느껴졌다.

'노은아.'

마치 나를 잘 아는 사람이 불러 주는 것처럼, 어이없게도 어린 소녀가 된 것처럼.

'노은아…….'

마치 연인의 속삭임처럼 마음을 휘젓는다.

그가 혀를 움직여 귀를 핥자 노은의 호흡이 순식간에 흩어졌다. 한숨 같은 신음이 새어 나왔다. 애무하는 숨결이 점점 더 젖어갔다. 귓바퀴를 깨물 때쯤 노은은 이미 그의 가슴을 어루만지고 있었다. 마치 악마의 속삭임처럼 이 남자는 이렇게 간단하게 유혹해 버리고 만다.

"노은아, 눈 떠."

"싫어요. 그렇게 부르지도 말고요. 겁나요."

"쉬이……. 겁내지 말고 그냥 날 봐."

"안 볼래요."

"왜?"

"보면…… 신경질 날 거 같아서."

환이 큭 웃었다.

"너야말로 대답해 봐."

노은은 어쩔 수 없이 천천히 눈꺼풀을 들었다. 순간 그에게 입술이 빼앗겼다. 입술이 빨리며 그녀의 몸이 점점 더 환 쪽으로 끌려 들어갔다. 그의 손이 노은의 얼굴을 큼지막하게 감싸 쥔 채 더욱 깊이 그녀의 숨결을 들이마셨다.

그대로 노은이 환의 몸을 뒤로 넘기고 그의 가슴을 손으로 짚은 채 올라탔다. 가쁜 숨을 몰아쉬며 그를 내려다봤다. 터질 듯 부푼 그의 남근이 꿈틀거리고 있었다. 노은이 살짝 거기에 시선을 뒀다가 다시 그의 얼굴을 바라보고 스스로 허리를 들어 그를 삼키려는 순간, 환이 노은을 확 잡고 다시 쓰러뜨렸다. 바닥에 깔려 환을 노려보듯 올려다보았다. 그가 거친 호흡을 토해냈다.

"벌써부터 그렇게 날 조종하려 들면 못 써. 이 이상 빠져들게 하면 곤란해."

"……빠져들긴 했어요?"

환이 이를 악물었다. 그리고 노은이 뭐라고 하기도 전에 그녀의 안으로 확 밀고 들어갔다. 그녀의 손에 자신의 손을 겹치고 피스톤 운동을 시작했다. 열망에 속속 붉어지는 노은의 뺨이 환의 눈동자를 가득 채웠다. 끙끙 앓는 사람처럼 힘겨워 하며 열에 들뜬 소리를 흘린다. 그리고 어느 순간 그를 꽉 조였다. 좁은 질 내벽이 더욱 좁아지자 환의 등이 움찔하더니 등줄기로 소름이 쫙 돋았다.

"웃, 하…… 너……."

"제대로 대답해 주지도, 내 말을 들어 주지도 않으면서 자기하고 싶은 건 다 하고."

"그래서 벌이란 건가? 이러면 내가 미치는 걸 보게 될 거야."

그 말을 증명하기라도 하듯 그녀의 몸속에서 그의 욕망이 부피를 더해갔다. 그 선명하게 느껴지는 변화에 노은은 뒤늦게야 현실을 파악했다. 그가 더 빨라지자 노은은 감기라도 앓는 사람처럼 열을 냈다. 뜨거운 건 환도 마찬가지였다. 미처 잇새로 삼키지 못한 호흡을 쏟아내며 그는 눈을 감은 채 그녀를 느꼈다.

자신이 그의 저런 표정을 볼 수 있으리란 생각은 하지도 못했다. 저렇게 흐트러진 채, 무방비 상태로 흥분하고 있는 그를 보리라곤. 노은의 손이 러그를 확 그러쥐었다. 환은 노은의 가슴을 애무하며 속도를 더 높였다. 미칠 듯한 쾌락이 일었다. 그녀의 내벽도 더욱더 조여졌다. 환의 가슴이 뻐근해졌다. 흠뻑 젖은 그녀의 머리카락, 쉴 새 없이 신음을 쏟아 내는 입술, 고개를 숙여 그 달콤함을 훔치듯 빨아 마셨다.

그녀의 정신이 점점 더 아득해지는 것 같더니, 촉촉하게 젖은 가는 다리로 그의 허리를 확 조였다. 환은 이제 그만 그 안으로 무너져 내리고 싶었다.

러브머신

"하아…… 하아……."

정신을 잃을 것 같았다. 참을 수 없는 사정감을 죽을힘을 다해 겨우 미뤘다. 좀 더, 아주 조금 더 그녀를 이대로 느끼고 싶었다. 그의 머릿속이 쾌감으로 물결쳤다. 움직임을 늦추지 않으며 노은의 턱을 그러쥐었다. 얇은 눈꺼풀에 힘을 주자 쌍꺼풀이 몇 겹이나 졌다. 그가 물었다.

"대답해 봐. 너야말로 왜 여기에 있는 거지? 왜 내 유혹에 동의한 거지?"

눈물에 흠뻑 젖어 있는 그녀의 동공이 드러났다. 그 눈물은 열락의 결과였다. 노은은 온몸이 불덩이가 되어 그를 바라보았다. 환의 짙은 눈빛, 자신의 타액으로 젖어 더 관능적으로 보이는 입술, 그 안에서 쏟아져 나온 너무도 어려운 질문.

그건 자신도 아직 답을 찾지 못한 질문이었다. 어째서? 왜 이렇게 흘러가는 건가. 그가 설명해 주지 못했듯 자신에게도 쉬운 질문은 아니었다. 다만 한 가지는 확실했다. 다시 시간을 되돌려 그 순간으로 돌아간다고 하더라도 자신은 이 남자를 따라왔을 것이다. 그에게 안기고 싶었을 것이다.

"본부장님……."

"응……."

"심장이 뛰어요. 그래서 미치겠어요."

뭐라고 더 그녀의 입술이 달싹거렸다.

"15초 안에…… 저한테 걸어온 느낌이었어요, 당신이."

이미 반쯤 정신을 잃은 듯 몽롱한 표정으로 그녀가 상체를 들어 올렸다. 그리고 정성을 다해 그의 입술에 키스했다.

환의 팔뚝에 힘이 확 들어갔다. 더는 참을 수 없었다. 그 뒤론 제정신이 아니었다. 미친 듯 다그쳐지자 그녀의 손이 그를 꽉 그러쥐었다. 그녀가 단말마의 비명을 흘렸다. 순식간에 밀려들어 하얀 포말을 터뜨리는 파도처럼 쾌감은 넘실거리며 둘의 몸을 마비시켰다.

감정의 컬러가 변하고 있었다. 빨갛게. 단지 빨간 잉크가 똑 떨어진 정도가 아니라, 선명하게 활활 타오르는 짙은 적색이었다. 환의 눈썹이 꿈틀거렸다. 몇 번의 빠른 피스톤질 끝에 그의 얼굴색이 변하고 온몸의 감정이 폭발했다. 노은의 몸 안 가득 자신을 뜨겁게 쏟아냈다. 특유의 시큼한 냄새가 확 퍼졌다. 노은은 그대로 정신을 잃었다.

뜨거운 피

어째서 넌 그날 그렇게 본능에 휘둘렸니, 하고 누군가가 묻는다면 노은은 대답할 수 없었다. 그저 몸이 가는 대로, 감정이 가는 대로 따라갔다고 말할 수밖에.

조건 없이, 그냥 그 시간을 즐겨 보는 것도 좋을 것 같았다. 아니 그러고 싶었다. 말 그대로 충동적으로. 환의 품이 좋았고, 환의 몸이 좋았고, 그가 주는 따뜻한 뭔가가 좋았다. 삭막한 밤바람을 피해 뜨거운 그의 품으로 피신하고 싶었는지도 모르겠다. 그렇게 서로를 안았다. 어느 순간 그가 그녀의 안에서 뭔가를 터뜨렸고, 노은은 그것을 받아들였다.

그 후에도 환은 좀처럼 노은의 몸에서 빠져나가지 않았다. 호흡을 고르는 것 같더니 금세 기력을 되찾았다. 그리고 장난 같은 입맞춤으로 자신이 건재하다는 걸 알려 주더니, 막 꿈속으로 빠져 들어가려는 노은을 기어이 깨워 노골적인 욕심을 끝내 다시 확인시켜 주었다. 노은의 안에서 환은 다시 살아났고, 그렇게 몇 번을 더 서로를 안고 나서야 잠이 들었던 것 같다. 하지만 그렇다고 짐작했을 뿐 도대체 언제 그의 손에서 놓여났는지는 알 수가 없었다. 그리고 정신을 차렸더니 아침이었다.

차라리 그때까지가 안전선이었는지 모르겠다. 하필이면 바로 다음 날 회의에 그가 들어올 줄은 짐작도 하지 못했다.

"이건가?"

그의 낮은 목소리가 들릴 때마다 노은은 흠칫흠칫 놀랐다. 귀가 다 왕왕거리는 것 같았다. 괴롭게도, 그 목소리가 자꾸만 어젯밤 그녀를 채근하던 욕망에 젖은 목소리와 겹쳐져서 들렸다. 떠올리지 않으려고 해도 반사적으로 생각나 노은은 정말이지 미칠 것 같았다. 몸이 연기처럼 변해서 다른 방으로 옮겨갈 수 있다면 얼마나 좋을까? 누군가 그녀를 살짝 건드리기만 해도 팡! 하고 터질 것 같았다.

하지만 가까스로 정신을 수습하고 고개를 든 순간 노은은 맥이 탁 풀리고 말았다. 환은 그 어떤 변화도 없이 제작 본부장 본연의 모습으로 돌아가 자기 할 일만 하고 있었다.

옆으로 살짝 틀어선 채, 진지한 얼굴로 보드에 붙어 있는 카피 메모를 쭉 훑어보았다. 언제나처럼 딱딱하고 아주 멀게 느껴지는 본부장님 본연의 모습이었다. 몸 선에 꼭 맞는 다크 그레이 빛의 슈트와 그 안에 입고 있는 검은색 셔츠, 그리고 넥타이가 그를 더욱 차갑고 싸늘해 보이게 했다. 그의 옆에서 제작

1팀 팀장이 작은 소리로 무슨 말인가를 하자 살짝 눈을 내리뜬 채로 카피를 주시하던 환이 고개를 끄덕였다.

노은은 천천히 환에게서 시선을 뗐다. 도대체 자신 혼자 뭘 이렇게 의식하고 있었던 걸까? 노은은 민망했다.

'한심하다, 명노은. 저쪽은 신경도 안 쓰고 있는데.'

하긴 이환이 미치지 않고서야 이런 곳에서 자신에게 아는 척을 하겠는가. 하지만 역시 기분이 새초롬해지는 건 어쩔 수 없었다. 이걸 새초롬해졌다고 해야 하나, 감정 상했다고 해야 하나? 문득 어젯밤 일에 대해 저 남잔 어떻게 생각하고 있는지 궁금해졌다. 아니, 충동적인 원나잇쯤은 이미 기억 속에서 지워버렸을 지도. 확실히 하룻밤 자고 나서 의미를 부여하는 쪽은 남자보단 여자 쪽인 것 같다. 약간 불공평한 일이었지만 아무튼, 혼자 북 치고 장구 치는 것도 못할 노릇이었다. 노은은 이게 무슨 짓인가 싶어 볼펜을 집어 들고서 고개를 숙였다.

'회의에만 집중하자, 회의에만.'

"이거 좋군."

그때 환이 메모 중 하나를 떼어내며 말했다.

"누구 거지?"

직원들을 쭉 둘러보며 말하자 모두가 긴장했다. 선입견을 없애기 위해 메모지에 누가 썼다는 표시를 하지 않았기에 바로 알 수는 없었다. 결국 환이 낮은 소리로 메모에 적힌 카피를 읽었다. 뒤늦게 고개를 들었던 노은의 눈이 휘둥그레졌다. 저 낯익은 카피는 하필이면 그녀의 것이었다.

물론 칭찬받는 건 좋았지만 타이밍이 안 좋았다. 겨우 무리 없이 서로 맞대면하지 않고 회의를 마칠 수 있을 줄 알았더니, 이런 시험에 들다니.

　"아무도 쓴 사람이 없는 건가?"

　어쩔 수 없이 노은이 바르르 떨리는 손을 천천히 위로 들었다. 순간 오늘 처음으로 두 사람의 눈이 마주쳤다. 그녀의 심장이 그야말로 불안하게 뛰었다. 아, 어떡하지? 대체 무슨 표정을 해야 하는 거지? 또 저 남자는 어떤 표정을 할까. 놀라움, 당황, 머뭇거림. 수많은 생각들이 머릿속에서 복잡하게 뒤엉키는 찰나, 환의 길고 서늘한 눈매가 노은에게 닿았다.

　하지만 그게 다였다. 그녀가 기대한 혹은 우려한 놀라움도, 작은 머뭇거림도 없었다. 전혀 짐작하지도 못했던 무반응. 잠깐 노은에게 머물렀던 무미건조한 시선은 금세 떠나 버렸고, 그는 칭찬의 말조차 하지 않은 채 그녀를 외면했다. 그리고 팀장인 재경에게 말했다.

　"이거 괜찮으니까 한 번 발전시켜 보고, C 음료 경쟁 P/T 진행 상황은 어떻게 됐지?"

　"아, 어제 P/T 시안 나왔는데 가져가겠습니다."

　환이 고개를 까딱하곤 돌아섰다. 다들 의자에서 다시 벌떡 일어나자 노은도 그 틈에 끼어서 함께 일어섰다. 뭔가 멍한 기분으로 텅 빈 자신의 머릿속을 들여다보는 듯한 느낌이었다. 설마 무시당한 건가? 아니면 그냥 자신이 예민하게 받아들인 건가? 자연스럽게 칭찬 한마디를 해 주는 걸로 끝났으면 기분이 지금보단 나았을까?

"저 두 사람 잘 어울리지 않아?"

그때 얼른 자료를 챙겨 환을 따라가는 재경을 보며 노은의 옆에서 누군가가 말했다. 노은의 고개가 그쪽으로 돌아갔다. 제작 본부장이 회의장을 휩쓸고 간 후의 기분 전환으로 수다 타임이 시작된 듯했다.

"누구? 본부장님이랑 윤재경 팀장?"

"하긴, 두 사람 다 뉴욕 유학생에, '프랑스 깐느 광고제', '뉴욕 원쇼 광고 페스티벌' 등등 수상 경력도 어마어마하지. 작년엔 같이 작업해서 대한민국 광고 대상 그랑프리도 차지했잖아. 그러고 보면 두 사람이 썸 타도 놀라운 일은 아닐 거야?"

"모르지 그건. 본부장님이 워낙 수수께끼잖아."

"하긴, 무심한 남자지. 여자관계도 엄청 깨끗한 거 같고. 물론 본부장님이 일에 미쳐 있는 타입이긴 하지만 뭐랄까, 의외로 여자에 미칠 타입 같기도 하잖아. 스타일이, 한 번 빠지면 사정없을 거 같지 않아?"

핀트는 좀 어긋났지만 사정없는 건 맞았다. 다만 그 범위가 매우 한정적이라서 문제였지. 그가 미치는 곳은 단지 침대 안 뿐이었다. 침대 밖으로 나온 그는 그냥, 차갑고 무심한 본부장님일 뿐이었다. 노은은 노트를 챙겨 일어났다. 그런데 갑자기 감전이라도 된 사람처럼 흠칫 펜을 떨어뜨리자 옆에 있던 선배가 물었다.

"왜 그래, 노은 씨? 본부장님한테 칭찬을 들은 게 너무 좋아서 넋이 나간 거야?"

"아, 아니에요. 잠깐 딴생각 좀 하느라."

노은은 서둘러 회의실을 빠져나왔다.

'15초 안에…… 저한테 걸어온 느낌이었어요, 당신이.'

귀가 왕왕거렸다. 그건 바로 어제, 그녀가 환에게 했던 고백이었다. 회사 안에서 프로페셔널한 모습으로 돌아간 환을 보자 뒤늦게 그 말을 했던 게 떠오른 것이다. 맙소사! 어쩌자고 그런 창피한 소리를 한 걸까! 그 말은 제작본부장이 평소에 입버릇처럼 하는 말이 있었다.

"광고는 15초의 미학이다. 그 15초가 아마추어와 프로를 가르는 기준이 된다."

그가 자신을 사로잡은 것도 단지 그 15초였다.

눈물에 푹 젖어 고개를 들었을 때 손수건을 내밀고 서 있던 그 남자의 모습, 그리고 그가 본부장님이라는 걸 깨닫기까지의 그 모든 어메이징한 15초. 불시의 기습이라고 할 수 있을 정도의 난데없는 키스에 잠깐 넋이 나갔다가, 그 키스의 근원적인 이유를 깨닫기까지의 그 모든 15초.

그래서 그런 말을 해 버렸던 것이다. 게다가 그 후에 더없이 정성스러운 키스까지. 헌신도 그런 헌신이 없었다.

하지만 환의 15초란 말이 곳곳에서 살아 숨 쉬고 있는 이 회사 안에서 그 고백을 떠올리자 그렇게 창피하고 민망할 수가 없었다. 마치 취해서 쓴 연애편지를 다음 날 맨정신으로 읽어 본 기분이었다. 지금 자신이 돌아갈 곳은 사무실이 아니라 쥐구멍인 것 같았다.

그날 하루, 노은은 일에 집중하려고 했지만 자꾸만 생각이 다른 곳으로 세서 곤란했다. 그냥 그 남자는 다 잊어버린 것 같고, 별로 서로 의미를 지울 일도 아니었으니 복잡할 것도 없는데 그냥 온종일 머리가 지끈지끈했다. 연애는 아니었지만 그래도 이래서 다들 사내 연애를 피하는 건가 싶었다. 뭐가 이렇게 복잡한 건지.

퇴근 즈음 무심코 엘리베이터에 오르려던 노은은 깜짝 놀라 몸이 굳고 말았다. 하필이면 그 안에 이환이 타고 있었다. 이건 무슨 운명의 장난인 건지.

그는 여전히 변함없었다. 근사한 고급 정장, 가끔은 반짝거리기도 하는 서늘한 검은 눈동자, 건조한 표정. 도대체 무슨 생각을 하는 건지 알 수 없는 저 남자. 그래서 참 불편한 이 공간.

"……."

노은이 도통 타질 못하고 있자, 환의 시선이 흘끗 그녀를 훑었다. 하지만 역시나 거기까지였다. 그녀가 잘못 생각한 게 아니었다. 이 남자는 어제 일을 통째로 기억에서 지우기로 한 것인가. 무표정하게 그가 시선을 거두어들였다. 그리고 더없이 사무적이고 차갑게 그녀를 외면한 채 서 있었다.

이게 그가 원하는 방향인가. 이미 엘리베이터 문은 열렸고, 돌아설 수도 없어서 노은은 천천히 안으로 들어섰다. 그리고 조용히 정면을 쳐다보고 섰다. 물론 그 물 흐르듯 유연한 태도 뒤엔 아무렇지 않은 척 온몸에 부자연스럽게 힘을 주고 있는 자신이 있었다. 어깨가 다 아플 정도였지만 노은은 끝까지 태연한 체했다.

문이 닫히고, 숫자는 사정없이 바뀌며 아래로 내려갔다. 하지만 협소한 엘리베이터 안은 침묵으로 꽉 차 있었다. 두 사람 다 한마디도 하지 않았다. 환의 침묵은 무심한 침묵일지 몰라도, 노은의 침묵은 환에 대한 반응을 담은 서글픈 침묵이었기에 매우 무거웠다. 결국 무거운 사람은 그녀 자신뿐이란 소리였다.

숨 막히는 정적은 노은의 목을 조르는 것 같았다. 하필이면 직선으로 서는 바람에 반들거리는 엘리베이터 문엔 그녀만 비칠 뿐이었다. 등 뒤에 서 있을 그가 인식되어 뒤통수가 따끔거리는데도 여전히 그는 무심했다. 마치 그 침묵에 얻어맞는 것 같았다. 노은은 정말이지 어이가 없었다.

그때 땡! 하는 무심한 소리가 들리고 노은이 천천히 고개를 들었다. 하지만 환은, 마지막까지 아는 척 한 번 없이 그냥 노은을 스쳐지나 엘리베이터에서 내려 멀어졌다.

"왜 저였어요?"

그날 밤 그에게 물었다. 하지만 그는 대답해 주지 않았다.

"대답해 봐. 너야말로 왜 여기에 있는 거지? 왜 내 유혹에 동의한 거지?"

도리어 그녀에게 질문을 되돌렸다. 그때 자신은 생각했다.

다시 시간을 되돌려 그 순간으로 돌아간다고 하더라도 자신은 이 남자를 따라왔을 거라고. 그에게 안기고 싶었을 거라고. 하지만 그건 자신의 일방적인 감정이었고, 환은 그냥 충동적이었다. 그녀는 맹목적이었고 환은 충동적이었다. 그날 밤이란 시간의 의미가 그랬다.

그럼에도 그 순간엔 미치도록 알고 싶었다. 이 사람한테 난 무슨 의미일까? 또 이 시간은 무슨 의미일까? 왜 나와 함께 있고 싶었던 걸까? 이유나 의미가 있긴 있는 걸까? 원나잇에서 의미를 찾는 촌스러운 짓 자체가 웃긴 거였는데.

어쩌면 처음 몸을 허락한 상대를 좋아하는 걸로 착각한, 가장 흔한 오류를 범한 게 아니었을까? 그래서 그가 모르는 척 외면 혹은 무시했을 때 아주 큰 혼란을 느꼈던 건 아닐지. 그저 바늘에 찔린 거였는데 장검에 베인 것처럼 충격을 받았다.

"왜 저였어요?"

'우리 둘은 무슨 사이일까요?'

사실 환은 이미 그 질문에 확실하게 대답해 주었다. 그 뜻을 회의실에서 한 번 피력했고, 엘리베이터에서 마주쳤을 때 또 한 번 명확하게 못 박은 것이었다.

'너와 난 아무 사이도 아니야. 그날 일은 원나잇 그 이상도 이하도 아니야.' 라고.

그는 이미 자연스럽게 자신의 삶으로 돌아갔고, 아무렇지도 않았다. 자신만 그날 밤 일에 매달려 있었을 뿐. 감정 없는 관계가 깨어지는 시간은, 소금이 물에 녹는 시간보다 빨랐다. 하지만 소금은 녹은 물에 그 성분이라도 남기지, 감정 없는 관계가 녹아버렸을 때 남는 건 아무것도 없었다.

아, 한 가지 남은 게 있긴 있구나. 그로부터 며칠이나 지났건만 아직까지 몸 깊은 곳에 남아 있는 키스 자국 정도?

대체 그날 밤 그와 자신은 뭘 한 걸까? 왜 날 무시하는 거지? 아무것도 아니니까. 서로 감정이 통해서 잔 게 아니니까. 그냥 단순한 섹스였으니까. 자신이 그를 따라가 놓고 왜 서운한 마음이 드는 건지는 그녀도 모를 일이었다. 하지만 누구라도 무시당하면 기분 나쁘니까, 모르는 척 취급당하면 감정 상하니까 감정이 바스락거렸던 것 같다.

안 그래도 기분도 그런데 그날은 아침부터 개 선배가 한층 더 사람을 귀찮게 했다. 열심히 일하고 있는데 또 옆에서 왈왈 짖어대는 바람에 노은은 그날도 역시 아침부터 우울해야 했다.

"야, 너 명노은이야, 멍노은이야? 정신을 어디다 빼놓고 있길래 겨우 이 정도도 제대로 못 해?"

자고로, 사람 이름 갖고 놀리는 게 가장 유치한 짓이라고 했다. 그런데 저 선배는 지금 제 수준을 말 속에 그대로 녹여서 밖으로 흘려보내고 있었다. 어쩌면 회식 이후 언제든 걸려라 하고 기회를 노리고 있던 매의 발톱에 정확히 낚아채진 건지도 모르겠다.

"네가 보기엔 이게 카피 같아? 야, 글만 써 놓으면 다 카피인 줄 알아? 네 머릿속 나라에서나 통할 법한 이딴 촌스러운 말로 대체 누굴 설득하겠단 건데? 아주 칭찬 몇 번 받더니 보이는 게 없지? 네가 보기엔 이게 생각을 뒤집은 거 같지? 혁신을 뭘 해? 네가 스티브 잡스야? 당장 다시 해!"

쩌렁쩌렁 소리친 그가 A4 용지를 노은의 머리에 집어 던졌다. 흩어진 종이들이 노은의 머리와 어깨를 때리곤 우수수 바닥으로 떨어졌다. 노은은 입술을 꼭 깨물곤 그 종이들을 조용히 주워 모아 일어섰다.

"다시 해 오겠습니다."

"죄송합니다! 앞에 말이 빠졌잖아!"

"……죄송합니다."

"됐으니까 꼴도 보기 싫어. 꺼져!"

노은은 묵례를 하고 돌아섰다. 지나가는 노은을 다른 직원들이 흘끗하며 봤지만 곧 자신들의 업무로 돌아갔다.

물론 개 선배가 미운 건 사실이었지만, 제대로 일을 못 했을 땐 깨지는 게 당연했다. 말단이 대리한테 깨지고, 대리는 팀장한테 깨지고, 팀장은 AE랑 본부장한테 깨지고. 그게 회사였다. 그렇더라도…….

노은은 회사 한쪽에 야외처럼 꾸며진 쉴 공간으로 나와서 낮은 한숨을 내쉬었다.

"하여튼 어디서 본 건 있어서."

말로 하면 될 걸 꼭 종이를 사람 머리에 뿌려 댄다. 좀 더 알아듣기 쉽게, 상냥하게까지는 아니더라도 인간적으로 가르쳐주면 알아들을 텐데. 그건 절대 꾸어서는 안 되는 꿈인 걸까? 게다가 그 고고하신 이환 본부장님께서 손수 지목해 주신 카피도

다듬어서 제출했지만 팀장 선에서 반려됐다. 다시 해 오라는 말 뿐 이유는 말해 주지 않았다. 그건 가망이 없단 소리였다.

"되는 일이 없다. 대체 뭔가 문제인 거야?"

노은은 답답한 마음으로 손에 든 종이를 펼쳐 보았다. 자신이 적은 카피가 보였다.

"뭐가 문제겠어. 내가 문제지."

사실 요 며칠 집중하지 못했다. 애써 태연한 척했지만 머릿속은 계속 혼자 복잡했나 보다.

"아!"

어서 빨리 이 생각에서 헤어나고 싶었다.

"나도 정말 이러고 싶지 않은데 말이지."

하긴, 성인남녀 사이에서 있었던 일, 자연스러운 화학 과정, 좀 더 깊은 일탈. 그리고 당연한 듯 돌아온 끝 혹은 정지 버튼. 그런 게 세상에 전혀 없는 일도 아니고, 그저 털어버리면 될 것을 이렇게 의식이 붙들려 있는 이유는, 아마도 그녀가 그 밤 스스로도 놀랄 정도로 몰두했기 때문이리라.

턱을 괴고 있는 노은의 긴 머리카락을 바람이 살랑살랑 스치고 지나갔다. 그날처럼 쌀쌀한 바람은 아니라서 다행이었다.

'가슴이, 살짝 건드려졌어.'

'이렇게 떨릴 줄 몰랐다.'

'부서지지 않도록 내가 잘 지켜줄 테니까.'

'명노은, 왜 넌 이제야 내 품에 들어온 거지?'

그런 말들이 떠오르자 또 문득 가슴이 속절없이 두근거리는 건 자신이 여자라서일까, 아니면 어리석은 여자라서일까?

'당신은, 여자를 안을 때 다 그렇게 안나? 그렇게 뜨겁게 안아 준 건 특별한 게 아니었던 건가? 그런 달콤한 말로…….'

그런 생각에 빠지니 한없이 기분이 가라앉아 눈을 천천히 감았다가 뜨는데 건물 내부로 이어지는 문중에 하나가 열리는 소리가 들렸다. 혼자만의 시간도 여기서 끝이란 생각에 사무실로 돌아가려던 노은이 멈칫했다. 하필이면 그녀의 고민 상대가 마케팅 팀 팀장과 나란히 걸어 나오다가 노은을 발견하고 멈춰 섰다. 이환이었다.

그런데 몇 번이나 마주쳤을 때마다 내내 사람을 외면했던 남자가 오늘은 또 미간을 살짝 찌푸린 채 그녀를 뚫어지게 쳐다보고 있었다. 역시나 종잡을 수 없는 남자. 하지만 노은의 마음은 이미 그와 마주치고 싶지 않을 뿐이었다. 그녀는 황급히 종이 뭉치를 가슴에 안은 채 두 상사에게 인사를 하고서 얼른 그 자리를 벗어났다. 팔랑 하고 그녀의 품에서 A4 용지가 하나 떨어진 것도 알아차리지 못한 채.

환의 긴 손가락이 천천히 종이를 주워들었다. 그 안엔 수없이 새로 고쳐 쓴 카피들로 꽉 차 있었다. 그야말로 고민의 흔적이 역력했다.

"그게 뭐예요?"

"……."

"방금 전 여직원이 떨어뜨리고 간 거 아닌가요? 저 주세요. 전해 주거나 중요한 거 아니면 버릴게요."

"버려선 안 되죠."

환은 냉랭하게 끊어내듯 대답하곤 종이를 접어 재킷의 안주머니에 넣었다. 그리고 천천히 노은이 사라진 곳을 돌아봤다.

노은은 사무실에 가까이 와서야 참고 있던 숨을 하아 터뜨렸다. 환의 의미를 알 수 없는 시선이 자신을 뚫어지게 훑던 순간이 떠오르자 발가락 끝부터 전류가 쭉 흘렀다. 정말이지 자신도 학습이 안 되는 여자였고 그 남자도 파악할 수 없는 남자였다. 앞으로 절대 사적으로 아는 척하지 말라고 몇 번이나 미리 선을 긋지 않았던가? 그런데 오늘은 왜 또 먼저 사람을 쳐다보고 있는 건지.

"지치겠다, 정말."

한 사람을 알게 된다는 건 우주를 알게 되는 것과 같다는 말이 있긴 하지만, 이환은 정말 우주 같았다. 끝도 없는, 알 수도 없는 우주.

노은은 멈췄던 걸음을 다시 옮겼다. 그나저나 화사한 차림으로 환의 옆에 있던 그 여자는 바로 마케팅 팀 팀장이었다. 오버사이즈 코트를 입었음에도 언뜻언뜻 드러나는 미니스커트 차림의 몸매는 정말 날씬했다.

"내가 무슨 상관이야."

'일단 내가 유혹했지만, 지금 느낌은 확실히 유혹당한 기분이야. 너한테 제대로 카운터펀치 한 방 먹은 기분.'

그가 했던 말.

"그런 현혹하는 말 따위……."

러브
머신

하지만 그가 가지고 논 것도 아니고, 그 순간 서로 황홀하고 흥분되고 만족스러웠으면 된 거 아닌가? 누가 하나하나 침대에서 오간 말에 의미를 두고서 그게 진심인 듯 생각하겠어. 80년대도 아니고.

이제 그만 머릿속을 깨끗하게 청소하고 그 날에 대한 것도 아예 덮어두기로 했다. 노은은 다시 일상으로 돌아갔다. 그제야 한시도 심장을 긁어대며 가만히 두지 않던 어떤 환영과 그로 인한 스트레스에서 놓여날 수 있었다.

그리고 며칠 후 제작 1팀 복도로 막 접어드는데 환과 다시 마주쳤다. 요즘 그는 300억짜리의 억 소리가 나는 예산이 들어가는 아주 규모가 큰 광고 건을 진행 중이었다.

기업이 이윤을 남기려면 많이 팔아야 한다. 광고계도 똑같았다. 성공하려면 무엇보다 광고를 잘 팔아야 한다. 무슨 수를 써서라도 돈 많은 클라이언트를 잘 물어야 한다. 이환 본부장은 그런 면에서 독보적인 존재였다.

"본부장님, 안녕하세요."

노은은 자연스럽고 깍듯하게 인사를 하고 환을 지나쳤다. 순간적으로 멈칫하는 촌스러운 짓도 전혀 하지 않은 스스로가 참 대견했다. 그때 등 뒤에서 환의 목소리가 들렸다.

"명노은 씨."

노은의 등이 뻣뻣해졌다. 생각지도 못한 급습을 당한 기분이었다. 하지만 자연스럽게 행동할 필요가 있었고 그걸 시험해볼 기회로도 적당했다. 노은은 마음을 가다듬고서 그를 향해 돌아섰다. 환이 완벽한 이탈리아제 고급 슈트를 입고 그녀를 날카롭게 쏘아보고 있었다. 지나가던 직원들이 제작본부장과 이름 모를 신입을 흘끗흘끗 호기심 어린 시선으로 쳐다봤다.

"부르셨어요?"

"부르셨으니 섰겠지."

"무슨 일이신데요?"

"……표정이 왜 그래?"

"네?"

노은이 갸웃하고 반문했지만 환은 그냥 고개를 돌렸다.

"아니. 됐습니다."

지나다니는 직원들을 의식한 건지 그가 존대를 했다. 그런 그의 표정이 뭔지 모르게 불쾌해 보였다. 노은은 도대체 왜 또 저런 해석하기 난해한 분위기를 풍기는 건지 이해할 수 없었다. 별로 이해하고 싶지도 않았고.

반면 환은 노은이 완전히 무심한 표정을 하고 있자 약이 살살 오르는 참이었다. 하지만 그걸 여기서 말할 수는 없는 노릇이었다. 이미 모든 걸 해탈하고서 도를 깨달은 사람처럼 그녀는 집착 하나 없이 건조 그 자체였다. 결국 초조해진 건 그였다. 이건 정말이지, 명노은과 힘겨루기를 해 봐야 자신만 손해 본 것 같았다.

"그날 회의에서 명노은 씨 카피를 보고 느낀 건데."

환이 전혀 관련이 없는 화제로 말을 돌리자 노은이 의아한 얼굴을 했다.

러브머신

"아무래도 잡다한 생각이 많은 것 같아. 카피에서 망설임이 느껴져. 그런데 내가 아는 명노은 씨의 모습은 그게 아니거든."

환이 천천히 걸어가자 노은은 그만큼 뒷걸음질을 쳤다. 그녀는 어이가 없었다. 제멋대로는 이 남자의 특징이었지만 이젠 또 이런 식으로 사람 발목을 붙잡고 늘어지는 건가?

"요즘 꽤 바쁘신 것 같더니 또 심심하신가 봐요?"

하지만 환은 아무런 대꾸 없이 노은의 바로 앞에서 상체를 불쑥 숙였다. 그리고 그녀의 귓가에서 얼굴을 정지한 채 그녀만 들리게끔 아주 낮은 소리로 말을 이었다.

"그날 침대에서처럼만 직설적이고 화끈하게 해 보지그래. 날 정신 못 차리게 만들었던 그 모습 그대로."

'이 사람이!'

노은은 몸이 조각조각 나는 것처럼 분해서 부들부들 떨었다. 결국 의도는 이거였나. 한 대 찰싹 쳐주고 싶을 정도로 얄미웠지만, 정신을 놓는 순간 회사에서 잔 다르크 되는 건 시간문제였다. 그것도 본부장을 때린 정신 나간 잔 다르크.

노은은 자신도 모르게 올라가려는 손을 겨우 누른 채 차분하게 환을 쏘아 봤다. 흥분하면 안 된다. 그럼 지는 거다. 이환은 여전했다. 결정적일 때 사람을 골려 먹는 걸 취미로 갖고 있는 그런 남자.

"본부장님은 제가 그렇게 우스우세요?"

"명노은 씨는 조언해 준 사람한테 감사 인사를 그런 식으로 하나? 응?"

"제가 지금 얼마나 초인적으로 참고 있는지 그거나 아시죠."

"참지 않아도 돼. 난 그런 명노은이 꽤 마음에 들거든. 아주 즉흥적인."

그의 입술이 정말 비열하게 끌려 올라갔다. 노은의 머릿속이 점점 더 차갑게 식어갔다. 냉정이 돌아온다는 반가운 소리였다. 이 남자는 알뜰하게 자신을 골려 먹고 그런 짓을 하는 스스로에게 아주 흡족해하는 그런 이상한 정신을 갖고 있는 남자였다. 하지만 아무리 그렇다고, 겨우 사람 놀리려고 이렇게 일부러 붙들어 세운 거라니. 대체 자신은 지금까지 뭘 고민하고 힘들어 했던 걸까?

"제가 좀 즉흥적이긴 하지만 본부장님에 비해선 명함도 못 내밀 수준인 걸요. 저보다 훨씬 더 즉흥적인 분이시니, 더욱더 존경하며 열심히 배워 보겠습니다."

환이 요것 봐라, 하듯 눈동자를 반짝했다. 그가 천천히 몸을 일으켜 세웠다.

"아무튼, 망설임을 벗어던지면 새로운 길이 보일 거야. 틀을 벗어나면 큰 판이 보이니까, 판은 명노은 씨가 짜면 되는 거고. 어쩌면 그건 일에서도, 연애에서도 똑같이 적용되겠지."

노은이 피식 웃음을 흘렸다. 지금 저게 조언이란 건가? 이건 그냥, 사람을 옴짝달싹하지 못하게 만들어 놓고서 고문하고 있는 것일 뿐이었다.

"참고하는 게 어때?"

"그럴게요. 조언 잘 참고해서 앞으론 일과 연애 양쪽 토끼를 잘 잡도록 하겠습니다. 성공하면 꼭 칭찬해 주세요. 그럼."

환이 눈썹을 찌푸렸다. 씁쓸하게 웃으며 그가 입을 열었다.

"왜 전화 안 받았지?"

돌아서려던 노은이 희한하단 얼굴로 환을 돌아봤다. 전화라니? 하지만 그 순간 떠올랐다. 어제 샤워하고 나온 뒤에 핸드폰을 보니 처음 보는 번호가 찍혀 있었다. 당연히 스팸인 줄 알고 무시했는데, 그의 말이 맞다면 그게 이 남자였던 건가?

왜? 이제 와서 무슨 이유로?

"전요. 이런 전화는 무시해요. 시도 때도 없이 울리는 눈치 없는 스팸 전화랑 염치없는 남자의 뻔뻔한 전화. 기본적으로 염치가 없는 거 같아요, 본부장님은. 그날은 저도 즐겼고 본부장님도 원하시는 대로 하신 것 같으니까, 즐길 대로 즐기셨으면 이제 그만하시죠. 그럼 하실 말씀 끝나셨으면 가보겠습니다."

냉정하게 외면하고 돌아서는 노은을 환이 확 잡아서 벽으로 몰아 세웠다.

"뭘 그만해?"

그가 묻건 말건 노은은 너무 놀라서 심장이 다 떨어지는 줄 알았다. 하지만 주변을 살피니 다행히 아무도 없었다. 사실 애초에 그 정도로 놀랄 일이 아니었을지도 모르겠다. 환은 이미 아무도 없단 걸 알고서 이런 기함할 일을 저질렀을 테니까. 주도면밀한 남자였다.

"놀랐지?"

"안 놀랐습니다."

앞으론 절대 이 남자 앞에서 살아 숨 쉬는 반응 같은 걸 하지 않으리라 생각했다. 그냥 죽은 생선 같은 텅 빈 시선으로 노은은 차분하게 그의 손을 밀어냈다. 언제 다시 직원들이 오갈 줄 몰랐기에 환도 바로 물러나긴 했다. 그는 분위기를 풀고 싶어 하는 것 같았지만 노은은 이 건조한 공기를 그대로 유지하고 싶은 바였다.

"그만 가 보겠습니다."

"우리 용건 있지 않았나?"

노은이 멈칫 섰다. 정말이지 구제불능인 남자다. 이제 와서……. 노은은 돌아보지 않은 채 낮게 대답했다.

"아뇨, 없습니다."

"……그래?"

환의 표정이 살짝 그늘졌지만 노은은 돌아보지 않았기에 전혀 알지 못했다. 그녀가 말했다.

"그날은 둘 다 충동적이었고 서로 즐기려고 시작한 일이었죠. 본부장님 말씀대로 전 화끈한 여자고 아주 즉흥적이거든요."

"아, 즐긴다. 그래서 즐기셨나?"

"네. 아주 잘 즐겼습니다. 덕분에 원나잇 뜻도 아주 명확하게 알게 됐고요. 물론 본부장님이 굳이 몸소 알려 주시기도 했고. 아무튼 탈 날 이유도, 필요도 없으니까 이제 이런 식으로 감정 내키는 대로 사람 들쑤시면서 원할 때마다 아는 척하는 거 그만했으면 좋겠어요. 전 잊었으니까 본부장님도 잊어주시는 게 공평하겠죠? 부탁드립니다."

대부분의 직원이 퇴근한 개방된 사무실에는 다른 팀원 한둘과 노은만이 남아 있었다. 노은은 자신의 자리에 앉아 턱을 괸 채 이것저것 되는 대로 카피를 끼적이고 있었다. 여전히 머리가 꽉 막힌 것 같았다.

"망설임. 망설임이 없다라……."

문득 환이 한 말이 떠올라 중얼거렸다. 별로 그 비정상적인 남자의 말에 휘둘리는 건 아니었지만, 확실히 자신은 이것저것 너무 많은 걸 담으려다가 생각의 부피에 무너지는 일이 많았다. 카피는 이래야 해, 라는 정해진 틀 안에서 생각하다 보니 제약도 많고 큰 틀을 확 깨는 희열 같은 건 느껴본 적도 없었다. 망설임이 많고 과감성 같은 것과는 거리가 멀었다.

어째서 그 사악한 남자의 말은 그렇게 괴팍한 뜻을 가지고 있음에도, 사람을 날카롭게 찌르는 의미가 함께 들어 있는 걸까? 처음엔 침대를 들먹이며 자신을 비웃고 망신주려는 말로만 생각했는데, 거름종이에 몇 번 걸러 봤더니 결국 명노은을 제대로 평가한 말만이 소금 알갱이처럼 거름종이에 남아 있는 것이다.

골려 먹으려고 불러 세운 거 아니었나? 유치하게 놀리려는 게 목적이 아니었던 건가? 문득 신입 사원 오리엔테이션 때, 그가 본부장으로서 한 말이 생각났다.

"여러분이 의자를 판다고 칩시다. 앉기에 편하다, 예쁘게 디

자인이 됐다, 가격이 저렴하다, 메시지가 벌써 세 개나 되죠. 사람들의 눈과 귀는 한 가지를 받아들이는 데도 까다롭습니다. 욕심이 난다고 해서 세 가지 메시지를 한꺼번에 넣으면 하나도 전달되지 못합니다. 그렇다면 무엇을 빼고 무엇을 선택해야 할까. 이건 딜레마와도 같죠. 이걸 선택하면 저걸 감당하지 못한다. 소설이라고 칩시다. 딜레마를 잘 다루지 못하고 선택도 못하면 좋은 이야기가 나올 수 없습니다."

그때 그녀의 가슴을 울리게 했던 그 진동이 지금 다시 살아나는 것 같았다.

그러고 보면 노은은 이환 본부장을 지금껏 꽤 존경하고 있었다. 비단 그녀만은 아니었다. 그가 이 회사의 직원들에게 끼치는 영향력은 대단했다. 누구처럼 능력 검증도 없이 재벌 승계로 그 자리에 오른 것도 아니고, 스스로 하나씩 실력을 쌓아 AD로서 확실하게 인정을 받은 후 그 위치가 되었으니까. 일 잘하고 똑똑한 남자. 그는 그런 사람이었다. 물론 그의 근사한 외모도 호감을 높이는데 한몫했지만, 어쨌든 이환 본부장은 이 업계에서 살아있는 전설이었다. 그 전설과 조금 전 관계를 확실하게 끝냈지만 아무튼.

노은은 카피를 다시 쭉 훑어보았다.

"역시 선택하지 못하고 있어."

두세 개, 많으면 서너 개의 메시지가 동시에 마구잡이로 들어가 있었다.

"이러니 누구의 가슴을 치는 카피가 될 수 있겠어. 후우……

정말 어렵다."

머리를 감싸 쥐는 그녀의 뒤로 또각또각 귀에 익은 힐 소리가 들렸다. 흘끗 쳐다보니 재경이었다.

"팀장님."

노은이 벌떡 일어나려고 했지만, 재경이 그냥 앉아있으라며 이쪽으로 걸어왔다.

"열심이네, 노은 씨."

온종일 이어진 회의와 클라이언트 접대에 지쳤을 법도 한 재경은 멋지게 웃고 있었다. 사실 눈에 확 뜨이는 미인이라는 데서 마케팅 팀 팀장과 재경은 엇비슷했다. 하지만 노골적인 섹시함을 강조하는 마케팅 팀 팀장에 비해 재경은 고급스러운 우아함을 갖고 있었다. 실력도 겸비한 멋진 여성, 그녀는 입사 내내 노은의 롤 모델이었다.

"잠깐 좀 봐도 될까?"

"그게, 아직 좀 미흡해요."

재경이 노트를 들어 노은이 쭉 써 놓은 카피를 훑어보곤 내려놓았다.

"뭐랄까, 노은 씨는 너무 클라이언트의 입장에서만 생각한다고나 할까. 물론 광고회사 직원이 그들의 요구를 알아주는 건 너무도 당연하지. 자기 자식 같은 상품들 칭찬해 주면 기업 입장에서도 좋을 테고. 하지만 결국 아무리 잘난 상품이라도 안 팔리면 끝이야."

"네……."

"대중들은 자기가 알고 싶은 것 말고는 관심 없어. 자기 눈에 띄는 것만 보고, 자기 귀에 들리는 것만 듣지. 그런데 역시 노은 씨는 하고 싶은 말이 너무 많은 게 오히려 발목을 잡는 것 같다. 소비자의 입장 외에 클라이언트의 입장까지 신경 쓰다 보니까. 그렇지?"

"안 그래도 생각이 너무 많은 것 같아서 좀 더 선택하는 연습을 해야 할 것 같았어요."

"응, 노은 씨는 너무 밑그림을 완벽하게 깔고 들어가려고 애쓰니까, 좀 더 즉흥적으로 해 보는 것도 좋아. 쭉쭉 치고 나가 봐. 그럼 분명히 좋은 결과가 나올 거야."

순간 노은이 멈칫했다.

'난 그런 명노은이 꽤 마음에 들거든. 아주 즉흥적인.'

문득 환의 말이 겹쳐 떠오른 것이다. 그럼 결국 그 말의 진짜 의미는, 정말로 유치한 이죽거림이 아니라 조언이었던 건가? 조언 같은 소리! 하지만 미궁에 빠지는 기분인 건 사실이었다. 이거야말로 운 좋게 딱 맞아 떨어진 자신의 억측인가, 아니면 정말 그가 자신을 완벽하게 파악해서 도와준 것인가?

"암튼 고생하고."

생긋 웃고 돌아서려던 재경이 순간 뭔가가 떠오른 듯 갸웃하고 돌아섰다.

"아, 그런데 그때 반려된 카피 건 말이야. 본부장님이 기대 많이 했는데 아쉽게 됐다고 하시던데. 카피라이터에 대해서도 궁금해하시는 것 같고."

"……네?"

노은은 등골이 오싹 조여드는 느낌으로 반문했다. 왜, 왜요?

"어디 아프거나 한 건 아니냐고도 물으시던데."

노은은 시선을 헛짚고 말았다. 머릿속이 징 울리고 의문은 점점 더해갔다. 이 남자는 대체 무슨 생각인 건지 알 수가 없었다. 그가 하는 모든 행동마다 의도를 헤아리고 궁금해하다간 금세 반백이 될 것 같았다. 그만큼 의뭉스런 남자였다. 이쯤 되니 자신이 그를 이해해 보려 노력해야 하는 건지, 아니면 그가 이제 그만 정상적인 세계로 돌아가야 하는 건지, 판단하기도 난해해졌다.

"그래서. 무슨 사이야?"

노은의 고개가 번쩍 들리고 동공은 탁구공처럼 벌어졌다. 충격을 준 당사자는 책상에 명품 엉덩이를 걸치고 앉아서 눈동자를 반짝반짝 빛내며 노은을 쳐다보고 있었다.

"무, 무슨 말씀이신지……."

"정말 몰라 물어? 아니면 내숭 떠는 거야? 내 짐작으론 이상하게 잘 아는 사이처럼 보이던데, 아니야? 아니라면 본부장님이 그런 사적인 질문을 하실 리가 없지 않겠어?"

도대체 왜 이환이란 남자가 그런 이야기를 재경에게 꺼낸 것인지 짐작조차 안 갔다. 최소한의 배려? 아니면 동정? 그것도 아니면 그냥 심심해서? 완벽하게 무시한 것 아니었나? 자기 선에서 혹시 모를 명노은과의 관계를 끊은 게 아니었나? 그런데 왜 재경에겐 그런 말을 한 건지 정말이지 자신이 더 알고 싶었다.

"그, 글쎄요. 저도 정말 모르겠는데. 본부장님께 물어보시는 게 어떨까요."

"본부장님한테 물어보니까 노은 씨한테 물어보라던데?"

노은은 기가 막혔다. 어쨌거나 지금은 이 상황을 넘기는 게 급선무였다. 가십 같은 것에 한 번도 흔들리지 않던 재경이 저렇게 궁금한 얼굴로 기다리고 있는데 끝까지 잡아 뗄 수도 없고, 그렇다고 목에 칼이 들어와도 사실대로는 절대 말할 수 없고. 결국 노은은 가상의 동아줄을 만들고 그걸 힘껏 잡았다.

"실은 사, 사촌오빠 친구분이세요. 본부장님이랑 제 사촌오빠가 아주 친한 친구라서, 저 좀 잘 봐달라고 부탁했나 봐요. 그걸 계속 기억하고 계실 줄은 몰랐어요."

재경에게 거짓말을 한다는 게 미안했지만, 거짓말과 우산은 늘 갖고 다니라는 엄마의 충고를 노은은 이번에야말로 알뜰하게 써먹었다.

며칠 동안 노은은 반려되었던 카피에 매달렸다. 다 죽어가는 녀석을 되살리기 위해 열심히 카피에 대고 인공호흡을 했다. 망설임을 버리고 좀 더 과감해졌다. 이번에야말로 복잡한 생각들을 지우고 즉흥적으로 생각해 보았다.

결과는 성공이었다. 재경은 노은이 제출한 결과물을 아주 좋게 봤고 그대로 통과되었다. 재경의 칭찬에 노은은 뛸 듯이 기뻤다. 하지만 자신의 자리로 돌아오자마자 기다리는 건 남상모라는 이름의 속 좁은 선배의 보이지 않는 압박이었다.

안 그래도 재경에게 칭찬받는 내내 눈초리가 매섭다 싶었는데 아니나 다를까 속 좁게 한 건 터뜨려 주셨다. 후배가 한 꺼풀 고뇌를 벗은 것에 대한 칭찬은 해 주지 못할망정 엄청난 잔업을 떠안기고 홀로 퇴근하는 모범을 보인 것이다.

"나쁜 인간, 판매 촉진 행사 준비까지 다 해 놓으란 거야? 해야지 뭐, 어쩌겠어."

노은은 힘없이 투덜거렸다. 어차피 기를 쓰고 반항해 봐야 통하지도 않을 것 일찌감치 포기하고서 그나마 스트레스라도 덜 받기 위해 혼자 남아서 텅 빈 사무실을 지켰다. 그러다 어깨도 뻐근하고 졸리기도 해서 커피를 뽑으러 휴게실로 향했다.

벽엔 각종 책들이 꽂혀 있고 소파가 군데군데 놓여 있는 회사 휴게실은 아주 아늑해서 잘 꾸며진 가정집 거실처럼도 보였다. 노은은 하품을 삼키며 커피를 내렸다. 그런데 갑자기 옆에서 어떤 우아하게 긴 손이 종이컵을 놓고 믹스 커피를 뜯는 바람에 흠칫 쳐다봤다가 심장을 목으로 삼킨 듯 놀라고 말았다.

"이 시간까지 퇴근도 안 하고 뭐 하지?"

그렇게까지 격하게 반응할 건 없었다. 하지만 옆에 있는 사람이 이환 본부장이란 걸 깨달은 순간 노은은 너무 놀라 커피를 엎지르고 말았다. 그 바람에 커피가 손등에 쏟아지고 환의 얼굴이 움찔했다.

"아!"

"나 참. 뭐 하는 거야!"

그가 버럭 소리치며 노은의 손을 확 잡아당겼다. 노은은 신음을 삼키며 눈물을 글썽거렸다. 안 그래도 아파 죽겠는데 소리는 왜 지르는 건데. 그냥 둬도 서러운데 더 속상했다.

"됐어요."

노은은 눈물을 꾹 삼키며 그의 손을 밀어냈다. 하지만 반대로 더욱 강하게 노은의 손을 틀어잡은 그가 다짜고짜 그녀를 끌고 갔다.

"됐다니까요?"

"입 다물어. 어차피 누가 하든 응급처치는 해야 할 거 아냐."

누가 하든 상관없었지만 당신만은 아니었으면 좋겠다.

나쁜 남자 vs 나쁜 여자

세면대에 강제로 들이밀어진 노은의 손 위로 차가운 물이 쏴아아 쏟아졌다. 노은은 그렁그렁 눈물이 고인 채 손등만 뚫어지게 봤다.

"괜찮아?"

환도 노은의 손등에 시선을 둔 채 낮게 물었다. 노은은 고개를 저었다.

"안 괜찮아요. 아파요."

이 기분은 대체 뭘까? 막상 그가 눈앞에 있으니, 손등보다 심장 쪽이 뜨거운 물에 덴 것 같다. 노은은 입술을 꽉 깨물며 고개를 옆으로 틀었다. 아, 뭐지? 자꾸만 눈물이 올라와서 미칠 것 같다. 욱신거리는 건 손등인데 왜 다른 쪽이 더 건드려지는 것 같을까?

"또 울어?"

결국 서럽고 속상해서 흐느낌이 툭 터지고 말았다. 그날 이후 내내 이어져 왔던 만들어진 긴장 상태가 단번에 붕괴된 것처럼 눈물이 도통 그치질 않았다.

"우네."

"안 울어요."

"울잖아."

노은은 고개를 푹 숙인 채 고집스럽게 고개를 저었다. 도대체 어디에서 기인한 서러움인지, 그만 울어야 한다고 머릿속으로 생각하면서도 노은은 도통 눈물을 그치질 못했다.

"그렇게 아파?"

"그런 거 아니에요."

"그럼 뭔데."

"신경 쓰지 마세요. 본부장님이 상관할 일 아니니까."

그 순간 환이 노은의 숙인 고개를 억지로 들게 했다. 노은은 집요하게 맞춰 오는 그 시선을 피하려 했지만 쉽지가 않았다. 환의 긴 손가락에 잡힌 채 노은의 턱이 옴짝달싹하지 못했다. 잔뜩 젖어서 일렁이고 있는 노은의 눈동자를 가만히 들여다보던 그가 낮게 중얼거렸다.

"그렇게 울지 마."

노은의 눈동자가 멈칫했다.

"그렇게 울면, 내가 어떻게 할 수가 없잖아."

착 가라앉아 너무도 낮은 목소리로, 어쩐지 상심 짙어 보이는 그때와 꼭 같은 표정으로 사람의 마음을 붙들어놓고서, 그 남자가 또 키스하려고 했다. 그가 노은의 입술을 올려 물려는 순간, 노은은 자신도 모르게 환의 뺨을 짝 때리고 말았다.

바람을 찢는 듯 날카로운 소리와 함께 침묵이 이어졌다. 째깍 째깍, 벽에 걸린 시계 초침 소리가 증폭돼 들렸다. 덕분에 환의 접근은 중지됐지만 더불어 노은의 머릿속도 정지하고 말았다.

아, 내가 지금 뭘 한 거지? 설마 폭력을 쓴 건가?

"와, 이렇게 치네."

환이 혀로 볼 안쪽을 쓸면서 피식 웃었다.

"미안해요. 그러니까 왜 그런 짓을 해요? 참고 있을 수준이 넘었어요, 본부장님 행동은."

"그럼 울지를 말았어야지."

"본부장님은, 울기만 하면 아무하고나 키스해요?"

화가 나서 항의했다. 하지만 환이 더 날카로운 눈을 했다.

"울기만 하면 아무하고나?"

"그럼 아니에요? 그날도 결국 그것 때문에 관심도 없는 저한테…… 아니 됐어요. 도대체 얼마나 많은 눈물을 그 키스로 위로해 주셨어요? 여자를 울리고 다닌다는 소린 들어 봤어도, 우는 여자마다 죄다 키스하고 다닌단 소리는 못 들어 봤어요. 왜 그러세요? 무슨 트라우마라도 있어요?"

환의 얼굴에서 서서히 미소가 사라졌다.

"확실히, 우는 것에 트라우마가 있지."

"저, 정말이었어요?"

"그래, 확실히 있었어. 어떤 여자 때문에."

노은은 그 말에 가슴 한쪽이 시큰해지는 자신이 정말 원망스러웠다. 설마 했지만 그런 사연이 있었다.

"참 한심하네요. 내가 왜 이 말을 듣고 있어야 하죠? 그리고 다른 여자 때문에 생긴 트라우마를 왜 저한테 사용하는 건데요?"

그럼에도 불구하고 궁금했다.

"……어떤 여잔데요? 옛 여인이라도 돼요?"

그가 웃었다.

"그렇다고 볼 수도 있지. 어머니니까."

노은의 시선이 천천히 환에게로 돌아갔다.

"지금 뭐라고……."

"어머니라고. 왜? 대상이 어머니라서 다행이었나?"

노은이 한숨지었다.

"마음대로 생각하세요."

하지만 하필이면 어머니라니. 이야기가 이런 방향으로 흐를 줄은 예상하지 못했기에 난감했다. 더없이 가볍게 툭 던진 낚싯바늘에 하필이면 가장 진지한 고기가 걸려 버린 느낌이었다. 이제 와서 취소할 수도 없고, 그렇다고 못 들은 척할 수는 더 없고.

"미안해요."

"괜찮아. 용서할게."

"……."

"그리고 그렇게 당황하지 마. 널 내 어머니와 겹쳐 본 건 아니니까."

"그런 말 한 적 없어요."

"그렇다면 다행이네. 어머닌 너와 달리 미인이거든."

노은은 그를 노려보려다가 그냥 뒀다. 하나하나 반응하다 보면 그의 페이스에 휘말리게 된다. 그래서 그의 앞에서 살아있는 반응은 이제 절대 안 하기로 다짐하지 않았던가. 아무튼 놀림 받을 거 다 받았으니 이제 돌아서야 하는데 왠지 그녀는 망설이고 있었다.

"어머니가……."

왜 트라우마가 됐냐고, 어쩌면 그걸 물어보고 싶었는지도 모르겠다. 그래서 청승맞게 우는 여자들을 보면 어머니가 떠올라서 도저히 그냥 지나칠 수 없었던 거냐고. 그날 일도 그런 마음이었느냐고 묻고 싶었지만 노은은 묻기를 포기했다. 이 이상 자신이 관여해선 안 될 것 같았다.

"그만 갈게요. 치료는 감사했어요."

하지만 돌아서는 노은을 환이 잡았다.

"명노은."

그의 눈빛이 왠지 애처로워 보였다. 하지만 노은은 그를 건조하게 쏘아봤다.

"저 잡으면 안 되는 거 아니에요?"

"왜 안 되는데?"

"다 끝난 거 아니었어요?"

"누구 마음대로."

"제 마음대로요."

"넌 몇 마디 냉정한 말 좀 퍼붓고 다 끝맺었다고 생각할지 모르겠지만 난 전혀 아냐. 내가 그렇게 생각하지 못하겠다면 어쩔 건데."

"말씀드렸죠? 이제 저한테 장난 그만 치시라고."

"대체 뭐가 장난이란 거지?"

모든 말에 태클을 걸고 있었음에도 환의 어조는 점차 차분해졌다. 결국 처음엔 차분하게 시작하던 노은이 먼저 터졌다.

"몰라서 물으세요? 그날 회의실에서 봤을 때부터 엘리베이터에서 마주쳤을 때 그리고 그 이후에도, 한 마디 정돈 할 수 있었잖아요. 그날 일은 잊어 달라든가, 그 일로 발목 잡을 생각하지 말라든가!"

노은은 그에게 화내고 싶다거나 잘잘못을 따지려던 게 아니었다. 별로, 나를 따로 기억해 달라고 안달 내고 싶은 것도 아니었다. 오히려 서로 선명하게 기억하는 게 더 난처할 상황이었으니까. 처음부터 그렇게 시작된 관계였으니까.

그런데도 결국 꾹꾹 눌러 참기만 하다 보니 오히려 독이 되었다. 이렇게 한꺼번에 터지고 말았으니까. 마치 원망하듯. 잘잘못을 따지듯.

노은은 한숨을 흘렸다.

"이런 게 아니었는데. 내가 원한 건, 그냥 물 흐르듯 자연스럽게 서로한테 닥친 상황을 넘기는 것. 서로 최소한의 민망과 최대의 배려로 어찌 되었건 그때의 상황을 잘 넘기고 싶었는데. 그러기 위해선 같은 회사에 다니는 입장에서 서로에게 도움을 주어야 할 부분과 절대 피해를 주지 말아야 하는 경계가 분명히 있었어요. 내가 바보도 아니고 그렇게 싹둑 잘라내지만 않았어도 그 정도 경계쯤 잘 구분할 수 있었는데. 야속하지 않게 잘할 수 있었는데.”

그는 그녀가 그런 고민을 할 시간을 허락하지 않았다. 그냥 아무 생각 없이 싹둑 잘라내 버렸던 것이다. 내가 이 남자한테 아무것도 아니구나, 그 어떤 가치도 없구나, 그런 생각은 들지 않게 할 수도 있지 않았을까?

“회사 안에 들어온 이상, 이미 공적인 상사와 직원 관계로 돌아가야 한단 건 당연해요. 말했듯이 그날은 내 발로 걸어 나간 거였으니까 본부장님이 절 어떻게 취급하건 그것도 상관없었어요. 하지만 적어도, 둘만 있을 땐 한 마디 정도는 해 주실 수 있었잖아요. 그게 그렇게 힘든 일은 아니잖아요. 아니면 그 정도 시간을 들일 가치도 없었던 건가요?”

완벽하게 무시당했다고, 단지 그것만 가지고 화내는 건 아니었다. 자 놓고 어째서 발 뺐느냐고 그걸 따지는 것도 아니었다. 최소한의 예의. 인간적으로 지켜져야 할 선. 그 정도는 해 줄 줄 알았던 이 남자에 대한 기대감 혹은 인식. 그게 깨졌고 그로 인해 그녀 자신의 자존감도 아주 많이 상했기에 슬펐던 것이다.

‘어떻게 나한테 이럴 수 있어!’ 같은 자존심이 아니었다. 내가 나를 최소한으로 사랑하고 아낄 수 있는 마지노선이랄까, 모든 사람이 날 욕해도 나만은 나 자신을 좋아해 주고 스스로 지켜줄 수 있는 최소한의 한계선인 그 자존감이 깨진 것이 가장 아팠다.

환은 아무 말 없이 노은의 말을 듣고만 있었다. 이 남자는 그냥 벽 같다. 아무리 말을 해도 사람 말을 통과시키는 얇은 습자지 같다. 그 어떤 반응도, 대답도 없었다. 노은은 또 한 번 절망을 느꼈다.

"사람 취급은 해 줘야죠. 저 투명인간이에요? 그렇게 깨끗하게 무시하고서, 필요할 땐 한마디도 안 하더니 자기가 원할 땐 멋대로……. 도저히 이해할 수 없어."

"아는 척해도 뭐라고 하고, 하지 않아도 뭐라고 하고."

"제 말은, 무시하지 말란 소리였어요. 기본적인 예의, 아니 정말 기본적인 도리는 지켜달란 말이었어요. 옷깃만 스쳐도 인연이라는데, 하룻밤 인연은 더한 거 아닌가요? 값싼 여자 안은 것처럼, 본부장님 눈에 제가 아무리 우습게 보였어도 대놓고 비웃진 마시라고요."

"그럼 솔직하게 얘기하지."

급속도로 차갑게 식은 두 눈으로 환이 말을 이었다.

"그날 일은 잊어. 널 특별히 대할 마음도 없고 기억할 마음도 없으니까. 하룻밤 정도 잔 걸로 회사에서 투명인간 취급했다느니, 아는 척 안 해 줬다느니 이렇게 골치 아프게 굴 줄 알았으면 너와 자지 않았을 거야."

노은의 눈동자가 벌어졌다.

아…….

노은은 피식 웃었다. 건조한 눈으로 환을 마주 봤다.

"다시 한 번 기대를 가져 보려 했던 제가 바보였네요. 본부장님은 구제불능이에요."

그를 스쳐 지나가려다가 말했다.

"아, 설마 아이큐 낮은 사람처럼 오해하는 건 아니죠? 혹시 지금 제가 본부장님의 그 말 때문에 상처받았을까 봐. 그게 아니라 속상한 거예요. 이렇게 내 마음을 몰라주는 본부장님이 참 속상하네요. 갈래요."

노은이 화장실 문을 열었지만 그대로 등 뒤에서 다시 툭 닫혔다. 환이 노은의 위에서 문을 열지 못하도록 방해한 것이다. 노은은 고개를 숙인 채 낮게 말했다.

"놔요. 문 열 거예요."

"그렇게 사람 속상하게 하는 말만 쭉 늘어놓고 그냥 가 버리는 건가?"

"뭐라고요?"

노은이 확 돌아봤다. 정말 억울해서 눈물이 또 나려고 했다. 하지만 지금은 절대 그래선 안 되는 타이밍이었다.

"속상해요? 누가요? 처절하게 망가져서 바닥을 뒹구는 제가요? 아니면 절 바닥에 내팽개친 본부장님이요?"

"너, 성가셔."

노은은 기가 막혔다. 정말 확 들이 받아버릴까?

"제가 성가셔요?"

"그래. 성가셔. 이 정도로 날 성가시게 한 여자는 없었어. 방금 내가 한 말들 중에 나 스스로 한 말이 한마디라도 있었나? 어디서 많이 들어 본 말 같지 않아? 다 네가 스스로 해 달라고 원한 말들이었지. 그래서 그대로 읊었더니 또 울 것처럼 화를 내. 대체 넌 나한테서 뭘 원하는 거지?"

환의 표정이 흐려졌다.

"도대체 무슨⋯⋯."

환은 머릿속이 복잡했다. 그녀가 원하는 것. 자신이 해 줄 수 있는 것. 그 둘 사이에서 그의 감정이 공격받고 있는 것 같았다.

"초콜릿 알지? 잘못 먹으면 중독되지. 너무 달지 않게 하려고 애는 썼는데."

노은의 눈동자가 휘둥그레졌다. 그가 멍하니 선 노은의 턱을 긴 손가락으로 가만히 들어 올렸다.

"결국 초콜릿의 끝 맛은 씁쓸할 뿐이야. 대체⋯⋯ 넌 나한테서 뭘 원하는 걸까?"

노은은 그 손을 탁 쳐냈다. 결국, 너무 달지 않게 나름 조절한 초콜릿의 단맛에 푹 빠져 허우적거리는 명노은을 동정하고 있단 건가?

"진지하게 묻는 건가요? 아니면 귀찮아서 저한테 모든 걸 떠넘기고 절 탓하시려는 건가요?"

"진지하게 묻는 거야."

"아무나 그렇게 안아요?"

환이 정지했다.

"마음대로 생각해."

낮은 한숨처럼 그의 대답이 나왔다.

"그런 식으로 말하면서, 저한테 뭘 원하는 거냐고 묻는 건가요? 그걸 절 탓하는 걸로 듣지 않을 방법이 있나요?"

"넌 날 믿을 수 있나?"

"믿게끔 행동한 적은 있으세요?"

환이 쥐고 있던 노은의 팔을 확 끌어당겼다. 저절로 노은의 얼굴이 환의 얼굴 바로 앞까지 당겨졌다.

"며칠 동안 있었던 일들, 내가 네게 행했던 그 며칠만 도려낸다면 넌 날 믿을 수 있겠어?"

그의 표정은 진지해 보였다. 그리고 그 눈빛엔 왠지 모를 어둠 같은 것이 스며 있었다. 노은은 선뜻 대답하지 못했다. 마치 그 생각을 읽은 듯 환이 씁쓸하게 웃었다.

"내 말이 맞지? 한 달을 통째로 날려버리더라도 넌 이제 날 못 믿어."

"그렇게 만든 건 본부장님이었어요. 왜 인과를 무시하고 저만 탓하려 하시는지 이해가 안 가요."

"내가 그만큼 불안정한 인간이니까, 겠지."

"그런 거, 저하곤 상관없어요. 전 지금 제 불안정한 현재가 가장 중요해요. 그러니까 본부장님의 불안정 같은 거 신경 안 쓸래요."

"의외로 참 냉정해서 가슴 찢어지게 만드는 여자야, 넌."

"그런 말에도 더는 흔들리지 않아요."

"애초에 누가 누굴 값싸게 봤다는 거지? 그날 회의에 일부러 들어간 건 안 쳐주는 건가? 누군가의 얼굴을 확인하러 들어갔을 거라고 생각해 줄 순 없는 건가?"

노은이 차갑게 굳힌 시선을 옆으로 돌렸다.

"제 얼굴을 확인하러 들어왔단 건가요? 말도 안 돼. 그렇게 차갑게 굴었으면서."

"그럼 모두의 앞에서 뜨겁게 키스라도 했어야 했나?"

"장난치세요?"

"알아달란 거야. 널 보기 위해 들어갔어!"

노은은 긴장했다. 왜 또 솔깃해지려는 건지, 마음이 움직일까 봐 스스로에게 불안했다.

"그 상황에서 그렇게 생각할 수 있는 사람이 몇이나 될까요?"

"어차피 믿지도 않는군. 여자들은 참 복잡해."

"전 그 여자들 백 명 합친 것보다 본부장님이 더 복잡해요."

환이 혀를 찼다.

노은은 그 소리를 옆으로 흘리며 고개를 숙였다. 환이 그녀를 불렀지만, 노은은 냉정하게 외면한 고개를 들지 않았다. 환은 오로지 그 눈동자를 자신에게 다시 향하게 하고 싶다는, 그런 단순한 목적에만 집중하고서 노은의 턱을 부드럽게 쓸었다.

"여기 봐."

노은은 고개를 들지 않았다.

"그날 아침에 그렇게 도둑고양이처럼 사라진 건, 너야말로 모든 걸 없었던 일로 하자는 의지의 표명이 아니었나?"

"그래서 제가 원하는 대로 해 준 건가요? 그렇게 너그러운 분이셨어요? '널 위해서 그런 거야.'라고 하면 '아, 날 위해서 그런 거구나.' 하고 그냥 받아들이고, '난 널 무시한 게 아니야.'

라고 하면 '어, 안 했구나. 그런데 내가 자격지심에 괜히 그렇게 느꼈구나.' 그렇게 생각하면 되는 건가요?"

"그거야 네가 결정할 일이지. 네 생각까지 내가 간섭할 순 없지 않나?"

정말 힘이 빠졌다. 결정적인 순간엔 한 발 빼는 남자. 아니 그냥 무심한 남자. 그걸 알면서 자신은 여기서 대체 왜 이러고 있는 걸까?

"되게 이기적인 거 알아요?"

"알아."

"결국 본부장님은 그날 밤 이후에 이 사태를 어떻게 해결해야 할지 핑계를 찾고 있었던 거 아닌가요? 그래서 제 핑계를 댄 거고. 다 네가 오버해서야. 다 네가 확대해석해서야, 라고."

"내가 왜 핑계를 찾아야 하지?"

정말 모르겠다는 듯 그가 고개를 갸웃하며 말을 이었다.

"뭔가 착각하는 게 있는데 난 핑계 같은 걸 찾을 이유가 전혀 없어. 그저 난 요 며칠 널 즐긴 것뿐이니까."

"뭐라고요?"

"나 때문에 네가 어쩔 줄 몰라 하는 모습을 보는 것. 상대방을 안달 나게 하는 걸 좋아하거든."

노은의 눈동자가 더 커질 수 없을 정도로 벌어졌다.

"지금 뭐라고……."

"누군가가 나 때문에 안절부절못하는 걸 구경하는 게 즐거워. 특히 네가."

마치 덜 자란 소년처럼, 혹은 잠자리 날개를 잡아 뜯으며 즐거워하는 개구쟁이 아이처럼 환이 피식 웃고 있었다. 순간 어쩔 수 없이 살짝 소름마저 돋았다.

"그런 걸 사람들은 나쁜 남자가 아니라 그냥 나쁜 놈이라고 부르는데 혹시 알아요?"

"나쁜 놈과 나쁜 여자, 잘 어울리는데 뭐가 문제야? 스스로 나쁜 여자가 더 좋다고 하지 않았나?"

이 남자는 말이 안 통한다. 도저히 자신이 감당할 수 있는 인간이 아니었다.

"본부장님, 제가 마지막으로 말씀드리겠는데요. 본인이 즐거우면 만사 오케이라는 그 이상한 생각 좀 버리세요. 못 버리시겠다면 적어도 바꿔보세요. 생각을 바꾸면 행동이 달라지고, 행동을 바꾸면 습관이 달라지고, 습관을 바꾸면 성격이 달라지고, 성격을 바꾸면 운명이 달라진다니까, 앞 잘 보고 정신 좀 차리세요. 진심으로 부탁드릴게요."

그리고 돌아서려는 노은을 환이 다시 확 잡고 놓아주질 않았다. 노은은 양팔이 그에게 붙들린 채로 낮은 한숨을 흘렸다. 뭔가 귀찮다는 듯 노은의 표정에 성가시단 느낌이 배어 나왔다.

"그만 가게 해 주시면 안 돼요?"

"안 되지. 난 제대로 앞을 잘 보고 있어. 다만 너밖에 안 보이니 문제지."

노은의 얼굴이 일그러졌다.

"또 무슨……."

"두근거렸어?"

"네. 엄청 두근거렸어요."

정말 어떻게 해야 이 남자를 이길 수 있을까? 그런데 꼭 이겨야 하나? 자신은 왜 항상 이 남자와 싸우려 드는 걸까? 왜 이렇게 들이받지 못해서 안달 난 사람처럼 고집을 부리는 걸까.

그냥 이대로 돌아서서 가면 된다. 그럼 다 끝낼 수 있다. 그건 이 남자와 엮인 첫날부터 노은에게 줄곧 내려진 딜레마였다. 하지만 돌아가고 싶지 않았고, 옆에서 머무르자니 감수해야 할 게 너무 많았다.

그때 손목에서 뭔가 이상한 촉감이 일어 노은의 생각들이 딱 멎었다. 두려운 마음으로 천천히 내려다보니, 환이 노은의 손목에 있는 동맥 부분을 엄지로 살살 문지르고 있었다. 하얀 손목에서 파랗게 선 핏줄이 파르르 떨렸다. 노은이 고개를 번쩍 들어서 그를 봤다. 환이 낮게 속삭이듯 중얼거렸다.

"지금 그 말, 진심으로 받고 싶은데 그래도 되지?"

"아뇨? 화나서 한 말이었어요. 제발 저 가지고 장난 좀 그만 치세요."

노은은 본능적으로 두려움을 느끼며 손을 빼려 했다. 하지만 환이 그 손목을 놓아주지 않았다. 그래서 그가 미웠다. 아니 자신이 더 미웠다. 말은 거부하면서도 몸은 다른 말을 하고 있다는 게 너무도 속상했다. 이제 커피에 덴 상처 같은 건 신경 쓰이지도 않았다. 그런 것보다 세포에 가해지는 자극에 더 정신이 멀 것 같았다.

"명노은. 이 모든 게 단지 장난 같아? 네가 보기엔 그런가?"

"그, 그만해요."

"너도 나한테 15초 안에 걸어왔어."

노은의 눈동자가 세차게 흔들렸다.

"그러니까, 그만하고 나한테 와."

그가 노은의 손목을 쥔 채 더욱 가까이 다가왔다. 노은은 숨이 터질 것 같아 바로 도망쳤다. 하지만 세면대에 등이 부딪쳐 더는 물러설 수도 없었다.

"여자를, 장난으로 대할 순 있어도 장난으로 안을 순 없어. 내가 널 여자로 안 봤다면, 아무 의미도 없었다면 성적 흥분은 불가능하고 더더욱 섹스는 불가능했어."

내뱉어지는 야한 말들에 머릿속이 어떻게 될 것 같았다.

"넌 어때. 넌 그날 장난으로 나한테 안겼나? 아무 의미도 없었던 건가?"

노은은 입을 꾹 다문 채 계속 시선을 피했다. 이제 와서 왜 또……. 그는 치사하다. 늘 이렇다. 자신이 묻고 싶은 말들을 늘 자신에게 질문으로 되돌린다. 그래서 그를 공격하려던 말들에 자신이 공격당하게 만들고 만다. 머리가 좋은 건지 용의주도한 건지 모르겠다. 정말이지 이제 아무것도 모르겠다. 그래서 제발 그만했으면 좋겠다. 아니면 자신이 위험했다. 그가 아니라 자신이.

"단지 하룻밤의 정사로 끝이라고 생각하고서 안긴 건가?"

"그래요. 그날 밤만 활활 타오르고 단지 재만 남을 줄 알았어요. 하지만 그래도 좋다고 생각했으니까 그날은 용감해졌던 거예요. 그렇게 각오라도 해야지, 아니면 내가 할 수 있는 게 대체 뭐가 있는데요?"

환의 눈동자가 살짝 커져서 흔들렸지만 노은은 보지 못했다.

"이제 그만해요. 아무리 나라도 이런 말 하는 거 쉽진 않으니까 이 이상 내 무덤 내가 파는 짓 그만하게 해 줘요."

"넌 정말 솔직해. 그래서 이렇게 계속 뇌리에 남은 건지도. 그날 밤의 네가 계속 떠오르거든. 좀 더 갖고 싶어. 아니, 한 번 더 널 안고 싶다."

결국 그것이었다. 이 남자는 그냥, 쾌락을 사랑하는 것이었다. 그 자리에 내가 아닌 다른 사람이 있었대도 마찬가지였을 것이다. 내가 준 쾌락, 내 몸이 준 쾌락이 이 남자를 붙들고 있었단 소린가? 그러고 보면 나도 대단한 여자였구나.

"날 봐."

환의 손이 노은의 머리카락을 건드렸지만 노은은 고개를 확 틀었다.

"싫어요. 이건, 정상적인 관계가 아니에요."

"정상적인 건 대체 뭔데."

"적어도 본부장님이 갖고 있는 그런 생각으로 만들어진 관계는 아니겠죠."

그 순간 환이 노은의 턱을 확 잡았다.

"알아? 지금껏 다른 사람을 안달 나게 만들었어도 내가 그런 적은 없었어. 그런데 한 번 시험해 보고 싶어졌어. 너라면 가능할 것 같거든. 날 안달 나게 해 봐."

"지금 이 순간 본부장님의 모든 게 싫지만, 그 오만함이 가장 싫네요."

환이 피식 웃었다. 전혀 흔들리지도 않는다.

"나 싫다는 여자 마음 돌리는 것도 재미는 있겠군."

"하⋯⋯."

"난 네가 내는 모든 소리가 좋아. 알겠어? 어디 한번 날 유혹해 봐. 도저히 널 장난으로라도 외면하지 못하도록 만들어 봐. 날 꽉 붙들어."

주문처럼 그가 자꾸만 노은의 정신에 직접 말을 걸고 있었다. 노은은 피할 수 있는 한 피했지만 자꾸만 빨려 들어가는 것 같았다. 그의 손톱이 노은의 말랑한 입술을 건드렸다. 예민한 감각에 머리털이 쭈뼛 섰다.

"그날 뭐라고 했지? 조언 잘 참고해서 일과 연애 양쪽 토끼를 잘 잡도록 하겠다고 했던가? 성공하면 칭찬해 달라고도 했던가? 겁이 없어. 그런 말을 함부로 하고."

"스승에게 잘 배운 탓이겠죠."

그가 픽 웃었다.

"좋아. 사람 마음을 움직일 수 있다면 넌 이미 프로 광고쟁이지. 자, 15초 줄 테니까 연애 쪽 토끼부터 한 번 잡아 봐. 내 마음을 움직여 봐."

이 남자가 너무 싫다. 그 아집과 오만이 정말 진력이 난다.

"싫어요."

그의 손을 쳐냈다. 하지만 다시 다가왔다. 그의 손등이 노은의 목선을 스쳤다. 그 정도 자극에도 그녀의 살갗이 촉촉해지기 시작했다. 환은 그 부드럽고 촉촉한 목덜미를 당장이라도 베어 물고 싶었다. 이미 그의 몸이 뜨거워졌단 걸 그녀도 의식하고 있는 것 같았다. 그녀의 호흡이 불안정하게 흐트러져 가는 게 느껴졌다.

"명노은, 난 아직 원하는 대로 다 하지 않았어. 정말 내가 원하는 대로 하게 날 흔들어 봐."

"아무래도, 약이 필요한 지병 같은데 여기서 이러지 말고 병원 가서 치료나 받으시죠."

노은은 환의 손을 확 털어내고 그대로 걸어가 화장실 문을 확 열었다. 하지만 결국 스스로 탁 닫아 잠그곤 그에게 돌아섰다. 환은 마치 그럴 줄 알았다는 듯, 세면대에 기대서서 여유롭게 씩 웃고 있었다. 분하다. 너무도 분했지만 노은은 그 얄미운 남자를 향해 다가가 그의 목을 휘감고서 저돌적으로 입술을 부딪쳤다.

이 남자가 정말이지 싫다. 하지만 그건 아무래도 여자의 강한 부정일 뿐인 모양이었다. 강한 부정은 강한 긍정. 자신은 그냥 이 남자를 미치도록 유혹하고, 유혹당하고 싶은 건가 보다. 이 남자와 못된 장난을 치면서 그의 손길 아래에서 망가지고 싶었다.

stopping of law

rom by a pack of

uld hear something

ious crash that shook

followed by another.

his nostrils, coming f

to swallow down hot bile

Got to block them out ... can't reach

Sam thought back, desperately searc

딜레마

그에게 물어 보고 싶었다. 우리는 왜 자꾸만 이렇게 뜨거워지는 걸까?

"하아!"

노은의 몸이 거의 팔팔 끓었다. 자신도 모르게 발뒤꿈치가 들리고 발가락 끝까지 짜릿한 감각이 확 퍼져 전신을 찌르는 것 같았다.

환이 무작정 깨물 듯 부딪쳐 오는 노은의 얼굴을 양손으로 잡아 고정시켰다. 노은의 눈동자가 물을 탄 듯 엷어졌다.

갈증 난다는 듯 그녀가 그의 입술을 갈구하며 가지려 했지만 환은 심술궂게도 노은의 얼굴을 놓아주지 않았다. 결국 화가 난 노은이 손에 힘을 주며 그의 가슴을 움켜쥐고 아등바등 욕심을 냈다.

"쉬이⋯⋯."

그런 그녀를 달래듯 다독인 환이 만족스럽다는 듯 물었다.

"날 갖고 싶어?"

"당신을 망가뜨리고 싶어요."

"통과."

환이 노은의 뺨을 깨물었다. 그리고 타는 듯한 눈빛으로 노은의 눈동자를 바라보는가 싶더니 그대로 뜨겁게 혀를 섞었다.

이 남자의 마음을 움직이고 싶다. 아니 그러고 싶지 않다. 아니 그러고 싶다. 뭐가 어떻게 되건, 지금은 그저 이 뜨거운 열기를 바깥으로 방출해 버려야 했다. 뇌를 압사시킬 것처럼, 머릿속이 잔뜩 팽창한 증기로 꽉 차 있는 것 같았다.

"분해⋯⋯."

노은은 눈물을 꽉 담은 채로 그의 입술에 대고 중얼거렸다. 환은 눈을 감은 채 그런 노은의 입술을 다시 거칠게 덮었다. 혀가 섞이는 습한 소리가 사방의 벽으로 부딪치며 울렸다.

그녀를 더 밀어붙이며 환이 자신의 단단한 몸을 그녀에게 비볐다. 무섭도록 팽창한 그의 남근이 느껴졌다.

바위 같은 허벅지가 노은의 탄력적인 다리 사이를 파고들자 그녀가 뭐라고 알아들을 수 없는 조그만 소리들을 정신없이 허공에 토해 냈다.

다리를 가르고 들어온 그의 허벅지가 좀 더 깊숙이 들어와 무릎으로 그녀의 예민한 곳을 비볐다. 이미 흠뻑 젖은 노은은 자신의 욕구가 들킨 것 같아 말할 수 없이 수치스러웠다. 그가 한 번 더 무릎으로 선동하자 노은은 뜨거운 호흡을 내뱉고 말았다.

"아…… 제발…….”

그 입술을 그가 다시 덮쳤다. 잡아먹을 듯 서로의 입술을 탐했다. 거의 물어뜯는 수준이라서, 정말로 피 맛마저 느껴지는 기분이었다.

그의 머리카락을 미친 듯 헝클이며 더욱더 달라붙었다. 하아하아, 숨이 막혔다. 맥박이 사정없이 뛰었다. 흡착판처럼 혀가 달라붙어 아프도록 빨렸다.

모르겠다. 상식적으로 이건 말이 되지 않는 행동이었다. 분명 자신은 화내고 있었는데 어쩌다가 이렇게 됐을까? 언제 흐름이 바뀐 걸까? 누가 보더라도 이건 반쯤 정신 나간 인간의 짓이었다.

순간 환이 노은의 머리를 양손으로 꽉 붙든 채 거칠게 입술을 떼어냈다. 둘 다 거칠게 숨을 몰아쉬며 눈을 떴다. 서로의 젖은 입술과 눈동자, 얼굴 곳곳을 샅샅이 살폈다. 불쑥 솟은 그의 목울대가 눈에 띄게 움직였다.

가까이에서 본 노은의 얼굴은 생각보다 훨씬 더 깨끗했다. 붉게 젖어있는 눈자위, 쌍꺼풀이 크게 진 맑은 눈동자는 열기가 담겨 반짝거리고, 발갛게 젖은 입술은 그의 타액으로 젖어 번들거렸다.

숨을 몰아쉬느라 살짝 벌어진 입술 너머로 보이는 작은 혀, 부드러운 머리칼과 동그란 이마의 선을 따라 난 솜털 같은 잔 머리칼까지, 환에게는 그 모든 게 자극적이었다. 그 깨끗함을 자신이 범하는 기분. 이미 그의 욕망은 묵직하게 일어나서 바지 앞섶을 압박하고 있었다.

노은도 환의 팔에 안긴 채 그를 바라보았다. 가까이에서 본 환의 얼굴은 훨씬 더 자극적이었다. 매력적인 검은 눈동자, 섬세한 머리칼, 짙은 눈썹, 그리고 뜨거운 숨결은 위험할 정도로 그녀를 옭아맸다.

숨결은 그렇게 뜨거운데도 우뚝 선 콧날과 날카로운 턱 선은 정반대의 차가운 온도를 가졌다. 어떻게 저게 가능할까? 하지만 그렇게 무심해 보여서, 내부에서 타오르는 것 같은 온도가 그를 더 관능적으로 느껴지게도 했다.

그 무엇에도 흔들리지 않을 것 같은 금욕적인 분위기를 가진 이 남자가 지금은 다른 온도를 뿜어내고 있다. 그건 바로 그 펄펄 끓는 눈빛 때문이었다. 욕망이 잔뜩 담긴 위험한 눈빛은 노은을 통째로 태울 것 같았다.

그의 젖은 입술이 노은의 입술을 아래에서 위로 아주 천천히 스쳐 올렸다. 입술에 있는 주름 하나하나까지 짚어 보는 것처럼 너무도 자극적으로, 공을 들여 아주 조용히 스치듯 키스하고 뺨을 깨물고 귀를 물었다. 그리고 다시 그녀의 입술을 찾았다. 가슴이 찡할 정도로 감미로운 키스를 전해 준 후 환이 노은의 눈을 응시하며 말했다.

"네 키스, 잘 받았어."

노은은 분하단 얼굴로 그를 노려보았다.

"그럼 돌려줘요. 언제라도 내가 원하면."

다시 한 번 그의 입술을 빼앗았다. 그의 목을 힘껏 끌어안고 원하는 만큼 입을 맞춘 후 몸을 떼려고 했지만 환이 그런 노은의 몸을 휙 안아 세면대 위에 덜렁 들어 앉혔다. 뜨거운 입술이 노은의 목덜미를 압박하며 내려갔다. 그의 손과 입술이 노은의 몸을 점점 더 달궜다. 몸 위로 퍼지는 그 뜨거운 숨결에 온몸이 팽팽하게 조여드는 것 같았다.

"그, 그만해요!"

헐떡거리며 환을 피하려 했지만 쉽지 않았다. 아무리 도망가려 해도 그의 완력에 막혀 버렸다. 그의 양손이 노은의 몸을 확 눌렀다. 등 뒤에서 세면대의 대리석 바닥이 느껴졌다.

"이럴 때의 네가 얼마나 자극적인지 모르지?"

환이 거칠게 숨을 몰아쉬며 흩뿌리듯 중얼거렸다. 아…… 또 그놈 목소리. 외면하려고 들면 슬슬 기어 나오는 그 두려운 목소리. 거부할 수 없게 된다. 아찔해진다. 온몸을 녹게 만든다. 그가 다시 뜨거운 입술을 맞댔다. 타액이 서로의 입안으로 넘나들었다.

"하아, 제발…… 더는 못 견디겠어요."

"미치겠다, 명노은. 너 정말 뜨거워. 갖고 싶어. 지금 당장."

정말이지 탐욕에 빠지는 건 한순간이었다. 세상 어느 발열물질도 이렇게 순식간에 열을 내진 못하리라. 발화점은 어느 순간 터져서 최고치까지 올라갔다. 그녀의 정수리가 거울에 짓이겨지고 노은의 입술을 괴롭히는 환의 젖은 입술이 부들부들 떨렸다.

"갖고 싶어. 명노은."

"여, 여기선 싫어요."

"좀 더 열어."

"싫어……. 나 그만할래요."

"안 돼. 도망가지 마."

멀어지려는 노은의 엉덩이를 환이 꽉 움켜잡았다. 그대로 그 몸을 자신의 복부로 확 끌어당기자, 스커트가 말려 올라가며 그의 몸에 노은의 허벅지 안쪽이 바짝 밀착되었다. 그녀의 얇은 팬티 위로 그의 터질 듯 부푼 남근이 그대로 느껴졌다.

하아…… 그의 몸도 떨렸다. 눈을 지그시 감고서 몸을 휘젓는 환락을 느끼는 듯했다. 그 모습이 너무 관능적이라 노은은 심장을 꿰뚫린 것 같은 느낌이었다. 그녀의 머릿속에서 거센 폭풍이 일었다.

두근두근. 마치 홀린 듯 그를 바라보고 있는데 그가 눈을 반짝 떴다. 그대로 그의 혀가 거침없이 노은의 입안으로 파고들었다. 빠르게 밀려든 혀는 미친 듯 촉촉하고 강하고 부드럽게 그녀를 가졌다.

"하자, 명 노은. 갖고 싶어……."

"정말 이러고 싶어요?"

"그럼 뭘 어떻게 할까. 날 이렇게 만든 건 너잖아."

"누명 씌우지 마요. 애초에 상태 자체가 안 좋았으면서……."

"큭, 정말? 그래?"

상태가 매우 안 좋은 본부장님께서 뭐가 재미있는지 큭큭 웃었다. 그러다 사나운 눈빛으로 뚝, 웃음기를 지우고서 노은의 허리를 살살 쓸어내렸다.

"그래. 상태 안 좋은 이환이란 인간이 지금 현재 원하는 건 단 하나야. 명노은, 지금이라도 여기서 널 가지고 싶단 것."

"안 된다고 말했어요."

"키스는 되고 섹스는 안 된단 말인가? 왜지?"

진짜 모르겠다는 듯 이 남자가 더없이 뻔뻔한 표정으로 물었다. 노은은 정말이지 어이가 없었다. 그러거나 말거나 환은 혼자 바빴다. 그의 숨결이 노은의 쇄골 위를 지분거렸다.

"노력해 봤는데, 참지 못하겠어."

"그래도 참아 봐요. 나도…… 참고 있으니까."

"불가능해. 그 말 때문에 더 불가능해졌어."

"하아, 정말……."

"열어, 명노은. 힘을 빼."

노은은 입술을 꽉 깨물었다. 가장 문제는 그녀 자체가 이 유혹을 이겨낼 가능성이 거의 없다는 것이었다. 자칫 잘못하면 정말로 이곳에서 그를 받아들일지도 모르겠다. 안 그래도 그래서 두려운데 자꾸만 유혹하니 정말 미칠 것 같았다.

블라우스의 단추가 이미 반 이상 열려서 그 속으로 환의 얼굴이 들어와 있었다. 핑 하고 현기증이 일었다.

아, 안 돼. 여기서 더 가면 끝이야! 가슴골에 얼굴을 비빈 환이 브래지어를 치아 끝으로 끌어 올리려는 순간, 노은은 환을 있는 힘껏 떠밀었다.

헉헉 숨을 몰아쉬며 온통 흐트러진 채로 노은이 환을 노려봤다. 그러자 환이 아이처럼 시무룩한 얼굴로 노은을 쳐다봤다.

"그렇게 싫어?"

"그래요. 싫어요. 정말 당신이 싫어요. 도대체 왜 날 이렇게 만들었어요? 왜 나였던 건가요? 술 먹고 우는 여자가 세상천지에 나만 있는 것도 아니고, 맘만 먹고 찾아보면 술집 골목마다 널렸는데 대체 왜 나였냐고요. 내가 대체 무슨 죄를 지어서 이래요, 정말!"

격렬한 거부로 시작된 비난은 어째 넋두리로 변하는 것 같았다. 자신이 지금 뭐하는 건가. 도대체 뭐라고 떠들고 있는 건지.

아니나 다를까 환이 되게 재미있는 구경거리라도 보듯 사람을 쳐다보고 있었다. 하긴 진상도 이 정도면 갑이었다. 자신은 이렇게나 흥분했는데도 그는 여전히 침착할 뿐이었다.

"할 말은 그게 끝인가?"

"하룻밤 정도는 실수로 잘 수도 있어요. 누구든 실수를 할 수 있고 살다 보면 감정이 이성을 앞서는 경우도 있으니까. 하지만 두 번 세 번 반복되면 그건 더 이상 실수가 아니라 내 잘못인 거잖아요. 내 선택인 거라고요. 그렇게까지 추락할 순 없어요. 그 한 번의 원나잇 이후로도 얼마나 스트레스를 받았는데요. 난 겁나요. 아무리 생각해 봐도 이건 정말 정상적인 관계가 아니에요."

환이 천천히 허리를 펴고 섰다. 그의 눈빛이 아주 날카롭게 변해가고 있었다. 하지만 노은은 이번엔 절대 넘어가지 않으리라고 마음을 단단히 먹었다.

"겁나?"

"그래요."

"왜?"

"몰라서 물어요?"

"알면 안 묻지."

"본부장님은 아마 백 번 설명해도 모를 거예요. 설명해서 알 것 같았으면 지금 그렇게 전혀 모르겠단 표정도 짓지 않겠죠."

"그건 또 무슨 맥 빠지는 설명의 방식이지? 정말 억울하면 제대로 설득해서 무지한 인간을 깨우쳐야지."

"그 태도가 절망적이란 거예요. 본부장님은 늘 아무렇지 않죠. 이거 정말, 제가 여자라서 저 혼자 두려운 거예요? 아니면 본부장님이 필요 이상으로 무심한 거예요? 정말 전혀 아무렇지도 않아요? 회사 직원과 이렇게 또 자도 괜찮은 거예요? 회사 이곳저곳에서 부딪칠 건데 아무렇지도 않아요? 아니면 정말, 단물만 쏙 빨아먹고 잘라 버릴 생각이에요?"

환이 눈을 크게 떴다. 황당하다는 듯 혀를 찼다.

"날 아주 세상에 없는 파렴치한으로 몰고 가고 있군. 양심도 없는 인간으로 보고 있나 본데. 그래, 좋아. 정 싫다면 거부해."

"싫어요!"

"왜 이렇게 급해? 하지만 내가 싫지가 않으니까 네가 아무리 거부해도 안 통할 거란 말을 했어야 했는데 늦었잖아!"

"어이없어."

"넌 거부하고 난 매달리고, 아주 보기 좋은 그림 아닌가? 아, 단물만 쏙 빨아먹고 잘라 버릴 생각도 없어. 나한테 인사권이 있는 것도 아니고. 또 네가 내 직원이란 건 좀 불편할 뿐이지, 이 관계를 불가능하게 하는 건 아니야. 설명됐지? 또 다른 건?"

"아뇨. 말이 안 통해서 더 이상 말하고 싶지 않아요."

환이 고개를 살짝 젓곤 말을 이었다.

"그래서 뭘 어쩌잔 거지? 네가 원하는 바를 정확하게 설명해."

"전 이렇게 본능만 앞세운 즉흥적인 관계를 맺을 생각이 추호도, 아니 적어도 앞으론 절대 없어요."

노은은 천천히 블라우스 단추를 잠가가며 말을 이었다.

"그러니까 본부장님과 저의 잘못된 관계는 여기서 끝나게 해 주세요. 그리고 이렇게 만든 건 저라고 해서 덧붙이는데, 앞으론 절대 유혹하지도, 유혹에 넘어가지도 않을 거고요. 됐죠?"

마지막 단추까지 꼼꼼히 다 잠그고서 노은은 세면대에서 조용히 내려섰다. 그녀가 하는 양을 끝까지 다 지켜보고 있던 환이 그때 가만히 팔짱을 꼈다.

"유혹하지도, 유혹에 넘어가지도 않겠다. 뭐지, 그건? 마치 쾌락과의 전쟁이라도 선포할 태세군."

"왜 못 하겠어요? 필요하다면 할 수도 있죠."

그는 띵! 하는 표정이었다. 정말로 띵! 하는 표정.

"뭐?"

"두 번 다시 본부장님과 이렇게 단둘만 있을 일은 없을 거예요. 더 설명이 필요한가요?"

"아니, 그럴 필요는 없고 단지 내가 궁금한 건."

그가 천천히 팔짱을 꼈다. 그리고 '그것이 알고 싶다'의 포즈로 이렇게 물었다.

"대체 왜 그래야 하는데?"

이번엔 노은이 띵! 했다.

"왜 그래야 하지? 난 아직 너한테 관심이 많은데."

그러니까 그런, 걸려들어도 좋고 아니라도 좋단 식의 낚시성 발언이 가장 불안하단 거였다.

"그 관심이 대체 어떤 방향인데요? 어쩌다가 저한테 그렇게 많은 관심이 생기셨는데요?"

"음, 일단 너처럼 청승맞게 우는 여자를 본 적이 없고."

하.

"그 눈물이 내 어딘가를 건드렸고. 그런데 그 어딘가가 아무래도 심장 같은 감정적인 부분보다는, 육체적인 부분이라서 나도 놀라는 중이야."

결국 노은의 얼굴이 일그러졌다.

"무슨 병 있어요?"

노은이 소리쳤다. 환은 대답은커녕 오히려 그녀에게 다가와 그녀의 얼굴에 자신의 얼굴을 바짝 붙였다. 노은의 몸이 뒤로 빠졌지만 환은 더욱더 가까이 접근했다.

"없어. 아니, 최소한 널 만나기 전엔 없었어. 그러니 내가 생각해도 이런 내가 이해가 안 가. 너만 생각하면 머릿속이 끓고 만지고 싶단 욕심부터 일어. 정상적인 관계를 생각하기 이전에 어떻게 하면 널 안을 수 있을까, 그런 생각부터 하지. 그날의 네가, 네 몸 안이 얼마나 뜨겁게 날 애태웠는지 그것만 생각나."

노은의 몸도 그의 말에 맞춰 함께 뜨거워졌다. 환의 눈꺼풀로 그 온도가 느껴졌지만 노은은 끝까지 그런 자신의 본능을 거부하려는 것 같았다. 고집을 피웠다.

"그건, 날 만만하게 본다는 말이군요."

"아니, 너와 난 몸이 맞는다는 말이야. 안고 싶다고 하면 다 상대방을 만만하게 보는 건가?"

"역시 만만하게 보고 있네요."

그의 말들이 나쁜 세균처럼 그녀의 몸속으로 침투해 혈관 벽마다 찰싹찰싹 달라붙는 것 같았다.

"결국 몸의 교합일 뿐이란 말이고 전 그런 관계는 싫다는 뜻이에요. 난 좀 더 욕심 많은 여자예요. 바라는 것도 많고 감정적으로 질척거리는 면도 많아요. 본부장님이 바라는 산뜻한 몸의 교합엔 제가 어울리지 않는단 뜻이죠. 본부장님이 절 끄는 건 인정해요. 몸이 맞는 것도 다 인정해요. 하지만 그래도 역시 알맹이가 있는 관계가 전 더 좋아요."

"그건 날 만만하게 본다는 말이군. 나와는 알맹이 따위는 없다는 건가?"

"그럼 있다고 생각하세요?"

환은 움찔했다. 자신이 한 말을 그대로 돌려받는 기분이 이런 건가. 환이 시무룩한 표정으로 노은을 봤다.

"네 말에 문득 서운해지는군."

러브머신

"전 서럽고요."

"좀 더 설명해 줘 봐. 네가 말하는 의미를. 그렇게나 말하고자 하는 바를."

"또 설득하라는 건가요? 그래요, 좋아요. 제가 설명해 드리죠. 만나면 만지고 섹스만 나누는 관계, 거기에 뭐가 남을까요? 여자라면 누구나, 아니 사람이라면 누구나 데이트다운 데이트도 하고, 서로의 말초신경을 자극하는 것 외에 그냥 따뜻한 것만 나눠도 마음이 꽉 차오르는, 그런 관계를 원해요. 그래서 아깝긴 하지만, 더 이상 본부장님이랑 안 자겠단 뜻이에요. 키스도 안할 거예요."

순간 환의 눈빛이 약간 달라졌다. 지금껏 내내 얄미울 정도로 여유로운 태도를 유지하고 있던 그의 눈동자가 갑자기 눈에 띄게 흔들린 것이다.

그걸 이 남자의 조바심이라고 봐도 좋을까? 매우 유치한 감정이긴 했지만, 그 순간 노은은 예상 밖의 승리감 같은 걸 맛보고 있었다. 참 이상하지. 그 정도 흔들림에 이 정도의 큰 만족감이라니.

"그냥…… 따뜻한 것만 나눠도 마음이 꽉 차오르는 관계라."

"그래요."

"그래서. 더 이상은 나와 자지 않겠다고?"

노은이 고개를 끄덕였다.

"그게 될까? 안 될 텐데."

노은이 차갑게 그를 노려봤다.

"그렇게 자신 있으세요?"

"일단 기본적으로 자신은 있지만, 무엇보다도 흔들린 건 나만이 아니었을 텐데. 나만큼이나 너도 빠져들지 않았나? 우리의 그 시간에."

노은은 대답을 회피한 채 붉어진 얼굴을 옆으로 돌렸다.

"그만 갈래요."

도망치듯 황급하게 돌아서는 그녀를 환이 다시 돌려세웠다.

"할 말 다했으면 내 말도 좀 들어. 좋아, 그렇게 불안한 게 많다면 우선, 친구는 어때."

노은은 황당한 얘기에 기막힌 심정으로 그를 쳐다봤다.

"친구라니."

어쩐지 헛웃음만 나왔다. 처음엔 약간 신선한 제안이란 생각도 했지만 친구라니……. 이환 본부장과 명노은이?

"그게 가능할 리가 없잖아요."

"안 될 건 뭐 있어. 난 친구로 시작하는 것도 좋은 것 같은데."

그리고 그가 한 손을 슥 내밀었다. 노은은 갸웃해서 그 손을 쳐다봤다. 악수하자는 건가? 뭔가 좀 의심스러웠지만 대충 악수하고 여기서 그만 정리하잔 생각에 그 손을 잡은 게 그녀의 패착이었다.

노은의 손이 닿자마자 그가 그 손을 강하게 틀어잡았다. 그리고 그대로 끌어당겨 노은의 귓가에 대고 속삭였다.

"단, 육체관계를 갖는 친구. 난 집착이 강해서 웬만하면 한 번 손에 들어온 건 안 놓치거든."

그대로 키스 당했다. 읍! 튕겨 오르려는 노은의 어깨를 누르며 그가 더욱 깊이 노은에게 숨결을 주입했다. 혀가 미끄러지듯 파고들어 입안의 점막을 희롱했다. 노은은 그의 가슴을 팡팡 쳐대며 있는 힘껏 고개를 틀었지만 그의 혀가 집요할 정도로 따라붙었다. 결국 몸이 휙 돌려져서 벽으로 몰아세워졌다.

　"이…… 치사한……."

　"잘하고 있어. 전혀 느끼지 못하겠지?"

　환이 잔뜩 화난 얼굴로 얄미운 소리를 흘리며 스커트 위로 노은의 허벅지를 어루만졌다. 한 손으로는 양쪽 손목을 그러쥔 채 머리 위 벽에 붙이고서 다른 손으로 스커트를 걷어 올렸다.

　그 와중에도 입술이 다시 빼앗겨 그의 혀가 당당하게 입안의 예민한 곳을 모조리 건드리고 다녔다. 결국 노은의 몸에서 힘이 풀렸다.

　"하아……."

　"쉿. 이러면 안 되지, 명노은, 네 입으로 말한 건 지켜야지."

　"그, 그만……."

　"느끼지 마. 유혹당하지 않겠다고 한 건 너 아니었던가?"

　노은의 눈에 핏발이 섰다. 너무도 화가 나서 환의 입술을 으득 깨물어 버렸다. 순간 그가 윽! 하며 입술을 뗐다. 꽤 아픈지 그가 미간을 찌푸린 채 깨물린 입술을 손등으로 닦으며 노은을 스윽 노려봤다. 노은은 가쁜 숨을 몰아쉬며 그를 똑같이 쳐다봐 주었다.

　"왜요? 아파요?"

"그래. 아파."

"듣던 중 반가운 소리네요. 그 정도면 양호하게 당한 건 줄이나 아세요."

"아프긴 해도 못 견딜 정도는 아니야."

노은은 코웃음을 쳤다.

"안 되겠다, 너. 벌 좀 받아야겠어."

"뭘 어떻게 하려고요? 똑같이 깨물기라도 하실래요?"

"아니. 울면서 더 해달라고 사정하게 해 주지."

블라우스 위로 뜨거운 숨결이 쏟아졌다. 첫째로 젖가슴을 확깨물어 버리자 노은은 웃! 하고 턱을 치켜들고 말았다. 퍼지는 뜨거운 숨결, 꼿꼿하게 서는 유두를 자신도 느낄 수 있었다. 이를 악물었지만 결국 노은의 눈앞이 핑그르르 돌았다.

"하악, 그, 그만!"

"뭐 해, 명노은. 설마 느끼는 건가? 왜 이렇게 단단해졌지?"

그가 긴 손가락으로 블라우스 위로 선명하게 흔적을 드러낸 유두 끝을 스치자 노은의 무릎이 확 조여졌다.

"누, 누가……."

하지만 말과 달리 허리가 비틀렸다. 몸은 전혀 다른 말을 하고 있다. 얇은 블라우스 위로 혀가 기어 다녔다. 블라우스가 축축하게 젖어갔다. 잔뜩 예민해진 유두 위로 환의 치아가 느껴지자 노은은 자신도 모르게 비명을 내지르고 말았다.

"하윽! 아앗!"

"참아, 명노은. 이 정도로 무너져선 안 되지."

러브머신

"그……만……."

"정말, 그만두길 원해? 그런데…… 왜 이렇게 뜨겁지?"

"지, 지옥에나 떨어져요."

환이 웃었다. 이 전쟁 같은 상황에서도 환의 두 눈동자엔 오로지 노은만이 담겼다.

"좋아, 난 지옥에 떨어질 테니까 넌 한 번 시험해 봐. 견딜 수 있는지. 그게 네 진심이라면 더는 선동하지 않을 테니까."

그리고 환이 블라우스 단추를 서둘러 풀었다. 노은은 어떻게든 막고 싶었지만 이미 몸은 반쯤 패잔병처럼 너덜너덜해진 상태였다. 꼼짝도 못한 채 바르르 떨면서 숨만 가쁘게 몰아쉬고 있었다. 어떻게 하면 이 남자를 밀어낼 수 있을까

그가 다시 입술을 겹치자 눈앞이 뜨끈해졌다. 브래지어의 후크가 풀리고 가슴을 조이던 압박이 사라지자 환의 손이 가슴 안으로 파고들었다.

맨피부에 그의 커다란 손바닥이 닿자 온몸이 선뜩해졌다. 그대로 움켜쥐자 노은은 더 이상의 의욕이 사라진 채 긴 신음을 토해 내며 그에게 자신의 몸을 비비고 말았다.

이 정도도 버티지 못할 거면서 어째서 그런 입바른 소리들을 했을까. 참담함에 휩싸인 채 나른하게 늘어져 있는 노은의 귓가에 대고 환이 젖은 숨결을 흘리며 속삭였다.

"아까워서 이대론 너 못 놔줘. 믿든 말든, 그건 진심이야."

"그런 진심 따위…… 웃, 하앗……. 키스해 줘요."

벽에 뒷머리를 붙인 채 속눈썹을 파르르 떨며 노은은 애원하

고 말았다. 이젠 그가 그녀를 붙들어두려는 건지, 그녀가 그를 떠나지 못하는 건지 구분도 안 되었다.

환의 눈빛이 짙어졌다.

"명노은, 이건 너무 쉬운데?"

안다. 다 알아. 그럼에도 불구하고 모멸감이 몸의 열기를 이기질 못했다. 그래. 그랬을 뿐이다.

"마음껏 비웃어요. 비웃고…… 날 버려요. 하지만 지금은 키스해 줘요."

환의 눈동자가 살짝 커졌다가 묘한 빛으로 반짝였지만 노은은 눈을 감고 있느라 보지 못했다. 욕망에 무너진 그녀의 흐트러진 모습이 부정적이기는커녕 그의 가슴을 떨리게 만들었다. 몽롱하게 벌어진 그녀의 도톰한 입술, 연약한 새처럼 할딱거리는 노은이 그의 눈동자 가득 담겼다. 그녀에게서 시선을 떼지 않은 채 환이 천천히 입을 열었다.

"그래. 키스해 줄게."

노은의 심장이 미친 듯 뛰었다.

"하지만 입술이 아닌 다른 곳에."

환의 숨결이 아래로 내려갔다. 그리고 그건 그녀의 다리 사이에서 멈췄다. 놀란 노은이 다리를 오므리려고 했지만 환은 강제로 허벅지를 벌린 채 속옷 위에서 그녀의 가장 예민한 곳에 입을 맞췄다.

"아!"

입술을 깨물며 고개를 치켜드는 노은의 눈꼬리를 타고 뜨거운 눈물이 주르륵 흘러내렸다. 그건 순도 백 퍼센트의 쾌락으로 인한 눈물이었다. 그의 손이 위로 올라와 동시에 가슴을 애무했다. 동그란 젖가슴이 푸딩처럼 그의 손안에서 그가 만지는 대로 움직여졌다. 동시에 다리 사이에서도 뜨거운 혀로 공격당했다. 위와 아래에서 동시에 가해지는 뇌를 긁는 듯한 자극에 노은은 입술을 깨물었지만 도저히 버틸 수가 없었다.

"흐윽…… 윽! 아웃!"

노은은 자신의 손으로 입을 막아 신음이 새어 나오지 못하게 했다. 하지만 뜨거운 혀가 속옷 위에서 갈라진 부분을 길게 핥아 올리자 노은은 견디지 못하고 그의 손가락을 확 끌어당겨 꽉 깨물어 버렸다.

환이 위로 올라와 그의 입술로 노은의 입술을 막았다. 일순 짧게 그의 눈빛과 마주친 것도 같았다. 그의 눈빛은 타오르고 있었다. 노은의 감은 눈꼬리를 타고 눈물이 흘러내렸다.

"으응……. 흑."

"쉬이."

환이 노은을 달래며 그녀의 벗은 가슴을 한 손으로 어루만졌다. 노은의 입술이 젖은 채 떨렸다. 그의 입술이 다시 내려가 자신의 입술을 기다리듯 꼿꼿하게 선 귀여운 유두를 혀끝으로 촉촉하게 어루만졌다. 그러다 그 분홍색 열매를 덥석 삼키곤 쪽쪽 빨아들였다. 단맛이 났다. 입술 안에서 그 열매는 한없이 부드럽게 풀어지고 있었다.

"……좋아?"

"좋지, 않아요."

"좋아?"

"아, 정말……. 좋아요."

결국 눈물을 터뜨리며 노은이 그의 목을 와락 끌어안았다. 환의 가슴에 자신의 가슴을 딱 붙이고서 더욱더 키스를 졸랐다. 환이 그 입술을 빨아올리며 노은의 목덜미를 손으로 쓸어내렸다. 찌르르한 감각이 발끝부터 전신을 돌아다니며 괴롭혔다.

"하아, 미, 미칠 것 같아요."

"그만, 반응하지 마, 명노은. 날 여기서 더 돌게 만들지 마."

"그럼 여기서 날 내보내 달라고요, 이 나쁜 놈아!"

"그건 또 너무 가혹한 요구고."

"하아, 지금 이러는 건 가혹한 거 같지 않고요? 웃! 뭐하는!"

순간 노은의 머릿속에서 번개가 쳤다. 어느 순간 스커트 안으로 파고들어 온 환의 손이 깊숙한 곳으로 쑥 들어가 젖어 있는 속옷의 이음매를 옆으로 밀어젖혔다. 그리고 그대로 손가락이 들어 온 순간, 노은은 숨을 멈춘 채 정지하고 말았다.

"아, 아아!"

"쉬잇. 착하지, 명노은. 소리 내지 마."

"모, 못 하겠어. 못하겠어요. 빼요, 제발……."

"뜨겁다. 미친 듯 부드러워. 좁고 촉촉해."

"제발……. 못 견뎌."

바들바들 떨리는 노은의 입술을 다른 손가락으로 만지작거리며 환이 내부를 크게 휘저었다. 노은은 결국 미친 듯 교성을 흘렸다. 숨이 턱턱 막히고 머릿속에 환각 같은 것마저 일었다. 이대로 죽어도 좋을 것 같은 쾌락이 찾아들었다. 도저히 이겨 낼 수 없을 것 같은 자극에 노은은 애원하듯 그에게 매달렸다.

"제발……."

"제발 뭐."

"못 견디겠어요. 하아, 흑……."

"그만둘까?"

"아, 안 돼. 안 돼요……. 도대체, 당신은 뭐예요?"

할딱거리며 노은이 열기와 노기에 꽉 찬 눈으로 물었다.

"그냥, 보통 남자로만 봐주라."

그가 싱긋 웃었다. 그 멋진 미소에 그녀는 속절없이 마음이 흔들렸다.

"아, 본부장님……."

"음……."

"졌어요. 졌다고요, 흐윽, 좋아요. 흑. 너무 좋아……."

"너……."

"가지 마요. 그만두지 마요. 제발……."

자신도 모르게 눈물이 훅 터졌다. 환이 그런 노은의 얼굴을 눈을 가늘게 뜬 채 내려다보다가 가만히 안아 주었다. 그리고 흐느끼는 노은의 입술에 달래듯 부드럽게 키스했다.

"쉬잇, 안 가. 아무 데도 안 가니까, 울지 마."

환은 잠깐 심장이 저릿했다.

'좋아요. 흑. 너무 좋아…….'

그게 마치 그를 좋아한다는 그녀의 고백으로 들려서. 그저 열락에 진 것뿐이었는데.

마치 아이 어르듯 그가 부드럽고 다정한 키스를 지속해 주자 노은도 혀를 움직이며 그의 키스에 적극적으로 응했다. 그녀는 심장이 두근거리고 온몸이 녹아내리는 것 같았다. 그의 손가락이 그녀의 몸 안에서 다시 움직였다. 노은은 적극적으로 한쪽 다리를 들어 그의 허리에 자신을 감았다.

환이 그런 노은을 덜렁 안아 들어 세면대 위에 눕혔다. 뜨겁고 좁은 질 벽을 파헤쳐가며 깊숙이 찔러 올렸다.

노은은 더욱 격렬하게 반응했다. 입술이 벌어질 때마다 그 입술을 탐했다. 그의 단단한 손가락의 느낌, 클리토리스를 건드리며 문지를 때마다 진저리가 쳐질 만큼 쾌감이 밀려들었다. 노은은 헐떡거리며 그 말도 안 되는 쾌락에 빠져들었다. 머릿속에서 마찰로 인한 정전기가 이는 것 같았다. 숨이 끊어져도 좋을 것 같았다.

블라우스는 이미 거의 풀어헤쳐져 가슴이 드러난 채 그의 입술이 안 닿는 곳이 없었다. 그녀의 애액으로 젖은 그의 손가락은 이제 두 개가 되었다. 더욱 빠르게 움직이며 찔러 올릴 때마다 노은의 숨이 완전히 가빠졌다. 감당할 수 없는 쾌감이 그녀의 척추를 타고 머리끝까지 전해져 온몸을 부술 것 같았다. 이건 섹스와는 또 다른 쾌락이었다.

"아아, 좋아요…… 너무 좋아……. 본부장님, 본부장님!"

"너, 대단해. 뜨거워. 이런 표정이 날 미치게 해."

환의 몸도 같이 뜨거워지며 땀으로 축축해졌다. 그가 자신의 얼굴을 노은의 젖가슴에 마구 비볐다. 땀으로 젖은 그의 높은 콧날과 날카로운 턱 선이 느껴졌다.

노은은 당장이라도 절정에 치달을 것 같았다. 마치 짐승처럼 으르렁거리며 환이 노은을 더욱 닦달했다. 민감하게 문지르고 찔러 올린다.

그의 손가락이 얼마나 젖어 있는지 그녀 스스로도 알 수 있을 정도였다. 속도는 더욱 올라가고 질척하게 왕복하는 민망한 소리가 그녀의 귀를 울렸다.

노은은 흐느꼈다. 가끔은 아픈 듯 앓는 소리를 내며 가끔은 절박하게 그를 불렀다. 소리가 더 높아졌다. 콧소리를 내며 그녀가 울었다. 진저리치듯 몸이 느끼고 있었다. 열락에 져버리고 말았다. 결국 노은은 까무러치듯 뒤로 넘어갔다.

"잘하고 있어, 명노은. 그냥 그대로 느껴."

"아아…… 흑."

"너 정말 예쁘다."

"너무 깊, 깊어……."

"잘 들어. 넌 내 거야. 나 말고 그 어떤 놈한테도 유혹당하지도, 유혹하지도 마."

"하아, 하아."

"대답해, 명노은."

"아, 알아. 알았…… 하읏!"

이미 민감해질 대로 민감해진 젖가슴이 환에게 눈물이 날 만

큰 강하게 빨리며 그대로 속도가 무서울 정도로 올라갔다. 그리고 어느 순간, 숨통을 조이는 강한 쾌감과 함께 머릿속이 새하얗게 바래지며 마치 죽을 것 같은 절정을 맞이하고 말았다.

"아아! 아아앗!"

"읏, 명노은!"

눈물이 다시 왈칵 터졌다. 아무것도 할 수 없었다. 아무 생각도 들지 않았다. 마치 머릿속에 있는 필라멘트가 확 끊어진 것처럼, 노은은 오한이라도 온 사람처럼 바들바들 떨며 펑펑 울고 말았다.

그런 그녀의 얼굴을 환이 달래듯 어루만지고 쓸어 주었던 것 같은데, 도저히 더 이상은 기억이 나지 않았다.

느껴지던 그의 체온과 뜨거운 입술, 그리고 그녀만큼이나 헝클어진 그의 숨결이 눈꺼풀에 와 닿는 걸 아스라이 느끼며 노은은 그대로 의식을 놓고 말았다.

아, 이 남자가 너무 무겁다. 과연 난 이 남자의 무게를 버틸 마음의 힘을 키울 수 있을까?

'또라이 질량보존의 법칙'이란 게 있다. 언제 어디서나 일정 수의 또라이가 존재한다는 법칙인데, 내 위에 상또라이가 있다 해서 팀을 옮기면 그 팀에도 똑같은 또라이가 있다. 조금 덜 또라이다 싶으면 대신 그런 놈이 여러 명 있다.

어느 날 또라이가 회사를 그만두는 기적이 일어날 수도 있다. 하지만 기뻐하긴 이르다. 그 자리에는 또 다른 또라이가 들어온다. 그게 바로 '또라이 질량 보존의 법칙'이라고 한다.

노은의 삶에도 역시나 또라이가 있었다. 그것도 도저히 벗어날 수 없는 가시덤불로 친친 얽힌 것 같은 사상 최대급 상또라이. 바로 이환이란 남자. 하지만 그보다 더, 더 레전드 급 상또라이가 있다면 바로 명노은 자신이었다.

며칠 후, 아이스크림을 잔뜩 얹은 아포가토를 폭풍 흡입하고 있는 노은의 옆에서 그녀의 친구가 큰소리로 외쳤다.

"아, 스트레스!"

노은은 멍하니 그 친구를 바라보았다. 자신이 할 말을 대신해 주고 있는 것 같았다.

노은은 오랜만에 친구들을 만났다. 그녀들은 만나자마자 약속이라도 한 듯 각자의 연애사를 읊기 시작했다. 노은도 그 대화에 끼어들고 싶었지만 자신의 고민은 좀 많이 필터에 걸러야 했기에 우물쭈물 하고 있는 차였다. 사실 쉽게 털어 놓을 수 있을 얘기는 아니었다.

왜 그 남자와 함께 있으면 늘 그렇게 정처 없이 뜨거워지는 건지 알 수 없었다. 하지만 아무것도 안 보이던 그 폭풍 같은 시간이 지나고 나면 늘 이렇게 고난이도의 고민 혹은 심란함이 남는 것이다.

만약 다음에 다시 그 남자를 만난다면 그때는 정말 이성을 유지하고 거부할 수 있겠느냐? 하고 누군가 묻는다면 이렇게 대답해 주고 싶었다. 만약 누군가에게 사흘 밤낮을 아무것도 먹이지 않고 굶겨 놓은 후 그 앞에 케이크를 놓아주면 안 먹을 수 있을까?

그건 본능의 문제였다. 사흘 밤낮을 굶은 사람의 눈엔 음식밖에 안 들어온다. 살아남기 위한 생존 욕구. 그걸 이성이니 뭐니 들먹여가며 막으려 해 봐야 막을 수 있는 게 아니다.

마찬가지였다. 이환과 함께 있으면 그냥 그렇게 본능에 눈이 멀고 만다. 그를 안지 않고서는 몸이 견디지 못할 것 같다. 그 순간 그와 키스하지 않고는 죽을 것 같다. 그러니 살기 위해 그에게 몸을 부딪치는 것이다. 생존 욕구와 무엇이 다른가.

"후우."

노은은 깊이 한숨을 흘렸다. 단 걸 먹으니 그나마 기분이 좀 나아졌지만, 두통을 유발시키는 스트레스는 사라질 기미가 안 보였다. 문득 거즈가 사라진 손등이 보였다. 그날 데인 건 경미한 열상이라 상처는 남지 않았다.

그러고 보니 그날로부터 벌써 며칠이나 지났다. 무엇보다 그 환한 장소에서, 그것도 회사 안에서 그렇게 아슬아슬한 짓을 했다는 게 믿기지 않았다. 제정신이 돌아오자 그렇게 창피할 수가 없었다. 아마 당분간은 그 화장실 쪽으로는 발도 들이지 못할 것이다.

그날 환은 노은을 병원에 태워다 주고 치료가 끝나자 집까지 바래다주었다. 그리고 차에서 내리기 전 노은을 붙들고 또 키스했다. 병 주고 약 주고, 또 병 주고 약 주고의 연속이었다. 뒷머리가 잡혀서 한참을 키스를 당하며 노은은 느꼈다.

'아, 난 이렇게 길들어진 건가.'

이젠 그가 손가락 하나만 까딱해도 흥분하는 자신을 느꼈다. 안전벨트를 매 주는 단순한 손길에도 허리 아래가 찌르르 울려 버렸으니까.

"이제 들어가 봐야 해요."

노은은 애써 그의 가슴을 밀어냈다. 환이 흥이 깨진 표정으로 노은을 보며 말했다.

"또 현실적인 명노은으로의 회귀. 이성이 끊긴 명노은과 현실로 돌아간 명노은은 차이가 참 커. 그렇게 왔다 갔다 하니 내가 정신을 못 차리지. 애써 완벽하게 봉사했더니."

그가 혀를 찼다. 혀를 차고 싶은 건 노은이었다. 하지만 태클 걸 수 없는 건, 그의 말이 그 어떤 지적도 불필요한 사실이었기 때문이었다.

대체 자신은 얼마나 황홀한 표정을 지었으며 또 얼마나 세련된 비명을 질렀을까? 얼마나 뜨겁게 느꼈으며 얼마나 미친 듯 반응했을까? 떠올리자 얼굴이 홍시처럼 달아올라 노은은 옆으로 고개를 틀었다.

"명노은, 날 봐."

하지만 노은이 고집을 부리자 결국 그가 낮은 한숨을 흘리곤 노은의 머리카락을 쓸어 주려는 듯 손을 올렸다. 그 그림자에 놀란 노은이 흠칫하며 몸을 빼자 환의 손이 허공에서 멈췄다.

"뭐지, 이건? 설마 피하는 건가?"

"창피해서 그래요. 아니 무서워서……. 난 내가 한 말도 못 지키는 바보고, 본부장님은 언제든 그런 날 조종할 수 있으니까. 그래서 무서워요. 내 의지대로 할 수 있는 게 하나도 없는 것 같아요. 늪에 빠진 기분이에요."

허우적거릴수록 더욱 빠져드는 아주 깊은 늪에.

"내가 널 조종한다고 생각하지 말고, 교감하기 위해 눈물겨운 노력을 하는 거라고 생각해 주면 어떨까?"

말처럼만 된다면 얼마나 좋을까.

"아무튼 너무 창피해하진 말고. 사람이 자기가 내뱉은 말을 다 지키고 사는 건 아니니까."

"네, 아주 큰 위로가 되네요."

"그나저나, 정말 기절할 줄이야. 말로만 들어 봤지 정말 기절하는 사람은 처음 봤어."

"갈래요."

노은은 바람처럼 차에서 내려 차 문을 쾅 닫아버리고 도망치듯 그곳을 벗어났다.

"으, 오만한 인간……."

"뭐가?"

중얼거리던 노은은 옆에 앉은 친구 희라가 묻자 흠칫했다.

희라가 뭔가가 있어, 라는 듯 노은의 얼굴을 탐색하더니 눈을 반짝거렸다.

"뭐야, 명노은. 너 연애하고 있었던 거야? 야, 앉아 봐. 얼른 보따리 풀어 놔."

"앉아 있는데 뭘 다시 앉으란 거야? 그리고 보따리를 풀긴 뭘 풀어? 이야기할 것도 없어."

노은은 바로 오리발을 내밀었다. 무심하게 흘린 한 마디 때문에 잘못하면 하이에나들의 먹이가 될 판이었다. 아무래도 이환과의 관계를 친구들에게 털어놓긴 어불성설이었다.

"시치미 떼는 거 봐. 선수를 뭐로 보고. 방금 그랬잖아. 대체 누가 오만한 건데? 너 오만한 남자랑 사귀고 있었어? 하긴, 우리 명노은이도 이제 슬슬 연애할 때가 됐지. 누군데? 같은 사무실? 아니면 소개팅?"

"그, 그런 거 아냐. 그냥 친구야."

"뭐어? 친구? 뭐야, 그 영양가 없는 관계는."

"친구는 친군데 육체관계를 갖는 친구……라면 어떨까?"

노은이 아주 힘겹게 쥐어짜듯 꺼낸 말에 친구들의 얼굴이 아주 볼만해졌다. 하나는 스트로를 입에 문 채, 하나는 커피를 머금은 채 얼어 버렸다. 예상은 했지만 대충 다 경악 비슷한 반응들이었다.

"너 지금 뭐라고 했냐?"

"미친 거 아냐? 그거 섹스파트너잖아!"

섹스파트너, 선명한 다섯 글자에 노은의 심장이 쿵 내려앉았다. 머리가 너무 아파 지푸라기라도 잡는 심정으로 친구들에게 입을 뗀 게 잘못이었다. 이런 식으로 참혹한 현실을 마주하게 될 줄이야.

"얌전한 고양이가 부뚜막에 먼저 오른다더니. 야야, 그런 관계면 일찌감치 끝내!"

"누가 아니래. 나도 자유연애 주의지만 그건 정말 비추다. 특히 명노은 너한텐. 대체 어떤 놈이야? 근데 명노은이 아무 이유 없이 그런 데 홀랑 빠질 리도 없고, 너 설마 그 남자 사랑해?"

노은은 허가 찔린 기분이었다.

사랑이라…….

"사랑이 뭐지?"

친구들이 혀를 찼다.

"사랑이 뭔지 가르쳐줄까? 사랑은 언제나 오래 참고 언제나 온유하며 시기하지 않는 것이니라."

"장난하지 말고."

"그걸 묻고 있단 게 이미 그 관계가 사랑은 아니란 증거란다, 아가야. 콩 꺼풀 씌어 봐. 남들 다 사랑 아니라고 도시락 싸들고 다니며 뜯어말려도 자기들끼린 죽어라 사랑이라 고집부리지. 너 그 남자랑 잠깐 놀다가 말 거 아니면 진즉에 생각 잘해. 그나저나 도대체 어떤 남잔데 너 같은 겁쟁이가 그런 대박 큰 결심을 하게 만들었대?"

"그런 거 아냐. 내가 원하는 건……."

"네가 원하는 건 뭔데?"

러브
머신

"그냥, 사귀고 싶은 거. 연애하고 싶은 거."

노은은 우는 듯 웃는 듯 애매한 표정을 지었지만 대답만은 정확하게 했다.

친구들과의 우연한 대화로 더 선명하게 깨달았다. 그렇다. 자신은 뇌를 건드리는 말초적인 욕망보다, 그와 연애하고 싶은 것이다. 만날 때마다 으르렁대고 혹시 값싸 보일까 봐 날 방어하는 게 아닌 알콩달콩 행복한 연애를, 자연스럽고 가슴 따뜻해지는 관계를 나누고 싶다. 이환 본부장이라는 그 남자와.

하지만 그 남자가 원하는 건 자신과 원하는 것과 달랐다. 육체관계를 갖는 친구가 되고 싶단 말을 서슴없이 하는 남자. 그가 원하는 건 연애 상대가 아닌 섹스파트너였다. 딱 그 정도의 관계. 하지만 자신은 그 이상을 원하고 있고. 바로 그 괴리가 문제였다.

억울했다. 그는 늘 아무렇지 않은데, 늘 자연스럽고 자신만 만하고 가기 갈 길 쭉 가는데…… 왜 자신만 힘든 걸까? 그는 아무렇지 않게 일회성 만남에 대해 얘기하는데 왜 난 그게 기분 나쁜 걸까?

그래서 알았다.

아, 난 그 남자를 좋아하나 보다. 생각보다 더 좋아했나 보다.

"나 짝사랑하나 봐, 얘들아."

순간 친구들은 노은이 엄청 안쓰럽고 불쌍했던 모양이다. 그래서 너도나도 조언과 격려, 더불어 지시를 아끼지 않았다.

"네가 그렇게 생각한다면 한 번 작정하고 제대로 물어봐. 당신이 나랑 하고 싶은 게 정말 뭔지. 나랑 연애하고 싶은 건지 아닌지. 그리고 만약 아니라면, 조금이라도 아닌 것 같단 분위기를 풍기면 거기서 곧장 끝내."

마음이 두 개인데 감정이 두 개인 건 너무도 당연했다. 설령 같은 목적으로 만났다고 하더라도 각자가 바라보는 방식이 다르다면 어쩔 수 없는 것이다. 그래서 세상엔 수없이 다양하고 많은 쓰리고 슬픈 사랑의 고뇌가 있는 게 아닐까?

명노은의 감정, 이환의 감정. 두 개가 다른 방향을 바라보고 있단 것. 안타깝지만 그게 문제였다.

어릴 적 아빠한테 장난으로 화투 점을 치는 방법을 배운 일이 있었다. 학과 참새가 그려진 면을 뒤집어놓고 동시에 양쪽을 다시 뒤집는 것이다. 그럼 학이 참새를 바라보는지, 참새가 학을 바라보는지, 둘이 서로를 바라보는지, 둘 다 각자 다른 방향을 바라보는지, 네 가지 경우 중 하나가 나온다.

노은이 뒤집은 패는 안타깝게도, 네 가지 확률 중 마지막 거였나 보다. 혹은 참새만 주야창천 학을 바라보거나.

그래서 기분이 나빴다. 학의 머리를 참새 쪽으로 강제로 돌려놓지 못한다면 그냥, 참새가 다른 데로 날아가 버려야지 생각했다. 바라봐 주지도 않는 학의 뒤통수 따위 계속 바라보는 짓은 하지 않아.

그날 밤, 샤워를 하고 나와 이불을 펴는데 방문이 살짝 열리며 조카 이랑이가 베개를 끌어안고 나타났다.

"왜? 우리 이랑이 이모랑 자려고?"

"그래도 돼? 이모 일하고 와서 피곤하잖아."

"피곤하긴! 하나도 안 피곤하니까 와, 얼른."

노은이 팔을 활짝 열자 이랑이 활짝 웃으며 다다다 달려와 노은의 품에 안겼다.

언니 부부가 일 때문에 외국에 잠깐 나가 있어서 지금 외할머니, 외할아버지가 이랑이를 키워 주고 있었다. 이모로서 그녀도 이랑이와 좀 더 많이 놀아 주고 싶었지만 회사에 다니다 보니 그럴 여유가 없어서 늘 조카에게 미안했다.

"이모, 이랑이가 이불 펴는 거 도와줄까?"

"그럴까? 안 그래도 너무 귀찮았는데. 이참에 확 침대 살까 보다. 매일 갰다 깔았다 너무 귀찮아. 그러고 보면 참 이상하지? 어차피 다시 깔 건데 이불은 왜 개야 할까?"

"이모도 참. 그럼 헤어질 건데 남자친구는 왜 사겨?"

순간 베개를 놓고 있던 노은이 풋 웃음을 터뜨리고 말았다. 왠지 무섭지만, 정곡이네.

"하여튼 요 애어른! 예뻐 죽겠어!"

작은 몸을 확 끌어안고 이불 위를 구르며 간지럽히자 이랑이 까르르 웃음을 터뜨리며 좋아했다. 이럴 때 보면 아직 앤데 말하는 거 보면 그녀도 깜짝깜짝 놀랄 정도로 어른스러운 소리를 하곤 했다.

잠시 후 둘은 스탠드만 켜 놓은 방안에서 이불 속에 나란히 누워 수다를 떨고 있었다.

"아 참, 찬빈이랑은 어떻게 됐어? 아직도 사귀고 있어?"

"깨졌어."

"왜?"

"민정이한테 잘해 주잖아. 바람둥이 같아서 내가 확 찼어."

"헐. 찬빈이 이 자식, 좀 잘 생겼다고 이모가 예뻐해 줬더니 감히 바람을 피워? 잘했어! 그런 녀석은 확 차 버려야 해! 우리 이랑이처럼 예쁘고 착한 애가 어디 있다고!"

"그니까."

"속상하지?"

"아니? 이랑인 지나간 남자는 돌아보지 않아."

"그, 그래. 하하……."

"그리고 민수랑 강호도 막 이랑이한테 잘해 주고 선물도 주고 그래."

"부럽다. 우리 이랑인 진짜 좋겠어. 역시 대단해."

"응, 이랑인 귀여우니까."

"에잇! 귀여운 척하지 마! 여기서 내가 제일 귀여워!"

둘은 또 깔깔 웃으며 장난을 쳤다. 문득 그 보드랍고 따뜻한 몸을 안고 있자니 노은은 이상하게 마음이 약해졌다.

"이랑아…… 이모가 뭔가 잘못된 선택을 했거든. 마음을 잘못 사용했어. 그래서 이제 그만하려고."

"이모, 그거 연애 고민이지?"

순간 노은이 움찔했다. 어, 어떻게 알았지?

"여, 연애는 무슨. 너 연애가 뭔지 알기나 해?"

"뭐야, 이모. 이랑이가 이모보다 남자친구 훨씬 많았거든? 네 명이나 사귀었는데!"

그렇긴 했다. 이랑이에 비하면 자신은 그냥 모태 솔로였다.

"이모, 남자 친구랑 잘 안 돼?"

"그, 글쎄. 뭐랄까, 이모를 좋아하는 것 같기도 하고 아닌 것 같기도 하고. 좋아하는 게 정말 좋아하는 건지 그저 재미있어 하는 건지. 만약 이대로 끝낸대도 그 남자는 그냥 그대로 끝일 거 같은데…….."

노은은 한숨을 내쉬더니 말을 이었다.

"난 그게 참 화나고 기분 나쁘고. 뭐랄까 별 집착이 없어 보인다고 할까. 그냥 큰 무게를 두지 않는 거겠지. 어차피 그저 그 정도의 관계인데 이모는 왜 자꾸 사서 고민을 하는 건지 참. 이모 한심하지?"

내가 지금 애를 붙들고 무슨 소릴 하는 건지…….. 노은은 바로 후회했지만 어쩐지 말이 술술 나갔다. 친구들과 얘기해도 오로지 절망 일색이라 그냥 허공에라도 토로해 보고 싶었는지도 모르겠다.

다행히 이랑이는 자는 것 같았다. 하긴 아무리 어른스럽다고 해도 애는 애였다. 이런 횡설수설 말도 안 되는 소리를 듣고 있어도 문제였다. 노은은 이랑이의 목까지 이불을 덮어 주고 토닥토닥 두드려 주었다.

"이모⋯⋯."

"으, 응! 왜? 아직 안 잤어?"

"아니, 이랑이 막 졸려. 이제 잘래."

"그래. 얼른 자. 푹 자야 내일 또 유치원 가지. 시끄럽게 해서 미안해."

"근데 이모, 여자를 고민하게 하는 남자는 아니래."

노은은 그대로 굳었다.

입을 꾹 다문 채 아무 말도 할 수 없었다. 자칫 잘못하면 '정말 그렇게 생각해?' 하고 물어 버릴 뻔했다. 거기까지 망가지지 않은 건 다행이었다.

겨우 여섯 살짜리 애한테 무슨 얼토당토않은 소리를 늘어놓은 건지, 자신이 그렇게 창피할 수가 없었다. 다행스럽게도 이랑이는 쌕쌕 잠들어 있었다. 더없이 엄청난 조언 한 마디를 남기고서 말이다.

'여자를 고민하게 하는 남자는 아니래.'

그 이상 정곡을 꿰뚫는 말이 또 있을까? 대체 여섯 살짜리가 어떻게 그 진리를 알았으며, 여섯 살짜리도 아는 진실을 왜 자신은 모르고 있었던 걸까. 자조가 밀려 왔다.

"어쩌면 알면서도 애써 외면하고 있었던 건지도."

바람이 부는 것은 누군가를 갈망하고 있기 때문이라고 한다. 노은의 가슴 안에서도 지금 세찬 바람이 불고 있었다. 그건 누군가를 갈망하는 마음이 큰 만큼 벗어나고 싶은 마음도 크기 때문이리라. 그만 끊어버리자. 이 바람을. 더 이상 가슴 속에서 불지 못하게 막아 버리자.

그가 있으면 세상을 뜨겁게 살 수 있을 것 같았다. 하지만 따뜻하게는 살지 못할 것 같다. 여자가 정말 바라는 건, 뜨거움 뒤의 따뜻함이란 걸 그 남자는 아마 영영 모르겠지.

환은 본가에 들렀다. 그의 부친의 생일이라 그야말로 오랜만에 들른 것이었다. 차를 세워 두고 막 대문으로 가는데 먼저 문이 안쪽으로 열리며 반갑지 않은 얼굴이 나타났다.

화려한 보석과 옷으로 치장을 한 그의 새어머니였다. 처음 봤을 땐 그야말로 누나라고 불러도 좋을 외모였는데, 그래도 세월이 흘러서 나이만큼의 주름이 진 얼굴이 됐다. 그나마도 매일 시술이니 관리니 해 가며 발악을 해서 누가 봐도 어머니 연배로는 보이지 않았지만.

"어머, 지금 오니?"

환은 약간의 머뭇거림도 없이 그녀를 지나쳤다.

"여전히 사람을 투명 인간 취급하는구나. 아버지 생신인데 이 시간에 어딜 가는지, 그 정도는 물어봐도 되지 않나?"

환이 우뚝 멈춰 섰다.

"저한테 허락받고 다니시는 것도 아니시고, 내키는 대로 다니면 되는 겁니다."

"친지들 다 모이려면 시간이 좀 남은 것 같아서 볼일 좀 보러

나간다. 물론 일부러 만든 볼일이야. 가족들 모일 때마다 대놓고 내키지 않는다는 표정으로 앉아있는 누군가와 식사 시간까지 동석해서 기다리는 게 영 불편해서 말이지."

환이 피식 웃었다.

"그건 절 말하는 겁니까?"

"그렇게 대놓고 물어보면 할 수 있는 대답도 못 하지. 나 의외로 소심하거든."

"왜요. 제 앞에서 아무렇지 않게 가족 운운하는 걸 봤을 땐 보통 대범한 게 아니신데."

태임의 입꼬리가 끌려 올라갔다.

"그럼 편히 볼일 보다 오시죠."

"누구 만나니, 요즘?"

환은 선뜩해져서 태임을 돌아봤다. 뭔가 질척한 기분 나쁜 것이 몸에 닿은 느낌이었다. 언제나처럼 귓가에 반갑지 않은 이명이 울렸다. 그런 그의 모습은 무척이나 불안정해 보였다. 태임이 그 숨은 표정을 읽은 듯 웃으며 말했다.

"뭔가 있구나."

환은 아무 대답도 하지 않고 고개를 돌렸다. 그의 턱 끝이 부들부들 떨리고 있었다. 그런 환을 보며 태임은 더욱 날카롭게 미소 지었다.

"그렇게 아끼는 아이니?"

"시끄러……워요."

늘 그렇듯 숨 쉬는 게 힘들어졌다.

러브
머신

"소중하긴 한가 보구나. 국어에선 소중하다는 것과 아끼다가 같은 맥락에서 사용된다고 하지? 소중하기 때문에 아낀다. 그래서 그렇게 함부로 드러내고 싶지 않을 정도로 아끼는 건가?"

"없습니다, 그런 거."

"글쎄, 과연 어떨지."

"가시죠, 그만."

"이제 숫제 협박이구나. 아버지가 성화란 건 알고 있지? 나도 일단은 네 어머니라는 입장이라서, 나이 꽉 찬 자식한테 혼담 한 번 안 넣어 보는 무심함은 보일 수 없어서 말이다. 그런데 마침 저쪽에서 먼저 제의가 들어와 약속 잡아 뒀다. 어떻게 하겠니? 만약 누군가 있다면……."

"없다고 했습니다. 몇 십니까."

환이 잇새로 내뱉듯 말을 막아 버리자 태임이 싸늘한 표정으로 웃었다.

"너도 참 냉정해. 그런 식으로 굴면 상대 아가씨가 슬퍼할 텐데. 대체 아직까지 뭐가 그렇게 두려운 걸까? 그거 알고 있니? 소녀라면 몰라도 여자들은, 피터 팬을 좋아하지 않는단다."

그녀가 오른 차 문이 닫히고 금세 차가 멀어졌다. 분노에 꽉 찬 환의 눈이 그곳으로 향했다.

어린 시절의 트라우마에 사로잡혀 아직 자라지 못하고 있는 피터 팬이란 건가. 그걸 다른 누구도 아닌 자기가 들먹이는 건가? 잔인함은 세월이 흘러도 여전히 저 여자의 가장 가까운 친구였다.

노은은 사내 도서관에서 몇 가지 필요한 책들을 고르고 있었다. 광고주 쪽에서 판매 촉진 행사를 원해서 며칠 동안 할 일이 많았다. 자료를 모으고 아이디어를 내고 현장에 직접 가서 행사를 준비하고 진행하는 것까지, 그녀뿐 아니라 팀원들 전체가 참여해야 했다.

그런데 책을 차곡차곡 팔위로 쌓는 노은의 표정이 음산했다. 정신을 놓친 것처럼 멍한가 싶다가 또 갑자기 칼날처럼 번뜩이기도 하고 그러다 헛웃음을 터뜨리기도 했다. 꼭 조울증을 앓는 사람처럼 그녀가 이렇게 정신을 못 차리는 이유는 바로 오늘 오전에 들은 어떤 소문 때문이었다.

"들었어? 어제 본부장님이 D 식품 딸이랑 맞선 봤대!"

"뭐야? D 식품 딸이면 그 회사 홍보 이사 말이지? 그 고양이처럼 생긴 여자?"

"그래! 전에 그쪽 광고 맡으면서 본부장님이랑 둘이 썸씽 있단 소문은 있었지만 아예 집안끼리 맞선을 보다니. 그 정도면 그냥 결혼 확정 아냐?"

"아! 이렇게 우리의 섹시한 본부장님도 품절남이 되는구나."

엄청난 소식에 회사가 들썩일 정도였지만 노은 혼자만 기류에 휩쓸리지 못하고 홀로 표류하고 있었다.

D 식품 딸과 맞선을 봤다.

너무도 갑작스럽게 흩뿌려진 정보였기에 노은은 일단은 그저 정신이 멍했다. 그러다 천천히 정신이 돌아오자 기가 막히고 어이가 없었다. 몇몇 여직원들은 질투에 눈이 멀고, 노은은 그저 허무하고 허탈했다.

자신이 이 정도로 해탈했을 리는 없으니 아마도 한 인간에 대한 실망, 혹은 경멸이 너무 심하다 보니 화도 안 나는 것 같았다. 결국 이렇게 될 거였나. 안 보이는 사이에 그런 사건을 터뜨려 주다니.

대체 그에게 자신은 뭐였던 걸까. 자신에게 그 남자는 뭐였던 걸까? 내가 그 남자와의 관계에서 얻고 싶은 것이나 그 남자가 나와의 관계에서 원했던 건 결국 아무것도 없었나 보다.

그냥 그렇게 말초신경을 자극하는 일 외엔 1밀리의 배려도 서로에게 해 줄 마음이 없었던 것이다. 키스해 줄 입은 있어도, 미리 맞선 본다고 언급해 줄 만한 입은 없었고, 애무에 미칠 시간은 있어도 자신을 얼마나 하찮게 보고 있는지 설명해 줄 시간은 눈꼽만큼도 없었던 거다.

"하긴, 말한다고 뭐가 달라졌을까?"

누가 누굴 탓한단 말인가. 정작 그 남자는 정확하게 말해 주지 않았던가. 육체관계를 갖는 친구, 섹스파트너 그 이상도 이하도 아닌 관계. 다만 자신이 중심을 잡지 못해 내내 흔들렸던 것뿐이다.

'너무 싫다.'

노은은 속상했다.

짝사랑을 했다. 그래서 내내 미련한 행동을 해 왔다. 가슴

속에서 불고 있는 바람을 끊어 버리자고 다짐하면서도, 동시에 또 오늘은 만나게 되지 않을까, 혹시 연락이 오지 않을까 기대하는 자신을 발견했다.

한마디로 그게 다 터무니없는 원맨쇼였다니. 바람은 이미 혼자서 저 멀리 떠나갔건만 혼자서 눈치도 못 채고서 망상에 빠져 있었던 것이다.

실망스럽고 서운했다. 슬프고 야속했다. 굳이 끊으려 애쓰지 않아도 결국 가슴 속에서 일던 바람은 그렇게 자기 스스로 멎은 후였다.

지독하게 매운 음식이라도 먹은 듯 눈시울이 뜨거워지고 가슴이 얼얼했다. 통증이 이는 혀와 식도는 물이든 뭐든 마셔서 혼자 달랠 수밖에 없었다.

"청첩장 보내기만 해 봐."

"누가 결혼해?"

그때 귀에 익은 목소리가 끼어들어 깜짝 놀랐다. 눈앞에 얼굴을 불쑥 내민 사람은 제작 2팀 선배 규훈이었다.

"서, 선배."

같은 대학 출신이자 입사 선배이기도 한 규훈의 우유처럼 하얀 얼굴이 보였다. 일도 잘하고 성격도 좋고 잘 생기기까지 해서 여직원들한텐 인기 최고인, 하지만 이미 대학 때부터 사귄 애인이 있어 여인들을 패닉 상태에 빠뜨린 어찌 보면 죄 많은 남자였다.

"대체 누가 결혼하기에 그렇게 이를 가는 표정인 거야? 남자? 여자?"

"별거 아니에요. 그냥 혼자 분노하고 있었어요."

노은이 웃었다.

"저 요즘 분노조절장애 같은 건가 봐요. 갑자기 혼자 막 열 내고 싶고 그러네요. 그래서 말인데 언제 떡볶이든 닭발이든 엄청 매운 거 좀 사 주실래요? 눈시울이 뜨거워지고 혀가 얼얼해질 정도로 징그럽게 맵고 독한 걸로요."

"어이구, 우리 노은이가 고민이 많나 보네. 그래. 그까짓 떡볶이, 닭발 얼마든지 사 주지 뭐!"

규훈이 사람 좋은 선배답게 그 이상의 질문이나 호기심 없이 그저 위로하듯 노은의 머리를 쓰다듬어 주었다. 규훈이 여자에게 인기가 많은 건 귀공자 같은 외모 탓도 있었지만 바로 이런 따스한 배려 때문이었다.

노은도 이런 남자를 만나 연애하고 싶었다. 자신이 뛰어다니며 노는 모습을 지그시 바라봐 주는 이런 다정하고 상냥한 남자를 만나 연애하게 될 줄 알았다.

기분이 가라앉으려 해서 노은은 일부러 더 밝게 웃었다. 그러고 보면 인생은 공평하다. 남상모 같은 선배가 있는가 하면 이런 좋은 선배도 있으니 회사 다닐 맛이 나는 게 아닐지.

"그 책들 다 들고 가는 거야? 이리 줘. 어차피 나도 그쪽 지나가는 길이니까."

"에이, 아니에요. 제가 들고 가면 돼요."

"어허! 선배가 돼서 마음을 위로해 주진 못할지언정 몸으로라도 도움이 되고 싶어서 그러지. 얼른?"

"괜찮은데, 그럼 그럴까요?"

노은은 혀를 쏙 내밀곤 자신의 짐을 반쯤 넘겨주었다.

"아참, 다음 주쯤 애들끼리 만난다던데 너도 나오는 거지?"

"그럼요. 가야죠. 오랜만에 동기들도 보고 선배님들도 만나고. 유라 언니도 같이 가는 거죠?"

갑자기 규훈이 그 남자다운 덩치에 맞지 않게 힝, 하며 우는 소리를 냈다.

"못 가. 연수 갔거든. 그래서 슬프고 외로워. 나 좀 위로해 줘."

규훈이 노은의 어깨에 이마를 비벼대며 어리광을 피웠다. 누나들 많은 집 막내로 자라서 그런가, 겉보기와 달리 이렇게 애교 부리고 장난치는 걸 좋아했다. 특히 규훈의 연인인 유라가 좋아하는 면이었다.

노은도 워낙 학교 때부터 자주 접한 일이라 아무렇지 않게 그 어깨를 톡톡 두드리며 안아 주었다. 그렇게 장난치며 걸어가던 노은의 표정이 서서히 변했다.

도대체 언제부터 지켜보고 있었던 건지, 환이 도서관 입구에서 우뚝 멈춰 선 채 두 사람을 날카롭게 주시하고 있었다. '잘들 논다,' 하는 듯 그 눈썹은 하늘 끝까지 끌려 올라가 있고, 중독성 강한 그 두 눈동자엔 비난하듯 날이 서 있었다.

노은은 마치 가슴에 칼침을 맞은 기분이었다. 며칠 만에 보지는 얼굴. 하지만 전혀 반갑지 않았다. 손이 시릴 정도로 온몸이 식어가면서도 저 표정에 대한 반감이 노은의 안에서 자신도 모르게 튀어나왔다.

지금 그 표정은 뭐야. 설마 날 비난하기라도 하는 거야? 그
럴 자격이라도 있는 거야? 아니면 또 '자긴 뭘 해도 괜찮고 넌
안 돼.'라는 그런 식의 사고방식? 조금이라도 그런 식의 말을
한다면 그땐 정말 가만 안 둘 거라고 생각했다. 더 이상 그런
식으로 농락당하는 건 사양이었다. 웃어 주는 것과 우습게 취
급하는 건 다른 거니까.

그의 표정에 명백한 불쾌감이 담겨 있어서 노은은 더욱 불쾌
했다. 그녀는 그의 시선을 차갑게 외면해버리곤 옆에서 말을
거는 규훈에게 웃었다.

"그럼 그 혀가 얼얼할 정도로 매운 떡볶이는 언제 먹으러 갈
까? 네가 정해 봐."

"글쎄요, 내일이나 모레쯤?"

"오케이. 내일이나 모레. 접수했어."

숨이 막혔다. 자신을 뚫어지게 쏘아보고 있는 그의 시선을
느꼈지만 노은은 떠오르는 일체의 감정을 다 무시한 채 규훈과
함께 환을 지나쳤다.

노은이 지금 울지 않는 건, 초인적으로 참는 게 아니라 이제
정신을 차렸기 때문이다.

그때 냉정하게 스쳐 지나가는 노은에게 환이 굵은 저음을 조
용히 흘렸다.

"이따가 내 사무실로 와."

육체와 감정.

흔히 여자들은 육체적인 행위보다 감정적인 부분이 더 중요하다고 한다. 하지만 노은에게는 육체적 접촉이 정신적인 생각보다 훨씬 빠르고 깊이 그녀의 정신세계에 침투해 영향을 미쳤다. 그리고 서서히 감정적인 부분이 뒤따라 이어졌던 것 같다. 육체적인 행위만큼이나 그녀는 환에게 감정적인 뭔가를 가졌다. 그가 좋았다.

물론 그의 사무실엔 가지 않았다. 아마 앞으로도 갈 일은 없을 것이다. 제작 1팀 사무실로 돌아오면서 노은은 그렇게 결론을 내렸다.

만약 시간을 되돌릴 수 있다면 이런 실수를 반복하지 않을까? 현실을 제대로 보고 겁을 냈다면, 그렇게 즉흥적으로 감정에 충실하지 않았다면 지금의 시간은 많이 달라져 있었을까?

하지만 관계란 게 그렇다. 이렇게 끝나는 관계, 저렇게 끝나는 관계, 세상엔 온갖 종류의 관계가 다 있다. 온몸이 끌려 관계를 가졌고 그 순간만큼은 진심이었다. 정말로 온몸을 열어 그 남자를 받아들였다.

그 남자의 도덕적인 부분까지 생각하고서 한 섹스가 아니었다. 그러니 상처받을 것도, 원망할 것도 없었다. 그는 자기 인생을 쭉 살아가다가 중간에 맞선을 본 거고, 그녀도 그녀 인생을 쭉 살다가 중간에 이환이라는 인연을 만나 몇 번 만나고 끝낸 것뿐이었다. 상처받을 이유 따위 전혀 없었다.

하지만 그것도 어쩌면 자기 보호색의 발동. 이 정도 선에서 얕은 상처로 끝내기 위해 자신은 지금 있는 힘껏 발악하고 있는 건 아닐까?

사무실로 막 들어서던 노은은 뭔가 이상한 기류가 느껴져 주춤했다. 아무리 봐도 모두의 시선이 자신을 향하고 있었다. 게다가 사람을 긴장하게 만드는 불편한 수군거림까지. 이상하게도 그 수군거림의 방향이 자신 같았다. 그때 누군가가 물었다.

"방금 본부장님이 노은 씨 찾으러 직접 사무실에 오셨던데, 혹시 만났어?"

노은의 눈이 휘둥그레졌다. 뒷덜미가 대바늘 같은 걸로 쿡 찔린 기분. 아니면 대포알이 심장에 와서 박힌 기분이거나.

"보, 본부장님께서요?"

"그래. 정확히 명노은 씨 찾으시던데 대체 무슨 일일까? 이해할 수가 없네?"

약속이나 한 듯 다시 쏟아지는 의혹의 시선들. 거기엔 순수한 호기심 따위 하나도 없었다. 모조리 다 음모와 부정의 기운을 포함하고 있었다.

노은은 머리가 다 뜨끈해졌다. 그 남자가 여기까지 왔단 것도 일단 믿어지지 않거니와, 무엇보다 도대체 어떻게 하면 이 분위기를 평범하게 돌릴 수 있을지 그게 가장 문제였다.

다른 사람도 아닌 이환 제작본부장이 큰 프로젝트를 맡는 것도 아닌 그저 평범한 일개 평사원을 찾아 사무실을 찾아온 게 말이 되나? 거기에 어떤 논리적인 이유가 있을까? 어떻게 합리적으로 설명할 수가 있을까?

아니나 다를까 사무실 분위기는 그야말로 살얼음판이었다. 모두의 표정엔 견제와 의혹의 그림자가 드리워졌고 굳이 그걸 숨기지도 않았다.

그때 상모가 안으로 들어섰다.

"뭐야? 무슨 일인데 사무실 분위기가 이래? 명노은, 너 또 사고 쳤어?"

다짜고짜 노은부터 깎아내리던 그가 누군가에게 사정 설명을 듣는 듯하더니 노은을 천천히 돌아봤다. 첫 표정은 신기함 혹은 경악, 그러다 싱긋 웃는 폼이 왠지 불안하다 싶더니 아니나 다를까 안 그래도 불난 집에 에어컨 급의 부채질을 터뜨렸다.

"본부장님이라면 지금 방금 도서관에서도 봤는데. 거기에 너도 있었고. 그럼 도서관에도 너 찾으러 오셨던 거냐? 야, 너 뭐야? 뭔데 본부장님이 널 만나러 도서관까지 납시는 건데? 엉? 너 대체 정체가 뭔데?"

뒤로 넘어져도 코가 깨진다는 게 이럴 때 쓰이는 말일까? 하필이면 남상모가 도서관에 있었을 줄이야.

노은의 얼굴에서 핏기가 싹 가셨다. 이건 불행이었다. 급기야 사무실 분위기는 더 싸해지고, 노은을 흘끗거리는 눈초리는 사납다 못해 따갑기까지 했다.

"전…… 제 일 때문에 도서관에 간 거고, 본부장님이 도서관에 오신지는 몰랐어요."

"그럴 리가 있어? 이렇게 딱딱 맞아떨어지는데 무슨 뒷구멍으로 호박씨야? 너 설마……."

"설마 뭐요?"

노은이 상모를 차갑게 쏘아봤다.

"설마, 그 뒷말이 뭔데요?"

"이게, 누가 뭐라고 했다고 눈을 똑바로 뜨고 난리야? 후배가 건방지게!"

펄펄 뛰는 상모를 옆에서 말렸다. 하지만 말리는 이들 역시 노은에게 호의적인 건 아니었다. 그들이 노은에게 직접적으로 물었다.

"노은 씨는 본부장님이랑 언제부터 그렇게 가까웠던 거야? 어떻게 된 건지 우리도 알면 안 돼?"

"그래. 우리한테도 좀 알려주라."

시선은 쏠릴 대로 쏠려 있고, 노은은 그야말로 일생일대의 위기를 겪고 있었다.

"명노은 씨 사촌 오빠랑 본부장님이 친구 사이야. 아주 가까운 친구."

그때 생각지도 못했던 구원 투수가 등장한 건 노은의 예측에 전혀 없던 일이었다. 또각또각 소리를 내며 등장해 단칼에 현장을 정리한 건 재경이었다.

모두의 시선이 이번엔 재경에게로 쏠리고, 재경이 파일을 책상에 탁 놓곤 말을 이었다.

"사촌 오빠로서 본부장님한테 자기 동생의 거취에 대해 부탁 좀 한 모양인데, 물론 명노은 씨 개인의 의견이 들어간 게 아니란 건 내가 확인한 사실이야. 자, 뭣들 해. 쓸데없는 데 신경 쓰지 말고 하던 일들이나 해.”

선장의 명령에 선원들은 흩어질 수밖에 없었다. 몇몇은 ‘그런 일이 있었구나. 어쩐지.’라는 듯 납득하는 표정이었다.

하지만 그걸로 모든 게 해결되리라고 생각하면 너무 순진한 거다. 각자의 자리에 앉아 노은을 흘끗거리는 그 눈빛들은 여전히 비협조적이었다. 게다가 또 다른 의미의 적대심이 짙게 깔려 있었다.

“뭐야, 그럼 청탁을 한 거야? 그건 반칙이잖아. 아주 별꼴을 다 보겠네.”

“얌전한 고양이 부뚜막에 먼저 올라간다더니 쟤가 딱 그 짝이었어.”

소리를 낮춘다고 하지만 그렇다고 안 들리지는 않는 수군거림이 노은을 사방에서 공격했다. 환경 호르몬보다 더 독한 기운들이 사방에서 흘러나와 노은의 자리로 고여 드는 것 같았다. 노은은 점점 더 고립되어 가는 걸 느꼈다. 아니 실제로 그렇게 되고 있었다.

직장이란 전쟁터에서 따돌림 당할 만한 가장 고약한 짓을 한 게 발각된 셈이 된 것이다. 이거야말로 내가 만든 덫에 내가 걸린 건가. 팀장님한테 거짓말한 게 이런 식으로 고스란히 자신에게 돌아올 줄이야.

‘후우, 이환 이 남자가 이렇게 사람을 보내 버리는구나. 그나저나 팀장님의 저 말씀은 뭐지? 확인한 사실이라니. 누구한테? 만약 이환한테 확인했단 말이라면, 거짓말한 게 발각이 났어야지 지금 이렇게 편들어 주시는 게 이상한 건데.'

아무튼 이후 명노은은 사무실 안에서 공공의 적 내지는 대역 죄인이 되었고, 팀원들과의 거리는 대한해협보다 더 멀어졌다.

could hear something

a crash that shook

quickly followed by another.

filled his nostrils, coming fr

himself to swallow down hot bile

Got to block them out . . . can't reach

Sam thought back, desperately searc

추구하는 연애의 방향

올해가 삼재였던가. 탁해진 사무실 공기를 순간순간 느끼면서도 아무렇지 않은 척 열심히 일하는 건 정말 어려운 일이었다.

게다가 꼴뚜기가 뛰면 망둥이도 뛴다고 남상모는 이때다 싶어 더욱 노은을 걸고 넘어졌다. 사사건건 시비를 걸고 사소한 실수를 해도 전보다 더 괴롭혔다. 하지만 가장 큰 문제는 그 선배가 아니었다.

전엔 그런 일이 있을 때마다 암암리에 노은에게 힘내라는 듯 시선을 보내 주고 두둔해 주던 사람들이 이젠 하나같이 남의 일 보듯 한다는 것이었다. 그걸 깨닫고 받아들이는 건 생각보다 더 힘들고 외로웠다. 이래서 왕따 당하는 학생들이 괴로운 거구나 싶었다. 부디 자신이 옥상 난간에 서는 일만은 없기를 바랄 뿐이었다.

노은은 머리가 지끈거리는 걸 느끼며 회사를 나섰다. 버스정류장으로 터덜터덜 걸어가는데 갑자기 옆으로 차 한 대가 끽! 하고 서는 바람에 흠칫 놀라서 돌아봤다. 눈에 익은 차. 언젠가 저 차에 실려서 어디론가 간 적이 있었다. 그리고 바로 그날, 이 모든 애증이 시작되었다.

아니나 다를까 운전석의 문이 벌컥 열리며 환이 내려섰다. 그가 곧장 그녀 쪽으로 성큼성큼 가로질러오고, 노은은 어이없어 그를 쏘아보다가 휙 돌아서서 가던 길을 재촉했다. 지금은 정말이지 그를 볼 기분이 아니었다. 거의 달아나듯 도망쳤다. 하지만 허무할 정도로 간단하게 잡혀서 차로 끌려갔다.

"놔요! 무슨 짓이에요?"

"너 모셔 가고 있잖아."

"헛소리하지 마세요. 저 지금 본부장님 얼굴을 볼 기분 전혀 아니에요!"

"난 봐야겠어. 온종일 쫓아다니고 찾아다니고 지겨워."

"그러니까 누가 그러라고! 그래요. 좋아요."

기왕 이렇게 된 거, 따질 것도 있었고.

"내 발로 갈 테니까 이 손 좀 놔요. 혹시 누가 보면 저 정말 매장돼요."

환이 그제야 손을 놓아주었다. 노은이 차에 타자, 뒤따라 차에 오른 환이 그대로 출발했다.

차 안에서 노은은 냉랭하게 굳어 있었다. 사람을 차에 태운 당사자도 침묵하긴 마찬가지였다. 미간을 잔뜩 찌푸린 채 핸들을 쥔 손에 잔뜩 힘을 주고 있었다.

지금 화내야 할 사람이 누군데 본인이 더 사납게 티를 내고 있다. 이런 상황에서도 그의 당당함은 사라지지 않았다. 아니 그걸 당당함이라고 할 수 없었다. 뻔뻔함 혹은 오만함이라고 하면 모를까.

마치 가장 높은 곳에 앉아 먹이를 노리는 표범처럼, 이환이란 남자는 이 지경에서도 자신이 원하는 바를 해야 했다. 그게 옳다고 생각하는 건가? 누구도 저 행동들이 잘못된 거란 걸 알려주지 않았나? 마치 그대로 덤벼들어 목을 물어뜯을 것 같아 노은은 자신도 모르게 목덜미를 움츠렸다. 저 정도로 뻔뻔하게 나오니 평범하고 정상적인 정신세계를 갖고 있는 사람은 두려워지는 것이다.

물론 그녀도 따지고 싶은 건 많았다. 일단 이 남자의 뻔뻔한 사생활, 그리고 댁 때문에 아주 탁해져 있는 사무실 공기, 그 바람에 종일 스트레스를 받아 콕콕 쑤시고 있는 위, 이거 다 어떻게 책임질 건가.

덕분에 이쪽은 앙큼한 여자가 되어 버렸고 도무지 언제 이 오해가 풀릴지 계산조차 안 됐다. 도대체 자신에게 무슨 원수가 져서, 아는 척해야 할 땐 안 하고 절대 안 그래야 할 땐 멋대로 일을 저질러 버리는지 알 수 없었다. 그 깊은 애정의 정체는 대체 뭔지…….

하지만 그래도 넘어가려고 했다. 당장은 연줄을 이용해 콩고물을 얻어먹으려는 고약한 여자가 됐지만, 본부장이랑 엮여서 개인적인 소문이 나느니 차라리 그쪽이 낫다고 생각하며 스스로를 위로했다. 그러니 지금보다 더 열심히 일해서 얼른 오해를 풀고 신뢰를 되찾자. 그런 공익광고에나 나올 법한 착한 생각을 하고 있었는데 당사자인 이환이 또 모든 걸 망쳐 놓고 말았다. 뭐든 제멋대로인 행동으로.

"본부장님은 제가 그렇게 만만하세요?"

"그놈 뭐야."

하지만 두 사람이 동시에 말하는 바람에 노은의 말이 묻혔다. 노은은 지금 자기가 들은 말이 맞나 싶었다.

"지금 뭐라고 하셨어요?"

"설명해 봐. 아까 그 자식 뭐하는 놈이야?"

노은의 두 눈이 더욱 커졌다. 어떻게 이렇게 기가 막힐 수가. 적어도 사무실에 멋대로 찾아와 휘저어 놓은 것에 대한 사과 혹은 염려, 그것도 아니면 회사 안에 돌고 있는 D 식품 딸과의 맞선에 대한 끝장 토론 정도는 각오하고 있었다. 하지만 두 번 죽었다 깨나도 그녀로선 절대 짐작할 수 없었던 말을 질문으로 받고 말았다.

정말 뻔뻔한 사람이다, 이 남자는. 누드 비치에 가더라도 가장 먼저 당당하게 입성할 것이다. 벗은 여자들을 보기 위해서가 아니라 그만큼 얼굴이 두꺼우니까!

억하심정을 애써 가라앉히며 노은이 물었다.

"대체 누굴 말하는 건데요?"

"몰라서 물어? 도서관에서 멋대로 네 머리 쓰다듬고, 안고 토

러브
머신

닥이던 그 녀석."

　도대체 어디에서 어디까지 본 건지는 모르겠지만, 짐작대로 규훈을 말하는 것이었다. 어이가 없었다. 지금 감히 질투를 해? 난 수십 번, 아니 수천 번은 더 하고 싶었지만 차마 하지 못했던 그걸 이 남자는 무슨 특권인 양 너무도 당연하게 한다는 게 정말이지 분했다. 화가 나서 미칠 것 같았다.

　"최규훈 씨잖아요. 제작 2팀 대리. 모르세요?"

　"그걸 묻고 있는 것 같아? 그놈이랑 왜 같이 있었는지 도대체 왜 그런 스킨십이 오갔던 건지 그걸 설명하란 소리야."

　"그걸 제가 왜 말해야 하는데요?"

　"진 빠지게 하는 탐색전은 흥미 없어. 본론을 말해."

　"본론이란 게 대체 어디서 어디까진지 몰라서 말 못 해 주겠는데요. 어쩌죠?"

　결국 환이 얕은 한숨을 내쉬더니 핸들을 확 틀어 차를 갓길에 끽 세웠다. 너무도 거친 행동이었지만 노은은 시니컬하게 웃기만 했다. 이미 마음이 식어 있어서 자신도 어쩔 수 없었다.

　"너 지금 뭐 하는 거야?"

　"본부장님이야말로 지금 뭐 하시는 건데요. 위험하잖아요?"

　"있었던 그대로 설명해. 내 의도는 간단해. 바라는 것도 간단하고. 처음부터 착하게 대답했으면 이런 위험한 일도 없었을 거 아냐!"

　"그래요. 그럼 대답하죠. 규훈 선배, 제 대학 선배예요. 저랑 사귀자고 하던데, 이제 됐나요?"

왜 이런 말이 흘러나왔는지 모르겠지만, 그런 금방 들킬 거짓말을 해 버린 이유는 명확했다. 적어도 이 남자가 자신이 경험한 지독한 쓰림의 반의반만큼이라도 겪었으면 하는 마음. 눈시울이 뜨거워지고 가슴이 얼얼해지는 그런 감정의 반만이라도 겪고서 힘들어 했으면 했다. 초조하단 게 뭔지, 마음이 조급해진단 게 뭔지, 아프단 게 뭔지 아주 조금이라도 알았으면 좋겠다.

그저 허무하고 허탈하고, 그 정도가 다인 척, 상처받지 않은 척 했지만 사실은 아팠다. 그가 D 식품 딸과 결혼을 전제로 맞선을 봤단 소문을 들은 순간부터 내내 마음 한쪽이 텅 빈 것 같은 기분이었다. 그래서 자신만큼은 못 되더라도 한 번쯤은 되갚아 주고 싶었던 것 같다. 심장 쪽으로 활활 타는 뭔가가 툭 떨어져서 새카맣게 타 들어가는 그 기분을, 규훈을 이용해서라도 던져 주고 싶었다. 지독한 복수의 마녀가 된 기분이었다.

"뭐라고?"

"사귀자고 했어요. 그래서 어떻게 할까 지금 생각하고 있는 중이에요."

심장이 두방망이질 치는 것 같았다. 우연히 환이 그 장면을 보고 오해를 했고, 자신은 이때다 싶어 그 우연을 복수하는 데 이용했다. 죄짓고는 못 산다더니, 목표가 명확했음에도 혹시 거짓이 탄로 날까 봐 가슴이 두근거렸다.

환이 피식 웃었다. 노은은 허무한 기분이 들었다. 그냥 다 놓고 싶었다. 대체 지금 난 여기서 뭘 하고 있는 건가? 이런 거짓말을 해서 얻을 수 있는 게 과연 있기나 할까? 이 남자가 길길이 날뛰는 걸 보고 싶은 건가? 진심 어린 질투라도 해 주길 바라는 건가? 과연 내 생각대로 세상이 호락호락 돌아가 줄까?

언제나 와 같았다. 이 남자는 별다른 반응이 없고, 자신은 그것에 기분 나쁘고 화를 낸다. 왜 이렇게 이 사람에겐 자꾸 뻗대게 되는 건지 모르겠다. 지금도 규훈을 이용해서라도 그의 앞에서 나를 지나치게 방어하고 있는 것이다. 방어한단 건 결국 결정적일 때 효율적으로 공격하기 위함인데 이런 식으로 하다간 방어는커녕 공격마저 솜방망이처럼 하나도 안 통할 것 같다. 한심했다. 괜한 짓을 한 것 같다. 창피했다.

'명노은, 너 정말 왜 그러니.'

이런 식으로 조금이라도 자신의 존재를 그에게 인식시키고 싶은 건가.

'결국 난 이 남자를 미친 듯 신경 쓰고 있는 거야. 어떻게든 날 어필시키려고.'

그래서 마음이 급해서, 늘 더 어그러지고 엇나가고 마는 것 같다. 두 사람이 한 곳을 보는 게 아니기 때문에 관계란 게 이렇게 어려워지는 건가 보다. 그의 앞에선 도저히 여유란 걸 찾지 못하겠다. 저 남자는 저렇게나 잘 활용하는 그 빌어먹을 '여유'란 걸 말이다.

한참의 침묵 후에야 환이 입을 열었다.

"그래서, 사귈 건가?"

환의 몸에서 아련한 에프터 쉐이브의 향기가 희미하게 풍겼다. 노은은 자신이 그의 아주 여러 면에 가슴 떨려 한다는 걸 또다시 깨달았다. 그 남자를 공격하고 싶었는데 결국 자신이 공격당한 것 같다. 사귈 건가? 그럼 사귀어라. 그럴 것 같아서.

"본부장님께서 그런 걸 질문할 권리가 있는지 모르겠네요."

"권리라. 그래, 좋아. 너와 잔 남자로서의 권리라면 어때?"

노은의 뒷머리가 쭈뼛 섰다. 그럼 사귀어라 보다 한 치도 나을 게 없는 말이었다.

"사귈 생각 없었는데 지금 문득 고려해 봐야 할 것 같단 생각이 막 드네요."

"아. 그래?"

"네. 밥 먹고 할 일 없으니 드라마나 한 편 찍으려고요. 무엇보다, 제가 제 몸 갖고 연애하겠단 건데 본부장님께 결재받듯 보고해야 할 이유가 있나요?"

저쪽은 아무렇지 않은데 늘 자신 쪽에서만 안달 내고 고민하는 것 같다. 그게 그와 자신의 관계 전체에 깔려 있는 문제의 본질이었다.

"그걸 지금 말이라고 해?"

"본부장님은 그걸 지금 간섭이라고 하세요?"

"하."

일단 명노은 WIN!

"내가 안 된다고 하면?"

하지만 바로 LOSE……

진심이라곤 없는 주제에 꼭 진심이기라도 한 것처럼, 질투라도 하는 것처럼. 이 남자는 교활하다. 전혀 초조함이나 간절함도 없이, 건조한 표정으로도 저런 말을 할 수 있는 남자.

"그 태도가 너무 열 받아서 그걸 한 번 역으로 이용해 볼까요? 어떻게 할까요? 양쪽을 다 만나볼까요? 저한테 더 진실한 사람으로 결정하게?"

이 남자가 지금이라도 반성했으면 좋겠다.

"재미겠죠?"

"재미없어. 정말 화나게 하는군."

"그 화가 왜 난 건지 한 번 심오하게 파헤쳐 보시죠. 저에 대한 아쉬움인지, 그냥 제가 본인 말을 안 들어서 신경질이 난 건지. 그럼 숙고해 보시고, 차도 서 있는 김에 전 그만 내릴게요."

"그래 좋아. 네가 원하는 대로 해 봐."

차 문을 열려던 노은이 멈칫했다. 또 심장이 총알에 뚫리는 것 같다. 차디찬 눈을 한 뭉치나 강제로 삼킨 기분. 몸이 식어간다. 고작 이 정도의 집착이었던 거다. 집착 수준에도 못 끼는 그런 미미한⋯⋯.

"나쁜 여자는 어디든 간다더니 정말 생각지도 못한 곳으로 튀는군."

"이제 가도 되죠?"

"아니?"

환이 노은의 어깨를 잡아 돌려세웠다.

"네가 원하는 대로 해 봐. 그놈한테서 널 제대로 빼앗아 볼 테니까. 그리고 버려줄까?"

"바라는 바예요."

노은은 이를 갈듯 그의 손을 탁 쳐냈다.

"명노은."

노은은 무시한 채 차 문을 열었다. 순간 그녀의 뒤에서 환이 쓴 약이라도 먹은 듯 어딘가 괴로운 얼굴로 낮은 말을 흘렸다.

"사귀자."

✻

노은은 버스에 앉아 멍하니 창밖을 내다보고 있었다.

"사귀자."

그 짧은 한마디에 노은은 말할 수 없는 타격을 입었다. 그가 무슨 의도로 그런 말을 했건 그건 중요하지 않았다. 그 말에 그녀의 머리와 가슴이 동시에 흔들렸다는 것.

노은은 버스 차창에 머리를 툭 기댔다.

'과연 난 그 사람이 사귀자고 하는 게 두려웠던 걸까, 사귀자고 하지 않을까 봐 두려웠던 걸까?'

만약 이대로 끝난다, 그건 싫으니까 그럼 사귀자고 했으면 좋겠다. 하지만 감정이란 것 없이 단지 데이트 파트너로서 사귀는 게 좋은가? 그건 싫으니까 차라리 사귀자고 하지 않았으면 좋겠다. 참으로 모순된 감정이었다.

"정식으로 거절할게요."

잠시 전, 노은은 대답했다. 대답은 단호했지만 그녀의 표정은 슬펐다. 그런 내키지 않는 표정으로 하는 제안에 행복해할 여자가 세상천지 어디에 있을까. 도대체 누가 강요했다고, 마치 누군가가 강제로 시켜서 하는 말인 양 그렇게 죽기보다 싫은 얼굴로 그런 말을 했을까?

기분이 정말이지 참담했다. 그를 만나고 차마 고개 돌릴 수 없는 유혹에 빠져들었더랬다. 이환 때문에 두근거렸고, 하루에도 몇 번씩이나 감정의 롤러코스터를 탔다. 결국 이끌린 건 몸뿐이 아니었다. 몸이 원하는 만큼 마음이 닿고 싶다는 욕심을 가져 버렸다. 어느새 감정을 줘 버렸다.

"그 제안이 본부장님 안에서 얼마나 숙성된 결론인가요?"

그래서 이렇게 슬픈가 보다.

"하루는 생각해 본 건가요? 아니면 1시간? 10분? 10초?"

환은 대답하지 않았다.

"초조했나요? 걱정됐나요? 본부장님 소유라고 생각하고 있는 뭔가에 누군가가 손이라도 댈까 봐 화나셨나요? 별 집착이라곤 없어 보이더니 한 박자 늦은 소유욕이라도 발동된 건가요? 도통 본부장님의 속도를 따라갈 수가 없네요. 자기 기분대로 휙휙 바뀌는 상대방에 대한 가치 평가라니."

환이 멈칫했다. 노은이 말을 이었다.

"본부장님은 정말 저와 사귀고 싶어서 그런 말을 한 게 아니에요. 오기, 혹은 오만이라 부를까요? 단지 다른 남자가 자기 영역에 있는 여자한테 손댈까 봐 그게 싫었던 것뿐. 배부른 포식자가 당장 먹을 생각이 없으면서도 그 먹이를 절대 다른 맹수에게 내주지 않는 것처럼."

바로 그것 때문에 이환은 내키지 않는 제안을 쫓기라도 하듯 던진 것이었다. 남이 갖는 건 두고 볼 수 없으니 내 옆에서 떠나보내지도 않겠다.

　　"생각해 보면 아주 간단한 논리예요. 유치하고 원초적인 소유욕. 진심 따위 없어도 본부장님은 간절함을 말할 수 있어요. 남 주긴 아깝고 나 갖긴 싫은 아주 단순한 집착. 제 말의 어디가 틀렸는지 한 번 반박해 보시죠."

　　그와 몸을 섞을 때, 그의 단단한 몸은 긁어도 자국조차 남지 않을 것 같다고 생각한 적이 있었다. 빈틈없이 조여진 근육은 그렇게 함부로 파고들 수 없을 정도로 강하고 촘촘해 보였다. 하지만 지금 그의 표정에 비할 바가 아니었다.

　　그녀가 그렇게나 공격적인 말을 퍼부었음에도 환의 표정은 지독하리만치 안정돼 있고 고요해서, 그녀가 아무리 긁어도 소용없을 것 같았다. 생채기는커녕 닿지도 않을 것 같다.

　　그런데 무슨 변화를 바라겠는가. 무슨 긍정적인 흔들림을 바라겠는가. 하지만 아는지 모르겠다. 그럴수록 여자는 더 긁고 싶어진다는 걸.

　　남자에게만 정복 욕구가 있는 게 아니다. 여자도 남자의 쉽게 흔들리지 않고 쉽게 틈을 주지 않는 그 모진 단단함을 휘젓고 훼방 놓고 마음 풀릴 때까지 박박 긁고 싶다. 그래서 여자들이 바가지를 긁는다는 말을 하는 건가. 손톱으로든 뭐든, 손톱이 안 된다면 이빨로라도 물어뜯고 싶었다. 저 남자의 저 고요한 관조를, 흔들리지 않는 저 무심함을 상처 내고 싶었다.

하지만 그걸 뚫을 수 있는 존재를 남자들은 많이 키우지 않는다. 단지 한 사람 허락한 존재에게만 남자는 자신의 헐렁한 부분을 내보이고 그쪽을 공격하라고 허락한다. 그 존재가 바로 그 남자의 연인이 되는 것이다. 남자는 정말 좋아한다면 물러나지 않는다. 이 남자는 자신을 두고 자꾸만 물러나려는 것 같다. 그걸 노은은 지금껏 몇 번이고 눈치챘다. 그래서 참, 민망한 적이 한두 번이 아니었다.

"처음엔 제가 갖고 있는 감정이 불안했어요. 불안은 점점 확신으로 변했죠. 육체관계에서만 끌리는 만남, 원하는 연애 아니라고 말씀드렸죠? 물음표와 느낌표의 차이 알아요? 우린 느낌표로 시작된 관계예요. 감탄하고 놀라고 느끼고, 그러다가 그 시간이 끝나면 늘 물음표가 남죠. 이 관계는 대체 뭘까? 이 남자는 무슨 생각인 걸까? 그런데 그거 알아요? 여자를 고민하게 하는 남자는 아니래요."

"모든 게 다 내 탓이란 건가? 너야말로 뭘 원하는 건지 빙빙 돌리기만 했지. 네 고민과 흔들림은 네가 만든 게 아닌가? 본인이 자신의 감정을 잘 처리하지 못하고 있단 생각은 안 드나?"

"감정은 처리하는 게 아니에요. 느끼는 거지."

환의 눈동자에 살짝 움직임이 일었다.

"본부장님은 늘 그런 식으로 자기 죄에서 빠져나가시죠. 그런 식으로 몇 명의 여자를 유혹해서 차 버렸나요? 몇 명의 여자의 눈물을 보고 다가갔다가 울면서 돌아서게 했나요? 이번 D 그룹 홍보 이사님과는 어떤가요? 그 여자도 본부장님 앞에서 울던가요? 아니면 그 여자는 울지 않아도 되는 건가요?"

환이 정곡이 찔린 듯했다. 그래서 노은은 통쾌했다. 자존심 상해서 이 말까지 꺼내진 않으려고 했지만 이미 저질러버렸으니 어쩌겠는가.

"흠, 이제 알겠군. 오늘따라 왜 그렇게 공격적이었는지 이제야 이해가 가. 어떻게 알았지?"

하지만 그나마 저자세로 나올 줄 알았던 이환 본부장은 어이없게도 다시금 여유로워졌다. 마치 그게 노은이 바르르 떠는 이유의 전부라고 판단한 듯, 자신의 부덕의 소치가 드러났음에도 그는 일말의 반성도 없었다.

"설마 제가 흥신소 사람 쫙 풀어서 본부장님 미행하고 있었을까요?"

"농담하지 말고 제대로 말해."

"저뿐 아니라 모두가 아는 사실이니까 저까지 아는 게 이상할 건 없겠죠. 덕분에 좋은 교훈 하나 얻었습니다. 본부장님이 절 어떻게 생각하시는지, 본부장님이 저한테 매기고 있는 낮은 값어치까지도요."

"그런 식으로 말하지 마."

"제가 어떤 식으로 말했는데요?"

"만약 그 만남에 어떤 이유가 있었다면, 그래도 너는 이렇게 냉정 일로로 말할 건가?"

노은은 잠시 멈칫했지만 이미 다짐한 듯 낮게 대답했다.

"네. 그 만남에 어떤 이유가 있었건 없었건, 이미 문제는 도처에 깔려 있었고 그게 이번 맞선 건으로 확실해진 것뿐이에요. 아세요? 그 이전의 문제였어요. 가장 문제는 우리의 시작이었어요. 거기에서 뭔가를 기대하기 시작한 게 잘못이었죠. 다 제가 제 감정을 제대로 정리 못 해서 생긴 일이에요."

"명노은, 너 지금 너무 앞서 가고 있어. 그쯤에서 그만해."

"그럼 대답해 보세요. 본부장님은 절 어떻게 생각하세요?"

환이 정지했다. 그의 표정이 불안하게 어두워졌다.

"사귀자고 했으니 여자 친구? 아니면 연인? 그것도 아니면 결혼까지? 아니면 그냥 짧은 시간 동안 만나고 말 여자? 어디까지 생각해 보셨는데요?"

노은은 문득 친구들의 말이 떠올랐다.

'네가 그렇게 생각한다면 한 번 작정하고 제대로 물어봐. 당신이 나랑 하고 싶은 게 정말 뭔지. 나랑 연애하고 싶은 건지 아닌지. 그리고 만약 아니라면, 조금이라도 아닌 것 같단 분위기를 풍기면 거기서 곧장 끝내.'

노은은 환을 몰아붙였다.

"본부장님이 정말 저랑 하고 싶은 게 뭔데요? 저랑 연애하실래요? 그래요. 해요. 하지만 그냥 연애가 아니라 끝까지 가는 거, 난 그걸 원해요. 결혼까지 생각하는 거. 진지하게 날 애인으로 인정해 주는 거. 그거 해 줄 수 있어요?"

윙, 하고 환의 머릿속에서 또다시 이명이 일었다. 그리고 속삭여지는 아주 잔인한 목소리.

'네가 사랑하는…… 불행해져…….'

괴로운 표정으로 잠깐 머리를 감싸 쥐는 환을 노은은 외면하고 있느라 보지 못했다.

마음속 어둠에서 일어나는 갈등, 그건 마치 뇌에 직접 전파를 쏘는 것처럼 고통스러워서 환은 괴롭게 이마를 꾹 눌렀다가 뗐다. 천천히 그가 입을 열었다.

"아마, 네가 원하는 답은 못 들을 거야."

노은은 허탈하게 웃었다. 각오는 했지만, 막상 그런 대답이 돌아오자 정말이지 이렇게 한심할 수가 없었다.

"그냥, 이대로도 좋지 않나?"

"이대로……."

그녀가 중얼거렸다. 몰아붙였던 건 단순히 친구들의 말을 들은 게 아니었다. 그렇게 몰아붙였을 때 그가 도망갈지 아닐지 그걸 확인해 보려고, 일부러 더 극약 처방을 했던 것이다. 그런데 도망가네, 정말로…….

쓴 약이라도 바른 듯 노은은 입가에 쓰린 조소를 머금었다.

"본부장님은 별자리 운세 볼 때 어디부터 보세요? 전 연애부터 봐요. 그게 여자예요. 하지만 본부장님과 전 찾는 부분이 다른 것 같네요."

"명노은."

"제가 그동안 본부장님 때문에 수없이 흔들릴 때 본부장님 저한테 단 한 번이라도 확신을 준 적이 있었나요? 제 몸의 온도를 높이기 전에 아주 조금이라도 제 마음을 먼저 봐 준 적이 있었나요?"

환이 당황했다. 노은은 처음으로 그가 당황해서 초조해 하는 모습을 본 것 같았다. 그것만으로도 손해 본 감정 중 몇 개는 본전치기를 한 것 같았다.

"그러면서 제가 간섭할 수 없는 곳에서 아주 대단한 상대와 만나고 계셨죠. 그런데도 또 아무렇지도 않게 다른 남자 만난다고 간섭하는 말이나 하고, 이제 와선 내가 원하는 답은 못 들을 거다? 그리고 앞으론 또 절 홀릴 말을 하시겠죠. 대체 왜일까요? 왜 진심인 듯 아닌 듯 그렇게 사람을 흔들기만 할까요? 전 진심을 요구하면 안 돼요? 전 몸뿐이에요? 내면은 아예 없는 거예요? 저 이 부분 비난하고 싶은데."

노은의 눈시울이 뜨거워졌다.

환은 정지해 있었다. 아주 많은 생각을 그리고 아주 많은 상념을 그녀에게 떠맡긴 것 같았다. 그는 초조해졌다. 그녀의 마음을 위로할 방법을, 아니 자신의 마음을 해명할 방법을 잘 모르겠어서 미칠 것 같았지만, 뭔가가 손가락에서 빠져나가려 한다는 것에 처음으로 다급함을 느꼈다.

"내가 오만했던 것 인정한다."

하지만 노은은 고개를 반대편으로 돌린 채 그를 보지 않았다. 그게 그녀가 결론 내린 마음의 거리 같아서 환은 더욱 마음이 급해졌다.

"변명 같겠지만 그렇게 살아왔어. 초조한 것도, 내가 먼저 신경 써야 할 것도 없었고 다들 날 따라오면 된다고 생각했어. 그걸 아마도 여자 문제에도 동일하게 적용했나 보다. 그래, 난 섬세하지 못했어. 그렇더라도 난 지금 요구하고 싶어. 넌 인정하고 싶지 않겠지만 이게 내 초조의 시작이라면 명노은, 다른 놈이랑은 아무것도 시작하지 마."

노은이 그제야 고개 돌려 그를 봤다.

"그럼, 시작하고 싶지 않게 만들어 봐요."

그녀의 요구에 환이 움찔했다.

"여자는 두 번 말하지 않아요. 저에게 뭔가를 원한다면 절 설득해 봐요. 상대방을 위해 뭔가를 노력해야 자신이 원하는 것도 얻을 수 있단 걸 깨닫기 전까진, 본부장님은 아마 절 절대 이해하지 못하실 거예요. 그저 우는 모습에 마음이 이끌렸고 그래서 갖고 싶었던 것뿐. 계속 그렇게만 생각하시겠죠. 손 뻗으면 언제라도 자기한테 올 것이고, 자기 앞에서 울 것이고, 그게 사실이라고 하더라도 본부장님은 결국 행복하지 못할 거예요. 왜냐하면 제가 그런 본부장님을 계속 원망할 테니까. 갈게요."

노은은 환의 차에서 내렸다. 하지만 환은 그녀를 잡지 않았다. 아니, 잡지 않은 건가. 모르겠지만 두 사람이 회복할 일은 더는 없어 보였다.

'강렬하게 타오르는 연애를 하고 싶다. 강렬하게 타오르는 몸만이 아닌.'

내가 그와의 관계에서 얻고 싶은 것은 이제 단 한 가지였다. 그 남자의 마음이었다. 하지만 그는 줄 생각이 없다고 한다.

서로 추구하는 연애의 방향이 다를 뿐, 비난할 일은 아니란 걸 노은은 버스 안에서 깨닫고 있었다.

H 음료의 독특한 콘셉트 및 차별화된 크리에이티브를 시장에 정착시키기 위한 캠페인성 마케팅 행사가 시작되었다. 제품을 실질적으로 시장에 내놓기 전 테스트 마켓이라는 마케팅 전략의 일환으로 계획한 행사였다.

　마치 판촉행사처럼 유동 인구가 많은 곳에 무대를 설치해 놓고 시민들에게 직접 음료의 맛과 양, 들어간 과립의 크기, 가격, 브랜드 네임 등등에 대한 의견을 수집했다. 물론 연인들이나 가족이 참여할 수 있는 이벤트도 기획해서 좀 더 적극적으로 시민들의 참여를 유도했다.

　이틀째 진행된 행사에는 노은 뿐 아니라 제작 1팀, 2팀, 캠페인 팀, 마케팅 팀 등 전 부서에서 대다수의 인원들이 차출되어 진행 팀으로 참여했다. 생각보다 행사가 반응이 좋아 회사 차원에서도 관심을 가졌고, 그 반증으로 이환 본부장까지 직접 현장에 모습을 나타냈다.

　행사 준비에 열 올리고 있던 노은은 환을 발견하자마자 바로 무대 진행 팀 속으로 섞였다. 그의 얼굴을 볼 기분도 아니었고, 당분간은 보지 않길 바랐다.

　언젠가 서로 마주치더라도 아무렇지 않게 스쳐 보낼 수 있기를 기대했지만 아직 자신의 내공이 거기까지 성숙하진 못했을 것이다. 그래서 혹시라도 지금 그를 보게 되면 자칫 중심을 잡지 못하고 허둥지둥하다가 실수할까 봐 겁났다. 그래서 노은은 숨는 걸 택했다.

'아마, 네가 원하는 답은 못 들을 거야.'

'그렇더라도, 난 지금 요구하고 싶어. 넌 인정하고 싶지 않겠지만 이게 내 초조의 시작이라면, 명노은, 다른 놈이랑은 아무것도 시작하지 마.'

어쩌면 그는 자기 나름의 방식으로 그녀를 사랑한 건 아니었을까? 하지만 그의 사랑은 세상 사람들이 말하는 사랑과는 아주 조금 다를 것이었다. 또한 그녀가 원하는 방식도 아니었으니 그녀가 채점한 그의 성적표는 0점이었다. 비록 정신을 잃을 정도로 그 남자와의 정사가 좋았다고 하더라도, 결국 감정이 섞이지 않은 육체의 행위는 공허할 뿐이다. 남자는 어떨지 몰라도 여자는 그런 관계를 끝까지 인정할 순 없다.

더 애가 타는 건, 저런 남자라도 언젠가는 자신의 마음과 감정까지 다 바쳐서 사랑할 상대를 만나게 되겠지? 그때가 되면 그도 상대의 몸만 탐하는 것이 아닌 감정까지 고려해 주며 의미 있게 상대방을 대하겠지. 네가 원하는 답은 못 들을 거라는 말 대신, 상대방이 원하는 답을 주기 위해 요구하지 않는데도 애쓰겠지. 그날처럼 대체 왜 여자는 몸의 교합보다 감정 같은 걸 중요시하는 건지 전혀 이해를 못 하겠다는 듯, 그런 표정으로 당황하는 빛을 보이진 않겠지. 그런 생각을 하는 것만으로도 노은은 질투로 심장이 뒤틀리는 것 같았다.

이환 본부장님, 나도 당신 앞에서 우유처럼 순백의 이미지가 되고 싶기도 하다. 그게 여자의 마음인 것을.

러브머신

환은 한쪽에서 재경에게 간단하게 브리핑을 받고 있었다.

"하루 동안 진행되었던 선호도 조사결과 성별에서는 여자가 남자보다, 연령별론 10대 여성과 남성, 20대 여성이 핵심 타깃이라는 분석이 나왔습니다. 제품 측면에서 볼 땐 전략 수립을 위한 고려사항으로 개성, 흥미를 유발할 수 있는 브랜드 네임이나 디자인 개발이 필요하다는 판단입니다."

"브랜드 네임을 바꾼다?"

"네. 현재의 브랜드 네임은 소비자들이 어렵게 생각한다는 의견이 많아 변경할 필요성이 있었습니다. 그리고 원가 절감이나 캔 따개의 크기 조절, 가격 등, 개선이 필요한 소비자의 불만 사항에 대해서는 후에 보고서로 올리겠습니다. 아무래도 강력한 브랜드로 성장하기 위해서는 과감한 마케팅 믹스 정책이 필요한 듯합니다."

환은 재경의 보고를 받으며 내내 다른 쪽을 쳐다보고 있었다. 보고는 차곡차곡 머릿속에 쌓되 그보다 더 궁금한 게 있었던 것이다. 그가 여기까지 나온 건 단지 일 때문만은 아니었다. 하지만 그가 원하는 얼굴이 도통 보이지 않아 잔뜩 인상을 찌푸리고 있는데, 그때 레이더 안으로 바로 그 얼굴이 포착되었다.

노은은 귀에 인 이어를 낀 채 막 무대 쪽으로 올라가 무대 설치를 돕고 있었다. 환이 인상을 썼다. 저런 일은 남자들에게 맡기면 될 것을. 먼지가 풀풀 나는 무대 소품들을 옮기느라 콜록거리는 노은의 얼굴이 보였다.

"그래서. 윤 팀장은 직접 음료를 마셔 봤나?"

"네? 그야 당연히……."

"난 아직 마셔보지 못했거든. 하나 가져가지."

환이 산처럼 쌓인 음료 중 하나를 집어 살짝 흔들어 보이고 가자, 재경이 당황하며 웃었다. 이환 본부장의 저런 장난기 섞인 모습은 처음 본 것 같았다.

노은은 이제 조금만 있으면 시작될 행사를 위해 막바지 작업을 하고 있었다. 오늘따라 무대 설치에 더 공을 들이는 건, 조금 후에 국내 최고의 아이돌 그룹의 깜짝 공연이 준비되어 있기 때문이었다. 물론 그것도 마케팅의 일환이었다. 아이돌이 뜨는 만큼 안전상의 문제나 무대 규모, 질 등 신경 써야 할 부분이 한두 개가 아니었다. 한 치의 실수도 만들지 않기 위해 전문 인력들과 광고 회사 간의 커뮤니케이션이 매우 중요했다. 오늘 노은은 그 부분을 담당했다.

"글자를 이쪽으로 좀 더 내려주세요. 아뇨, 조금만 더 아래로. 아, 좋아요. 오케이! 감사합니다!"

먼지를 먹은 탓인지, 소리를 지른 탓인지 노은은 바로 콜록콜록 기침을 터뜨렸다. 그때 눈앞으로 무언가가 불쑥 내밀어져서 쳐다보았다가 노은은 덜컹 심장이 내려앉고 말았다. 지금 현장에서 이벤트를 진행 중인 바로 그 음료란 것보다 그 음료를 내민 사람이 문제였다.

노은은 뒷머리가 싸하게 식어가는 걸 느꼈다. 환이 말쑥한 남색 슈트 차림으로 살짝 인상을 쓰고 있었다.

"뭔가요, 이건?"

러브머신

"기침을 계속하잖아. 마셔."

"됐습니다. 물 마셨으니까 상관 마십시오."

노은은 자신이 낼 수 있는 최대한의 딱딱한 소리를 냈다. 혹시라도 누군가가 이쪽을 보고 있는 건 아닐까 싶어 옆을 살피는 것도 잊지 않았다. 다행히 엄청나게 몰린 인파 때문에 다들 정신이 없어서 남의 일에 관심을 기울일 여유라곤 없는 것 같았다. 비록 본부장의 행보라고 하더라도 말이다.

"받아. 네가 받을 때까지 계속 들고 있을 생각인데 그럼 내가 손해일까, 네가 손해일까?"

노은의 머리칼이 쭈뼛 섰다. 더불어 뚜껑도 확 열리려는 차였지만, 무서울 정도로 정확하게 현실을 지적하는 말이라서 무시할 수만도 없었다. 여기서 이상한 소문이 한 가지라도 더 얹히는 날엔 명노은은 사무실에서 매장이다. 그녀는 더 일이 커지기 전에 빼앗아 버리듯 음료를 가져오곤 그를 차갑게 쏘아봤다.

"본부장님과 제가 이렇게 계속 대화를 나눌 사이였던가요?"

"아니면 뭔데."

"전 이미 그날 깔끔하게 정리한 걸로 기억합니다만."

"시작하고 싶지 않게 만들어 보라는 게 네 마지막 말 아니었나? 응?"

"그 전에 온갖 허무와 허탈함을 담아서 관계를 정리하고자 한 말들은 다 무시된 건가요?"

"물론 여러 가지 부정적인 말들이 있긴 했지. 하지만 난 나한테 긍정적인 말만 기억하려고."

노은은 어이가 없었다.

"최소한 내가 개과천선해서 노력하는 건 봐 달라고. 여자는 두 번 말하지 않는다면서. 자기가 한 말에 대한 뒤처리까진 지켜봐야지. 그리고 지금은 본부장으로서 현장에서 일하는 직원에게 노고를 치하하러 온 것뿐이니 명노은, 앞서가지 말지그래?"

노은은 할 말을 잃었다.

"알겠습니다. 제가 주제넘게 생각했습니다. 지시하실 부분 있으면 말씀하십시오."

딱딱하게 외면해버리는 노은을 환이 낮게 혀를 차며 쳐다봤다. 아무래도 많이 삐진 것 같았다. 아니면 마음이 이미 떠났다거나. 왜 이렇게 노은의 반응에 초조한 건지 모르겠다. 마치 팽팽하게 늘린 고무줄의 양 끝을 그녀와 나눠 잡고 있는 기분이었다. 그녀가 놓아버리는 순간 자신에게로 날아들 게 뻔한 고무줄. 너무 아프겠지? 그래서 두려운 느낌. 아주 많이 겁이 났다. 애처럼.

"그건 그렇고, 최소한 자신이 제작에 참여하는 제품은 이미 마셔봤겠지?"

"마셔봤습니다."

"그래서. 브랜드 네임을 바꾸는 게 좋다는 분석이 나왔는데 생각해 둔 건 있나?"

노은은 당황하고 말았다. 이렇게 빨리 밀려선 안 되는데.

"그, 그게 아직……."

"명노은 씨는 참 일을 쉽게 하는군. 머리 쓰라고 뽑아둔 거지,

이렇게 몸 쓰라고 월급 주는 게 아니지 않나?"

"……죄송합니다."

"그렇지? 죄송하지? 그럼 이런 일은 다른 사람한테 맡기고, 그대도 다른 여직원들처럼 덜 위험한 일을 하지그래? 아니, 머리를 쓸 수 있는 일. 오케이?"

"됐습니다. 머리를 못 쓴 만큼 오늘은 몸 쓰면서 부족한 부분을 채우겠습니다."

환의 미간에 주름이 잡혔다.

"고집스럽긴. 뭐, 좋아. 아무튼 떠오르는 게 있으면 나한테 바로 문자 보내. 검수해 줄 테니까. 그리고 잠깐 할 얘기 있으니까 따라와."

환이 그렇게 말해 버리곤 무대를 내려갔다. 대답이나 의향 따위 들을 필요도 없다는 듯 강제적인 통보만 내던지고 본인 멋대로 떠나가는 모습에 노은은 어이가 없었다. 그 행동은 그녀가 아무리 뻗대도 따라올 수밖에 없을 걸, 이라고 말하는 모습이었다.

'본부장님이 정말 저랑 하고 싶은 게 뭔데요? 저랑 연애하실래요? 그래요. 해요. 하지만 그냥 연애가 아니라 끝까지 가는 거, 난 그걸 원해요. 결혼까지 생각하는 거. 진지하게 날 애인으로 인정해 주는 거. 그거 해 줄 수 있어요?'

'아마, 네가 원하는 답은 못 들을 거야.'

꼭 사막 같은 남자……. 서걱거리는 그 모래를 흩트리려고 애써 봐야 결국 소용없다. 뭉치려고 하는 것도 마찬가지겠지.

노은은 자신이 그를 따라갈 수밖에 없으리라는, 그가 가진 그 고정관념을 깨고서 그냥 자기 할 일만 계속했다.

하지만 놀랐다. 환이 다시 돌아올 줄은. 따라가지 않으면 그냥 가 버릴 줄 알았는데.

"안 바쁘세요? 보시다시피 전 매우 바쁘거든요."

"알아."

"그럼 가 주시는 건 어떠세요? 아니면 아직 더 치하해 주실 노고가 있는 건가요?"

"내가 하고 싶은, 아니 네가 반드시 들어줘야 할 말이 있어."

장난 같은 걸로 무시하기엔 그의 표정이 진지해서 노은이 멈칫했다.

"본부장님으로서 오신 거라고 하시지 않으셨나요?"

"본부장도 이환이지."

"그럼, 그 이환 씨에게 제가 먼저 말할게요. 전 이미 끊었습니다. 그러니까 더 이상 흔들지 말아 주세요."

정말로 더 이상 흔들리고 싶지 않았다. 그날로부터 무려 1주일이라는 시간이 흘렀다. 하지만 그사이에 환은 그 어떤 설명도, 마주침도, 연락도 없었다. 그런데 또 이렇게 뜬금없이 나타나 사람을 휘젓고 있었다.

만약 무언가 다시 시작하고 싶은 마음이 있었다면, 오늘 전에 설명했어야 옳다. '그가 원할 때면 언제나.' 무슨 광고 문구도 아니고, 이런 건 이제 그만하고 싶었다.

물론 바빴겠지. 하지만 이 행사를 준비하느라고 그녀도 바빴다. 그 와중에도 그녀는 이환이란 남자를 두고 수도 없이 고뇌하고 마음을 들썩였다가 포기했다가 다시 생각했다가 또 포기하기를 반복했다. 그가 이렇게 아무렇지 않은 고요한 모습으로 나타나, 마치 어제 봤던 사람들처럼 자연스럽게 나올 줄 알았다면 그런 고뇌 따위 하지 않았을 것이다.

때마침 저쪽에서 음료 시음 이벤트가 먼저 시작된 건 다행이었다. 모두의 시선이 그쪽으로 쏠리자 노은은 지금이 마지막 기회라고 생각하며 자신의 정확한 의지를 전달했다.

"정복자 알렉산더 대왕 아시죠? 누구도 풀지 못할 정도로 복잡하게 엉켜 있는 밧줄로 된 매듭이요. 사람들은 그걸 누군가가 풀어 주길 원했지만 알렉산더 대왕은 칼을 뽑아서 그 매듭을 단칼에 잘라 버렸죠. 저도 똑같아요. 열심히 풀어 보려고, 어떻게든 밧줄에 상처 내지 않고 잘해 보려고 했지만 결국 안 됐어요. 벽을 보고 얘기하는 것도 이보다는 나을 거예요. 그래서 저도 끊어 버릴래요. 바로 그 고르곤졸라의 매듭처럼."

"명노은."

"왜요."

"고르디온이겠지."

환이 안타깝다는 표정으로 정정해 준 순간 노은의 눈동자가 흔들렸다. 얼굴이 빨개지고 쥐구멍에라도 숨고 싶어졌다. 아, 짜증 나! 그랬다, 정말! 이건 정말, 미친 거 아냐? 어떻게 그런 실수를 할 수 있지? 지금 이런 순간에?

"배고파? 피자 먹고 싶어?"

그는 창피한 사람 더 창피하게 만드는 데 비상한 재주가 있는 사람이었다. 노은은 더는 이 수치스러움을 견딜 수 없어 도망치듯 돌아섰다. 그런데 몇 걸음 떼기도 전에 그녀가 걸어가는 쪽에 대고 누군가가 다급하게 소리쳤다.

"어? 그쪽으로 가면 안 돼요! 피해요!"

그 소리와 동시에 노은의 고개가 휙 돌아갔다. 아니나 다를까 무대 장치 중 하나가 먼지를 일으키며 그녀 쪽으로 천천히 기울어지고 있었다. 노은의 눈이 커다래졌다. 도저히 피할 시간이 없었다. 이대로 깔리는 건가 싶어서 굳은 몸이 부르르 떨렸다. 하지만 그 순간 무언가가 날아와 노은을 확 덮쳤다.

환이 몸을 날렸다. 노은의 사고가 딱 멎었다. 분명 세찬 충격이 있었던 것 같았지만, 무대 장치로 쓴 육중한 합판은 분명히 아니었다. 거기엔 조금도 공격당하지 않았다. 오히려 커다란 뭔가에 감싸인 채 노은은 놀란 눈을 미친 듯 떨고 있었다.

주변에서 비명이 들렸다. 웅성거리며 사람들이 몰려드는 소리도 들렸다. 하지만 아무것도 신경 쓸 수가 없었다. 오로지 한 사람, 그녀를 끌어안은 채 쓰러진 합판을 자신의 등으로 막아 내고 있는 환만이 보였다.

그의 이마가 약간 찢어져 피가 났다. 무거운 합판은 여전히 그의 등을 찍어 눌렀다. 그때 그가 노은을 안전하게 감싼 채 무사한지 확인하듯 내려다보더니, 낮은 신음을 터뜨리며 웃었다. 그리고 말했다.

"하여튼, 매듭 같은 걸 끊어 버리니까 이 모양 아니야. 꽁꽁 묶어 뒀어야지. 알겠어? 무슨 일이 있어도 자르진 말라고."

사람들이 마구 달려들었다.

6개월 전인가, 아무도 없는 불 꺼진 사무실을 지나가다가 환은 멈칫했다. 텅 빈 사무실에서 스탠드 하나만 켜 놓은 채 누군가가 울고 있었다. 야밤에 곡성이라니, 환은 혀를 차며 사무실로 천천히 다가가 봤다.

자기 자리에 앉아 흐느끼고 있는 여자는 딱 봐도 신입이었다. 오늘 제작 1팀에서 신입의 작은 실수로 진행되던 일이 엎어졌다고 들었는데 아마도 그 일로 상당히 혼이 난 모양이었다. 그래서 모두가 퇴근한 텅 빈 사무실에서 저렇게 서럽게 울고 있는 것이리라.

훌쩍이며 눈물을 닦고는 광고 시안을 다시 넘겨본다. 그러다 또 눈물이 또르르 떨어지자 다시 닦고 또다시 열심히 본다. 그 모습이 어찌나 성실한지, 상사의 마음인지 뭔지 참 예뻐 보여서 환은 아예 사무실 벽에 기대선 채 팔짱을 끼고서 그 신입을 구경했다. 아니, 사실 상사의 마음 같은 건 아닌 것 같았다. 아마도 개인적으로 발현한 호기심 쪽이 맞을 듯.

우는 여자는 그에게 쥐약이다.

그래서 여자가 울면 환은 싫었다. 하지만 저렇게 예쁘게, 열심히 우는 여자도 있구나 싶었다. 그의 생각 안에서 '우는 여자

는 불행하다.'라는 공식을 지워 준 여자. 그녀는 서러워 보였을
지언정 불행해 보이지는 않았다. 아마 끝까지 광고 시안을 다
시 넘겨보며 문제점을 찾아내려고 눈에 불을 켜고서 노력하는
그 못 말리게 열정적인 표정 때문이었는지도 모르겠다. 그 열
정이 '눈물 = 불행'이라는 공식을 희석시켜 주었다.

그 뺨, 속눈썹, 콧방울, 입술, 환은 계속해서 그녀를 보았다.
눈물에 푹 젖은 눈동자가 어떤 색을 띠고 있을지 문득 강렬한
호기심이 일었다. 저렇게 눈물을 매단 채 웃으면 그 표정은 또
어떻게 변할까. 그 눈물의 맛은 어떨까. 자신의 입술로 훑어서
맛보고 싶단 충동적인 생각까지 했다.

솜털 보송보송한 하얀 목덜미, 가느다란 팔과 목과 턱으로
이어지는 예쁜 선. 순간 그녀가 뭔가를 골똘히 생각하는 듯 손
에 들고 있던 볼펜을 이 끝으로 살짝 깨물었다.

그 바람에 살짝 벌어진 도톰한 입술과 하얀 치아에 일순 환
의 가슴이 두근거렸다.

두근두근.

그건 어쩌면 밤이라는 시간과, 낮은 조도의 조명, 그리고 투
명한 눈물이 만들어낸 눈속임이었는지도 모르겠다. 하지만 환
은 그 순간 정말로 가슴이 뛰었고 그 신입 여직원은 이제껏 봤
던 그 어떤 여자보다도 예뻤다. 아니, 사랑스러워 보였다.

그녀가 물고 있던 볼펜을 놓고 이번엔 턱을 괴며 살짝 고개
를 옆으로 기울였다. 그 바람에 완만하게 곡선이 진 하얀 목선
이 드러났다.

러브머신

순간 아주 야한 생각을 했다. 그런 생각이 들자 어이없게도 허리 아래가 지끈해졌다. 그런 자신이 어찌나 황당했던지.

카피가 떠오른 건지 그녀가 도톰한 입술로 뭔가 알아들을 수 없는 소리를 웅얼거렸다. 그에 맞춰 움직이는 발간 입술. 선홍색 혀를 빼고 살짝 입술을 축인다. 그 붉고 촉촉한 혀에 환은 시선을 빼앗기고 말았다. 그 끝을 살짝 깨물 듯 머금고 빨아들이고 싶다. 달콤한 과즙이 자신의 혀 사이에서 녹을 것 같다.

기지개를 켜려는 듯 그녀가 두 팔을 쭉 뻗었다. 순간 무심코 고개를 돌렸던 그녀의 두 눈이 휘둥그레지고 말았다. 환을 발견한 듯 그녀가 그대로 벌떡 일어나 서서 허리를 불쑥 숙였다.

"아, 안녕하세요!"

엄청나게 당황한 듯 떨리는 목소리, 어쩔 줄 몰라 하는 그 모습에 환은 왠지 미안해졌다. 적절치 않은 상상을 해 버리고만 자신이 무척이나 민망하고, 그녀에게도 몹시도 미안했다. 환은 노은이 허리를 펴기도 전에 자신의 이마를 꾹 누르며 그대로 그 자리를 떠났다.

아마 그날 이후였을 것이다. 그녀를 주의 깊게 보게 된 건. 얼마 후에 다시 본 노은은, 그냥 맑았다. 그날 밤처럼 울고 있지 않은 그녀는 뭐든 열심히 하고 최선을 다하는 성격이었다. 하지만 환은 그 맑은 눈동자에 눈물이 담기는 장면을 늘 겹쳐 떠올렸다. 왠지 그녀만 보면, 웃고 있어도 눈물을 담고 있는 것 같아서 이상하게 가슴이 두근거렸다.

그리고 그날 회식이 있던 날 밤, 울고 있는 노은을 다시 봤다. 자제력이 무너진 건 순식간이었다.

그가 본 사람들 중 가장 예쁘게 우는 여자. 그의 이상형을 '예쁘게 우는 여자'로 바꿔버린 여자. 우는 게 너무도 싫었던 그에게 눈물이 다른 느낌일 수도 있단 걸 알게 해 준 여자. 그게 바로 명노은이었다.

그녀가 지금 또 그의 눈앞에서 눈물을 그렁그렁 매단 채 서 있었다. 웬만하면 그러지 않는 게 좋을 텐데…….

눈물이 왜 투명한지 알아, 명노은? 인간의 몸에서 나오는 가장 깨끗한 것이라서. 아니 실은 모든 걸 씻어내 주기 때문이지. 난 네 눈물을 볼 때마다 내 불행하고 어두운 과거가 씻겨나가는 것 같은 기분이야.

천천히 병실로 들어선 노은은 환의 앞에 멈춰 섰다. 낮에 무대에서 그는 아무렇지 않게 일어났다. 그 무거운 걸 받아낸, 아니 그것에 깔린 사람치곤 믿을 수 없이 쌩쌩하게 일어나 먼지가 묻은 옷을 툭툭 털었다.

다들 천만다행이라고 했지만 노은은 알았다. 그는 분명 엄청 타격을 받았다. 아주 아플 것이다. 아까 자신을 감싸 주었을 때 올려다본 그의 표정은 깊은 상처를 입은 사람의 그것이었다. 뼈가 다쳤거나, 심하면 골절되었을 수도 있다. 하지만 그는 행사에 피해를 주지 않으려는 듯 끝까지 참는 것 같았다.

덕분에 현장이 일사천리로 정리되고 아무렇지 않은 듯 다시 돌아가자 다행히 사람들의 관심도 멀어졌다. 진행 요원들과 직원들의 민첩한 판단과 행동이 빛을 발한 순간이었다. 미세하게 남은 약간의 웅성거림조차도 특급 아이돌의 출연으로 완전히 사라졌다. 정말이지 이환 본부장의 살신성인이었다.

그렇게 행사는 무사히 끝나고 마지막까지 자리를 지켰던 환은 바로 직원들의 등쌀에 떠밀려 병원으로 이송되었다. 안 그래도 차에 타자마자 어지러운 듯 시트에 기대 쉬는가 싶던 환은 병원에 도착하자마자 엑스레이를 찍고 치료를 받았다.

큰 외상은 없었지만 노은의 예상대로 찰과상과 뼈를 위협할 정도의 압박은 있었다. 노은은 아주 멀리서 그걸 확인하고 지켜볼 뿐이었다. 여기서 그녀가 나설 수는 없었다. 임원들과 팀장 등의 직원들이 오가고, 그렇게 드나들던 사람들의 기척이 끊긴 후에야 노은은 병실로 숨어들었다. 너무 오래 기다렸다. 아주 늦은 밤이었다.

병실로 들어서니 환은 이마엔 반창고를 붙이고 가슴엔 붕대를 감은 채 환자복 차림으로 노트북을 펼쳐놓고 있었다. 그녀가 들어온 기척을 느낀 그가 노트북 뚜껑을 탁 덮더니 노은을 쳐다봤다.

"왜 울어?"

노은은 방울방울 흘러내린 눈물을 닦았다. 모르겠다. 온종일 참았던 눈물이 지금 와서 툭 터져 버린 것 같았다.

"미안해요."

"뭐가? 늦게 온 게?"

"정말 미안해요."

"그러니까 뭐가."

"계속 밖에는 있었는데……. 함부로 들어올 수가 없었어요. 한시라도 빨리 들어와서 괜찮은지 확인하고 싶고 얼마나 다쳤는지, 그리고 미안하다고 고맙다고도 말하고 싶고……."

"알았으니까 그만해. 무슨 말인지 이해했으니까."

노은은 움직이질 못했다. 거기서 그가 나서서 자신 대신 다칠 줄은 상상도 하지 못했다. 지금도 그에 대해 의심스럽고 혼란스러운 부분들이 없진 않았지만, 지금 심정으론 그 모든 걸 그냥 다 덮어 주고 싶은 심정이었다. 지금까지 그가 자신에게 영향을 끼쳤던 모든 행동들이 적어도 진심이었단 걸 깨달았다.

그렇다면 왜일까? 왜 그는 말과 다르게 자꾸만 차고 무책임하고 그래서 가슴 아프게 하는 소리들을 내뱉는 걸까. 그래 놓고서 결정적일 땐 꼭 저렇게 감싸주고 도와주는 걸까? 그때 카피 때문에 고민하고 있을 때도, 남들 눈 신경 쓰느라 회사에서 아는 척도 안 하는 줄 알았더니 막상 아무렇지 않게 남의 사무실까지 찾아와서 뒷일 생각하지 않고서 사람을 찾질 않나……. 말은 얄밉게 하면서 왜.

"거기 계속 그렇게 서 있을 건가? 좀 더 가까이 와서 사과할 순 없는 거야?"

노은은 그에게 다가갔다. 하지만 한 뼘의 거리 이상으로는 다가가지 못한 채 멈춰 서서 그의 상처를 바라보았다. 이마의 상처, 그리고 환자복의 열린 상의 너머로 감긴 붕대. 너무도 미안했다.

"많이 아파요?"

"몰라. 내 생애 가장 많이 다친 건 확실해."

"저 때문이에요. 미안해요."

환이 닫힌 노트북을 내려다보던 눈을 그녀에게로 돌렸다.

"네가 안 다쳤으면 됐어."

그런 말 하지 말라고 노은은 부탁하고 싶었다. 마음이 너무 아프니까.

"구박하려면 해요. 뭐라고 해도 다 들을게요."

"됐고, 그냥 환자복 입은 내 모습에 반해 주면 어때?"

노은은 눈물을 매단 채 그를 흘겨보았다. 지금 그런 말이 하고 싶은지, 그걸 물었어야 했는데.

"왜 자꾸 사람 헷갈리게 해요? 저 싫다면서요."

따지고 말았다.

"그런 말 한 적 없어."

"제가 원하는 대답 못 들을 거라면서요."

그의 눈동자가 흐려졌다.

"나 따위 상관없다면서."

환이 노은을 끌어 앉혔다. 그가 피곤한 듯 한층 더 낮아진 목소리로 말했다.

"상관없다곤 하지 않았어. 그냥, 이대로도 좋지 않느냐고 했을 뿐이지."

"그게 그 말이에요."

환이 갑자기 그녀의 가슴에 머리를 툭 기댔다. 그리고 움직이지 않았다.

"본부장님……."

"잠시만, 이대로 있자."

부드러운 블라우스 위로 그의 얼굴이 닿는 게 느껴졌다. 오전만 해도 깔끔하게 면도가 되어 있었는데, 수염이 약간 올라와 까칠한 턱이 안쓰러웠다. 그의 따뜻한 숨결이 그녀의 부드러운 가슴을 촉촉하게 적시는 것 같았다. 시끄럽게 뛰는 심장 소리가 그에게 그대로 전해질까 봐 걱정스러웠다.

환이 눈만 들어 노은을 올려다보더니, 긴 손으로 그녀의 눈물을 닦아 주었다.

'난 네 눈물이 미치도록 좋지만, 그래도 역시 네가 우는 건 참 가슴 아프네.'

그녀의 살굿빛이 도는 입술까지 눈물로 젖어 있었다. 당장이라도 그 촉촉해진 입술을 훔치고 싶었다. 하지만 그냥 그 입술을 적신 눈물만 손가락으로 닦아내 주고 그가 말했다.

"실은 잡고 싶어. 하지만 안 할래."

노은은 가슴이 무너지는 것 같았다. 누구도 말하고 있지 않았지만, 둘 중 누구의 가슴이 더 아픈 것인지 가늠할 수 없었다. 노은은 진심이 담겨 더 뜨거워진 눈물을 흘리며 말했다.

"잡고 싶으면 좋아하는 거 아니에요? 좋아하면 잡고 싶은 거 아니에요? 잡고 싶다면서 안 한다는 건 좋아하지 않는다는 거 아니에요? 그러니까 잡고 싶지 않은 거 아니에요?"

그녀의 표정은, 아니 그 눈물은 간절했다. 하지만 환은 대답하지 않았다. 해 봐야 그녀는 이해하지 못할 것이다. 아니 그런 자신에게 실망하고 지쳐서 떠나고 말 것이다. 그래서 그는 고집스러울 정도로 입을 꾹 다물었다.

"얘기해 줘요."

"못해."

"얘기해 주세요."

"내가 욕심을 가지면 네가 다칠 수 있다고 말하면 역시 좀 닭살스럽지? 이 무슨 뜬금없는 비장함인가도 싶고. 그러니까 지금 한 말은 잊어."

노은은 그가 무슨 말을 하는지 선뜻 이해가 되질 않았다. 머리가 나쁜 것도 아닌데 왜 이렇게 그의 말들이 몽롱하게만 들리는 걸까. 장난인 듯 다 장난만은 아닌 것 같다. 흘려 넘기려는 것 같은 저 말 속에 진심이 있을 것이다. 어쨌거나 자신이 하고 싶은 말은 이제 확실해졌다.

그래. 이렇게 가자. 뭔지는 모르겠지만, 그는 어떤 부분에서 괴로워하고 있는 것 같다. 하지만 말해 주고 싶지 않은 것 같다. 그러니 더 파헤치지 말고 자신이 할 수 있다면 이 선에서 이렇게 가보자. 지금껏 머릿속으로 하던 계산을 전부 없애버리고 마음의 양보를 할 수 있게 되었다.

'실은 잡고 싶어.'

그 말을 할 때의 그는 분명히 진심이었다. 그러니까 이 이상 그를 다그치지 말자고. 이 관계가 더 어그러지지 않게, 더 망가지지 않게…….

물론 아직도 자신은 그와 연애를 하고 싶다. 그와 행복해지고 싶다. 행복하려면 감정이 전제되어야 한다. 본능적인 욕구와 배설만이 아닌.

　하지만 과연 우리의 관계를 본능적인 것으로만 치부할 수 있는가? 명노은, 넌 그럴 수 있어? 그동안 내내 그녀를 괴롭히던 의문, 그게 오늘 해소됐다. 그냥 마음이 무릎을 꿇었다. 환이 그녀를 위해 몸을 날린 순간 모든 게 설명이 된 것이다. 의문, 의혹, 의심 같은 나쁜 조각들을 뺐더니 남은 조각은 그가 그녀에게 속삭여 주었던 진심들, 따스하게 만져 주던 손길들, 지켜봐 주던 표정들, 그런 좋은 것들이었다. 슬픈 만큼 분명히 좋은 것들도 많았다. 그것들을 모아 봤더니 적지 않은 양이었다.

　지금은 그것만으로도 충분하지 않은가? 사람이 이렇게 다쳤는데. 그래놓고도 네가 안 다쳤으면 됐다고 하는데. 더는 그를 거부할 이유도, 반박할 빌미도 찾지 못하겠다.

　'육체관계를 갖는 친구.'

　누가 누굴 배신하는 것도 아니고, 가깝지만 그렇지만은 않은 관계. 질투와 집착은 있지만 상처와 쓰린 슬픔은 없다. 남녀관계에서 감정만 쏙 뺀…….

　이유는 모르겠지만 그가 그것을 원하면, 그리고 자신이 그렇게 해서라도 그의 옆에 있고 싶다면. 그래요. 우리 그냥 이대로 가요. 그녀로서는 엄청난 결심이었다. 자신은 촌스러운 인간이라서 이런 쿨한 시도가 성공할지는 모르겠지만 한번 해 보려고 한다. 그렇기에 그 전에 한 가지 가볍게 확인할 게 있었다.

러브머신

"혹시 D 식품 홍보 이사님, 계속 만나고 있는 거예요?"

환이 뜬금없단 표정을 했다. 노은의 가슴 위에서 허망한 표정을 짓더니 낮은 한숨을 내쉬었다.

"그건 그냥, 부모님께 효도하는 차원에서 나간 거야. 거기에 내 마음은 하나도 없었어."

"그러니까 안 만난다는 말이죠?"

환이 몸을 일으켰다. 감정 상한 듯 시큰둥한 눈으로 물끄러미 노은을 보다가 말했다.

"음, 가만히 생각해 보니, 이 모든 일의 시작이 그게 아니었나 싶네."

"뭐가요?"

"우리 사이가 왜 이렇게 더 멀어졌는지 그 이유를 찾는 중이었거든. 도대체 무엇이 나에 대한 네 인식을 더 확고하게 나쁜 쪽으로 다져지게 했는지, 네가 결정적으로 나한테 실망한 게 무엇인지."

"단지 그 이유 때문만은 아니었지만, 그게 아주 큰 도화선이 된 건 사실이었죠."

"확실히 난 그날, 결혼을 전제로 어떤 여자를 만났지. 그게 널 실망 내지는 화나게 한 걸 테고."

"하지만 이젠, 그런 거 상관없어요."

"음?"

"지금은 상관없어졌다고요. 제가 본부장님을 이렇게 미워하는 건 본부장님을 아주 많이 좋아하기 때문이란 걸 깨달았으니까."

"갑자기 직구는 너무한데. 왜 이래, 명노은? 나 환자야. 환자의 바이털 사인을 이렇게 불안하게 만들면 되겠어?"

"쓸데없는 뻗대기나 방어하기가 그 어떤 도움도 안 된다는 걸 깨달았으니까요. 그러니까 본부장님이 절 어떻게 생각하느냐가 아니라, 내가 본부장님을 어떻게 생각하고 있나, 이제 거기에만 집중하기로 했어요."

그의 옆에 아무도 없는 게 사실이라면 지금 이대로 가기로 결심했다. 노은은 이제 거짓 없는 마음으로 용기를 내보고 싶었다. 아주 무모한 방식의 사랑을 해 보려고 한다. 다만 누군가의 강요나 누군가에게 이끌려서가 아니라, 내가 선택해서. 내가 좋아서.

"본부장님은 어떠세요? 제가 옆에 있겠다고 하면 받아 주실 거예요?"

환은 아무런 대답도 하지 못했다. 그게 얼마나 이기적인 요구인지 알기 때문에.

"있잖아요, 본부장님. 그렇게 하게 해 주세요. 그러니까 이대로도 좋다고요, 전."

환의 눈동자가 세차게 흔들렸다. 노은이 눈물을 말리려는 듯 눈꺼풀을 분주하게 깜빡이며 고개를 숙였다. 환의 손이 노은의 어깨로 다가갔다. 하지만 허공에서 멈칫한 채 다시 멀어졌다. 그가 시트 위에서 주먹을 꽉 쥐곤 눈을 천천히 감았다가 떴다.

이대로도 좋지 않으냐고, 그런 말을 아무런 거부감 없이 받아들일 수 있는 여자가 세상에 몇이나 될까? 자신은 그녀를 새장 안에 가두어 어디에도 가지 못하도록 묶어두고선, 왜 넌 네 마음대로 날아가지 않느냐고 다그치는 짓을 해 왔던 것이다. 그런데도 그녀는 비난하지 않고 받아들여 주었다. 옆에 있겠다고 해 주고 있다. 그런 말밖에 하지 못하는 이런 자신을 이해해 주겠다고 한다.

"남들 평범하게 다 하는 거 하나도 못할지도 몰라."

"알아요."

"어쩌면, 영원을 약속하는 것 따위 하지 못할지도 몰라."

"네."

"너만 손해 볼 거야."

"그런 거 따질 마음이었다면 애초에 이런 말 하지도 않았어요. 아니다. 사실 지금까지 그거 따지느라 이렇게 늦어진 거였구나. 하지만 이젠 계산 끝냈으니까. 그리고 따지고 보면 그렇게 손해만 보는 건 아니니까 너무 쓸데없는 걱정 마세요. 나 그렇게 대단히 희생적인 사람 아니거든요."

"내가 원망스러울 거야."

"안 그래요."

"어느 날 갑자기 모든 걸 끝내자고 할지도 몰라."

"그 말하기 전까진, 본부장님 제 사람인 거죠?"

"명노은!"

"강요하는 건 단 하나도 안 해요. 사귀자고도 안 해요. 사귀면, 지금 이런 마음가짐을 오래 유지하지 못하니까. 기껏 요구하지 않고 주는 걸로 만족스러운 관계를 만들겠다고 마음먹었는데, 사귀면 요구하게 될 테고 주면 준 만큼 돌려받으려고 할 테니까요. 그럼 저 때문에 본부장님은 또 숨 막혀 하겠죠."

"숨 막힌 건 아냐."

"내 눈엔 그렇게 보였어요. 뭔가에 강박감이 있는 사람처럼. 그게 뭔지는 모르겠지만 아무튼 사귀건 사귀지 않건, 지금 이대로도 좋지 않나요?"

노은이 혀를 쏙 내밀며 웃었다. 자신이 던졌던 말을 그대로 부메랑으로 돌려받은 환은 왠지 머리를 한 대 얻어맞은 기분이었다. 아, 이런 기분이었구나. 참 사람 슬프게 하는 말이었네. 속상하게 하는 말이었네.

그러다가 네가 결국 견디지 못하고서 모든 걸 끝내자면서 날 떠나버리면, 난 아주 많이 힘들 것 같은데. 넌 이겨낼 수 있었던 것들을 난 못할 것 같은데.

"저녁은 먹었어?"

"오늘은 별로 생각이 없어요."

낮게 묻자 노은이 고개를 가로저었다.

"걱정할 거 빤히 알면서. 정말 안 먹을 생각이라면, 먹었다고 대답했어야지."

"네? 뭐 그런……."

"안 그래도 너 올 줄 알고 미리 시켜둔 게 있어. 거기 위에 종이가방 좀 가져와 봐."

노은은 일어나서 그가 시키는 대로 종이가방을 가져와 봤다. 그 안에서 뭔가 매콤달콤 익숙한 냄새가 난다 싶었더니, 안에서 나온 건 떡볶이와 닭발이었다.

"이게 뭐예요?"

"보면 몰라? 닭발과 떡볶이지. 너 먹어."

"본부장님이 드실 게 아니라 저더러 먹으라고요?"

"환자는 그런 거 못 먹지."

"그러니까요. 드시지도 못할 거면서 이걸 굳이 왜……."

"그날 먹고 싶다고 하지 않았나? 그런 게 있으면 최규훈이 아니라 나한테 사 달라고 해."

이 남자를 참…….

노은은 고개를 설레설레 저었다. 애초에 이걸 먹고 싶었던 게 누구 탓인데. 무엇보다 본부장님씩이나 되는 사람이 몰래 엿들은 걸 아직까지 기억하고 있다니. 하지만 그렇게 해 줘서 왠지 뿌듯한 건 사실이었다. 혹시 질투해 줬나 싶어서.

"그럼 먹을게요."

노은은 플라스틱 포크로 떡볶이 하나를 콕 집었다. 환이 빙긋 웃었다. 입속에 넣어 이환의 질투 맛을 한 번 봤다. 쫄깃쫄깃하고 매콤하고 달콤하다.

뼈 없는 닭발도 먹어 보았다. 보이는 대로 엄청 매웠다. 입에 넣자마자 입안에 화염병이라도 던진 듯 온 입속이 화끈거리고 입술이 알알하고 독한 매운 내가 위로 확 치밀었다. 마치 이 남자가 자신에게 주었던 감정들처럼.

가슴이 얼얼하고 혀를 못살 정도로 달달 볶아서 맥박 수까지 올라가는 것 같았다. 아, 맵다. 정말이지 맵다. 절로 눈물이 맺

힐 정도로.

"아, 미치겠다. 이건 매워도 너무 맵잖아요."

"그렇게 매워?"

"매운 내 안 나요?"

"엄청 매운 걸로 원한다면서. 뭐라고 했더라? 눈시울이 뜨거워지고 혀가 얼얼해지도록 독하게 매운맛이라고 했던가?"

"자세하게도 들었네요."

"난 날 화나게 하는 말엔 아주 예민하게 귀가 열리거든."

노은이 빨갛게 부어 오른 입술에 손부채질을 하며 그를 흘겨보았다.

"근데 실은 그거 본부장님이 미워서 사 달라고 했던 거예요. 아주 매운 거 먹으면 본부장님 때문에 받은 스트레스가 조금이라도 풀릴까 봐. 음식에라도 싸움을 걸고 싶어서 사 달라고 했던 건데."

"음, 그랬던 거군. 나에 대한 원망을 상쇄할 만한 맛을 원했단 소리였군. 그런데 내가 그걸 사다 바친 거군."

"아, 매워. 정말 너무 맵다. 미칠 것 같아."

"그렇게 매우면 그만 먹지?"

"하지만 맛있는 걸요. 매운 게 원래 중독성이 강하잖아요."

눈물을 글썽거리면서도 입술에 손부채질을 해 가며 끝까지 먹는 노은을 환이 신기하다는 듯 바라봤다. 노은은 미칠 것 같았다. 물을 마셔도 입이 얼얼한 건 그대로였다. 입술을 계속 빨아가며 하, 하, 바람을 불어대고 빨개진 입술을 정신없이 식히고 있던 노은과 환의 눈길이 마주친 건 그때였다. 노은이 고개를 갸웃했다.

"왜 그렇게 쳐다보……."

하지만 노은의 말은 끝까지 이어지지 못했다. 화끈화끈 열을 내고 있는 노은의 부푼 입술에 언제부터인지 환의 시선이 달라붙어 있었다. 그가 갑자기 손을 쑥 뻗어, 의자에 앉아있는 노은을 침대로 확 끌어당겼다. 얼떨결에 환과 마주앉게 된 노은은 당황스러웠다. 그리고 그 이상으로 심장이 뛰었다.

환의 긴 손가락이 노은의 한쪽 귀를 어루만졌다. 그의 손 안에서 보들보들한 노은의 귀가 느껴졌다.

"너 참, 하얗다. 입술은 빨갛고. 사람 홀리게 할 정도로."

환이 타는 듯한 눈길로 노은의 입술을 응시했다. 매운맛으로 타 들어가는 그녀의 입술이 하얀 얼굴 위에서 유난히도 도드라졌다. 마치 눈 속에 툭 떨어진 동백꽃 잎 같았다. 자신의 타액으로 젖었을 때보다 훨씬 더 유혹적이었다. 얼마나 매우면 저렇게 매혹적인 붉은 빛으로 물들 수 있는 걸까. 어쩌면 저렇게 예쁠까. 매운 색이 저렇게 예쁜 색인 줄은 처음 알았다.

그저 옆에서 지켜봤을 뿐인데 마치 자신의 입술에도 캡사이신이 뿌려진 것 같았다. 몸이 화끈 달아오른 건 순식간이었다. 꼭 자신이 매운 걸 먹기라도 한 듯, 그의 몸에서 열이 났다.

노은은 숨이 막혔다. 숨쉬기 어려울 정도로 그의 눈빛이 이글이글 타오르는 것 같았다. 마치 굶주린 맹수가 먹이를 노리는 것처럼 집요하고 빈틈없었다. 그녀의 몸 온도도 올라가고 그의 숨소리도 거칠어졌다. 얼굴에 닿아 있던 그의 손길이 뜨겁게 느껴졌다. 그가 내뿜는 열기에 턱 갇히는 것 같았다.

그래서 이끌리는 대로 그에게 다가갔다. 천천히, 아주 천천히 다가가다가 마지막에 낚아채듯 그의 뺨을 붙잡고 그의 입술을 강탈해 버렸다. 그를 갖고 싶어서 저절로 그녀의 입술이 벌어졌다. 온몸의 피가 팔팔 끓는 것 같았다.

먼저 키스한 건 분명히 그녀였는데 각도가 틀리며 어느새 그녀가 키스 당하고 있었다. 노은은 더 열정적으로 입술을 벌리고 혀와 입술을 그의 것에 비볐다.

매운 기운 때문인지 입술은 평소보다 더 뜨거워 아플 정도였고 가슴도 더 얼얼했다. 까끌까끌한 수염이 그녀의 보드라운 피부에 생채기를 냈지만 쓰리기는커녕 오히려 자극적이었다. 따끔따끔 닿을 때마다 그가 더 현실적인 내 남자로 느껴지는 것 같았다.

단단한 팔뚝에 손톱을 박았다. 오늘따라 더 적나라하게 느껴지는 이환의 남성적인 느낌에 노은은 눈이 멀 것 같았다. 흥건하게 혀가 섞였다. 매운맛은 희석되기는커녕 더 심해져 환각까지 일 것 같았다. 그래서 그를 밀어붙이는 순간, 그가 읏! 하며 낮은 신음을 냈다. 아니 그건 윽! 같기도 했고 악! 같기도 했다.

"미, 미안해요."

알고 보니 자신이 그의 등을 건드린 것 같았다. 그제야 그의 가슴에 감긴 붕대가 다시 보였다. 노은은 숨을 가쁘게 몰아쉬며 그의 상태를 살폈다.

"괜찮아요? 많이 아파요?"

"솔직히, 좀 아팠어."

그가 눈을 살짝 찌푸리며 웃었다. 노은은 죄책감을 느끼며 살짝 뒤로 물러났다.

"정말 미안해요. 잠깐 아프단 걸 잊었어요."

"어이, 어디 가는데?"

"어디 가긴요, 당연히 아플까 봐⋯⋯."

"이미 다 아팠어. 견뎠으면 당연히 사탕을 줘야 할 것 아냐."

"네? 무슨⋯⋯."

"우리에겐 수위 조절이란 게 있지. 등만 안 건드리면 된다는 소리야."

그에게 확 끌어당겨져 무릎 위에 앉혀졌다. 어느새 음란하게 블라우스를 헤치며 허리 깊숙이 들어온 그의 한 손이 그녀의 납작한 배를 만지고 오목하게 휘어진 등줄기까지 훑어 내렸다. 다른 손은 그녀의 엉덩이를 만지다가 확 끌어당기자 발기한 그의 것과 닿았다. 노은은 두 눈을 크게 떴다가 그를 흘겨보았다.

"아, 안 됐지만 그만할래요."

"왜?"

"그래야 할 것 같아요. 내가 아프게 했으니까. 찔렸거든요. 그리고 이러려고 온 것도 아니고."

"아니, 너 이러려고 온 거 맞아."

그가 기습적으로 키스했다. 습하고 뜨거운 입술이 노은의 입술에 빨판처럼 달라붙었다. 놀란 노은이 벗어나려고 했지만 손목마저 잡혔다. 쉽게 떨어지지 않는 입술의 집요함에 숨이 점점 차올랐다. 더없이 거친 입맞춤, 그의 헐떡거리는 숨결이 쏟아졌다. 감당할 수 없을 정도로 그가 흥분해 있었다.

환의 뜨거운 손이 노은의 손을 끌어 그의 허리 부근으로 가져갔다. 그의 것이 무섭도록 부풀어 있었다. 손가락이 닿은 순간 노은이 움찔하며 손을 떨어뜨렸다. 환이 천천히 입술을 떨어뜨리곤 노은의 이마에 자신의 뜨거운 이마를 비비며 간절하게 말했다.

"……안 돼?"

노은의 심장이 두근두근 미친 듯이 뛰었다. 전신이 녹아내리는 것 같았다.

"안 돼?"

또 한 번, 그가 애원 같은 속삭임을 흘렸다. 늪처럼 가라앉은 그 음성엔 도저히 거부할 수 없는 어떤 색기 같은 게 어려 있었다. 그의 혀가 노은의 귓바퀴를 어루만졌다. 귓속으로 훅 혀가 들어오자 노은은 전율을 느꼈다.

"만져 줘, 명노은."

그가 끊어지듯 호흡하며 애달픈 숨결을 그녀의 귓가에 터트렸다. 귀가 머는 것 같았다. 환이 여전히 예쁜 색으로 물들어 있는 그녀의 입술을 깊이 빨았다. 그녀의 입술이 다시 젖어들고 몸도 함께 젖었다.

노은은 그의 가슴에 쓰러지듯 얼굴을 기댔다. 화끈거리는 얼굴을 그의 가슴에 묻으며 열린 환자복의 상의를 지나 헐렁한 환자복의 바지 안으로 천천히 손을 넣었다. 긴장으로 더욱 뚜렷하게 단단해진 복근을 지나 곱슬곱슬한 음모에 손끝이 닿았다. 그리고 만져진 열기, 평소보다 더 뜨겁고 단단했다. 무서울 정도로 딱딱하게 성이 난 그것을 노은은 천천히 손으로 쥐었다. 환이 억눌린 낮은 음성을 토하며 크게 목울대를 움직였다.

"명노은……."

그의 신음만으로 이미 그녀의 은밀한 곳이 흠뻑 젖어 버렸다. 그냥 그의 모든 것이 사랑스러웠다. 부드럽게 받치듯 감싸 쥐고서 조심스럽게 어루만졌다. 살짝 힘을 줬다가 귀두의 끝을 문질렀다.

그 끝에 투명하게 흘러나온 그의 미끈거리는 욕망을 손가락으로 만졌다. 환은 눈을 감은 채 그런 그녀를 느끼고 있었다.

노은이 천천히 그의 환자복 바지를 내렸다. 몸을 숙여 딱딱하게 휘어진 그것을 입에 물었다. 입속에 채 다 들어가지 않아 끝을 혀로 핥았다.

환이 전율하듯 어깨 근육에 힘을 주며 노은의 머리를 꽉 움켜쥐었다. 그의 욕망이 그녀의 입안에서 더욱 부피를 더했다. 노은의 빨간 혀가 미끈거리는 시큼한 느낌의 애액을 핥고 빨았다. 작은 머리가 천천히 움직이기 시작했다. 환의 손에 더욱 힘이 들어갔다. 팔뚝에서 핏줄이 툭툭 불거졌다.

"하……."

노은을 내려다보는 그의 눈빛이 몽롱해졌다. 깊은 신음을 토했다. 노은의 따뜻한 입속에서 환은 미칠 것 같았다. 너무 뜨겁고 촉촉하고 부드러웠다. 작은 머리가 움직이는 느낌이 욱신거리릴 정도로 자극적이었다. 고른 치아가 살짝살짝 닿는 느낌, 촉촉한 혀가 핥는 느낌, 입술이 조여지는 감각에 그는 결국 더 참지 못하고 노은의 얼굴을 확 잡아 끌어올렸다.

채 고개가 다 들리기도 전에 뜨겁게 입술을 핥아 올리며 그녀의 혀를 거칠게 빼앗았다. 방금 전까지 자신의 것을 물고 있던 그녀의 입술이 더욱 사랑스러웠다. 아깝고 안타깝고 달콤하고 소중했다. 그녀가 방금 전 허리 아래에서 그랬던 것처럼 이번엔 그의 혀를 물어 빨았다.

"명노은, 날 죽일 셈인가? 이렇게 적극적이면 어쩌란 거야?"

그녀가 이제껏 본 중에 가장 야하게 웃었다.

"그럼 맛있는 걸 어떡해요."

환의 눈이 진동했다. 노골적인 말을 한 노은의 얼굴이 더없이 사랑스럽게 달아올랐다. 두 사람의 손에, 얼굴에, 몸에 온통 열이 돌았다. 노은의 옷이 다급하게 벗겨져 나갔다.

상의를 벗기고 브래지어를 열었다. 하얀 속살이 환의 눈앞에서 눈부시게 빛을 발했다. 수줍음 때문인지 열기 때문인지 그녀의 몸 전체가 복숭아처럼 빨개져 있었다. 미치도록 보드라워 보이는 뽀얀 젖가슴을 만졌다. 그녀의 몸은 더없이 예쁘다. 팔다리는 굉장히 말랐는데 가슴은 풍만하다.

"너 정말 예쁜 거 알아?"

환이 초점 잃은 눈으로 중얼거렸다. 그가 만질 때마다, 말할 때마다 노은은 견딜 수 없이 짜릿했다. 욕심이 또 서서히 고개를 들고 있었다. 아…… 이 사람을 갖고 싶다. 전부 다 갖고 싶다. 노은이 손을 뻗었지만 환은 그 손을 잡아 아래로 끌어내렸다. 노은이 애타는 듯 콧소리를 내며 환의 품으로 파고들었다.

"그러지 마세요. 만지고 싶어요."

"너 오늘 왜 이러는 거야. 사람 미치게."

"손 좀 놔 줘요. 제발……."

"안 돼. 오늘은 나만 만질 수 있어. 나만 만질래."

"그런 게 어디 있어. 놔요, 나도 만질래."

"여기서 더 자극이 가해지면 나 펑 터져 버릴지도 몰라. 그래도 좋아?"

"그건 본부장님 사정이고 난 만질래요."

열에 들뜬 시선으로 노은이 계속 고집을 부리자 환이 곤란해 미치겠다는 듯 얼굴을 찌푸렸다.

"이런 이기적인 여자를 봤나."

노은을 살짝 끌어안고 토닥였다.

"혹시, 내가 또 아프게 했어요? 그래서 그래요?"

"아니."

"그런데 왜……."

"하지만 아프긴 했어. 왜일까. 왜 널 보는 게 이렇게 아플까? 널 만져도 아프고, 쳐다보는 것도 아프고, 그냥 가슴이 아릿하고, 그런데도 널 안고 싶어. 이렇게까지 누군가를 안고 싶어질 줄은 정말 몰랐다."

그의 고백이 오히려 노은을 아프게 했다. 마찬가지 마음이었다. 자신도 이렇게까지 누군가를 안고 만지고 싶어질 줄은 몰랐다. 누군가에게 이토록 안기고 싶으리라곤.

당신만큼이나 나도 당신을 만지면 아프다. 너무나도 떨린다. 거칠고, 거칠게 당신과 정사를 나누고 싶다. 온몸이, 온 마음이 짓이겨져 너덜너덜해질 때까지 당신과 뜨겁게 사랑하고 싶어.

환의 손이 노은의 머리카락 속으로 파고들었다.

"그래. 이대로 널 안고 싶어."

그녀의 뺨에 입술을 묻으며 그가 중얼거림을 이었다.

"지금 안 멈추면 아마 끝까지 가겠지. 하지만 그랬다간 큰일 날 거야. 곧 회진 시간이 다가오거든. 잘못하면 우리 둘 다 풍기문란으로 쫓겨날지도 몰라."

기-승-전 섹스

가장 중요한 이슈가 단박에 떠올랐다. 출근 중이던 노은은 회사 사옥 앞에서 발이 딱 멈추고 말았다. 환의 몸 상태에만 신경 쓰느라 기타 자질구레한 일들을 다 미뤄둔 게 문제였다. 지금 와서 생각해 보니 그게 절대 자질구레한 게 아니었는데. 그건 아마도 이 건물 안에 있는 사람들도 마찬가지겠지.

어젠 모두가 행사를 무사히 끝내는 데 집중했기에 누구도 신경 쓰지 못했겠지만 지금은 상황이 달랐다. 이젠 모두가 냉정함을 되찾을 때가 됐다. 다들 서서히 의심이 피어오를 때였다.

이환 본부장은 왜 그때 그 위험한 상황에서 명노은을 위해 몸을 날렸는가. 왜 하필이면 부정 청탁 건으로 사무실 분위기를 흐리게 만든 바로 그 명노은인가. 대체 그 신입 카피라이터와 이환 본부장은 어떤 사이인가? 그냥 건너 건너서 아는 사이가 아니었나? 설마 좀 더 뭔가가 있는 건가? 의혹과 호기심, 음모론이 물소 떼처럼 달려들었다.

아니나 다를까 노은이 회사로 들어서자마자 온갖 수군거림과 소문들이 쏟아졌다. 그건 웅성웅성 부피를 더해 회사를 뒤흔들 분위기였다. 노은이 걸어가는 곳마다 시선들이 달라붙었다. 그녀가 엘리베이터에서 오르자 잠깐 중지되었던 수군거림은 그녀가 내리자마자 다시 시작되었다. 온갖 말들이 불길처럼 번져가고 있었다. 패닉에 빠진 노은은 결국 발길을 사무실에서 화장실로 틀었다.

전쟁에 들어가기 전 마음의 각오를 다지기 위해 약간의 시간이 필요했던 것이다. 하지만 여자 화장실은 수다의 온상이란 걸 잠깐 잊었다. 안 그래도 수군거림이 들려왔다.

"그거 들었어? D 식품 그 고양이 홍보 이사를 본부장님이 거절한 게 다 그 신입 카피라이터 때문이었대!"

변기 뚜껑을 내린 채 화장실 안에 앉아 있던 노은은 어지럼증을 느꼈다. 도대체 하루 사이에 어떻게 소문이 저기까지 진전된 거지?

"벌써 사귄 지 한 달은 넘었다더라."

"진짜 부럽지 않냐? 완전 신데렐라 스토리잖아."

"그렇지만 명품 가방 하나 안 들고 다니던데. 본부장님이 사귀는 여자한테 그런 선물 하나 안 줬겠어?"

"야, 가방이 무슨 필요 있어? 본부장님이 명품인데!"

머리가 핑 돌았다. 잠시 후 관자놀이를 꾹 누르며 노은은 각오를 다진 채 사무실로 들어갔다. 그러나 엄청난 말들이 폭우처럼 쏟아질 거라 예측한 그녀의 예상과 달리 사무실은 의외로 조용했다. 아니 조용함을 떠나 적막할 정도였다.

바늘 떨어지는 소리까지 들릴 정도의 그 고요함 속을 노은이 조심스럽게 걸어갔다. 그녀가 걸어가는 자취 그대로 숨죽인 사람들의 시선이 달라붙었다.

왜?

도무지 납득이 안 가는 의문. 그리고 깨달았다. 호기심을 잔뜩 담은 채 그녀를 바라보던 시선들이, 그녀가 마주 쳐다보자마자 바로 휙 내려가거나 떠나는 걸. 그건 왠지 그녀의 눈치를 보는 듯 몸을 사리는 태도였다.

'아! 설마⋯⋯.'

하지만 설마가 아닌 듯했다. 이건 어쩌면 줄타기가 아닐지. 만에 하나라도 명노은과 본부장님의 소문이 사실일 시를 생각한 그들 나름대로 앞날에 대한 대비라고 할까. 어쩔 수 없는 조직 사회의 생리 같은 거였다.

만약 내가 그들의 입장이 되고, 다른 누군가가 본부장님과 소문에 휩쓸리게 되었다면, 나도 그들과 똑같은 모습이지 않았을까? 윗선의 눈치를 볼 수밖에 없는 월급쟁이들의 비애였다. 물론 변명하고 설명하느라 쓸데없는 에너지를 낭비하지 않아도 되어 편하긴 했지만 '이건 아닌데.' 하는 생각이 드는 건 어쩔 수 없었다.

그렇게 노은은 오전을 눈치 보기와 적막 속에서 보냈다. 다만 그녀가 눈치를 보는 게 아니라 사람들이 노은의 눈치를 본다는 게 좀 달랐지만.

점심을 먹으려고 사무실을 나가려는 노은을 재경이 불렀다. 노은이 그녀의 책상 앞으로 가자 바쁘게 일하던 재경이 손길을 멈춘 채 노은을 보곤 싱긋 웃었다.

"노은 씨, 오늘 화제의 중심이던데?"

노은의 얼굴이 민망함에 붉어졌다. 하긴 소문이 팀장의 귀에 들어가지 않을 리가 없었다.

"그게……."

재경에게는 사실대로 말하고 싶었다. 하지만 재경이 먼저 노은의 말을 막았다.

"사실 난 이미 대충 알고 있었지. 왠지 그날 노은 씨에 대해 언급하던 본부장님 모습이랄까, 그때부터 뭔가 좀 다르단 걸 느꼈거든. 그 분위기가 말이지."

노은은 황망하게 몸을 굳힌 채 서 있어야 했다. 도무지 적당한 다른 반응이 떠오르질 않았다. 푼수처럼 웃을 수도 없고, 눈치 빠르시다고 칭찬할 수도 없고.

"당분간은 좀 번잡하겠지만 소문이란 게 그래. 그러다가 금세 사라지는 거지. 회사란 데가 소문을 먹고 사는 데잖아."

"네……."

"사내연애란 게, 그것도 상사와의 연애란 게 평범한 일은 아니지. 하지만 알지? 신데렐라 소리 듣고 싶지 않으면 본인이 더 프로 의식을 갖고 열심히 일해야 한다는 거."

노은이 대답 없이 물끄러미 재경을 바라보자 재경이 고개를 갸웃했다.

"왜? 신데렐라 소리가 거슬렸어?"

"아, 아뇨. 이미 들었는데요, 뭐. 그런 게 아니라 뭔가 연애란 단어가…… 좀 생소해서요."

그렇게 말하고 노은이 웃었다. 사실 그와는 '연애'를 하지 못해서 좀 다른 형태의 '관계'를 맺기로 바로 어제 결정했다. 그러니 재경의 입에서 나온 연애란 단어가 낯설 수밖에 없었다. 왠지 아주 반짝거리는 남의 나라의 별을 묘사하는 말처럼 들렸다. 듣기는 좋지만 내 것은 될 수 없는.

하지만 세상엔 온갖 다양한 형태의 연애가 있는 거니까. 남녀 관계에서 감정을 뺀…… 이환이란 남자를 주춤거리게 해 뒤로 물러나지 못하게끔 하는 연애도 확실히 연애의 한 모습이었다.

"하긴, 본부장님과 연애한단 소문이 사내에 돌면 확실히 노은 씨가 많이 불편하겠지. 아무튼 난 두 사람을 응원하는 사람으로서 앞으로 지켜볼 거야. 자기가 자기 자신을 방어하는 최대의 방법은 최선을 다하는 것밖에 없어. 그렇게 했는데도 안 된다면 그건 이미 자기 영역이 아닌 거고."

역시 재경은 멋진 여자였다.

"감사합니다. 명심해서 최선을 다해 일하겠습니다."

"물론 연애도."

"네. 연애도요……."

"아, 그리고 하나 더. 이환 본부장님 참 멋진 남자지? 자기 좀 부럽다.”

누가 누군가를 부럽다고 말할 수 있는 건 얼마나 멋진 일인가. ‘부러우면 지는 거다.’라는 말이 판을 칠 정도의 세상에서 쿨하게 자기 부러움을 표현할 수 있는 재경이 노은은 새삼 대단해 보였다. 그런 그녀에게 칭찬받는 이환이란 남자도.

❋

여전히 사내에 묘한 기류가 흐르는 가운데 한 가지 좋아진 게 있긴 했다.

“세상일이 다 나쁠 순 없는 거라고 말이지.”

재미있게도 남상모가 함부로 노은을 못 건드린다는 점이었다. 평소 그녀가 자기 팔다리인 줄 알고 마구 부려 먹던 그 태도도 한풀 꺾여 수그러들었고, 함부로 내뱉던 상스러운 말들도 대부분 쏙 들어간 것이다.

한 번은 또 자기 일을 떠맡기고 퇴근하려고 하자 노은은 이때다 싶어 상모를 붙들어 세웠다. 그리고 ‘본인 일은 스스로 하시죠? 이건 선배님 일이잖아요!’ 라고 들이받아 버렸다. 평소라면 길길이 날뛸 개 선배가 순간 말을 잊지 못하며 갈등하던 모습을 보이더니 그냥 자기가 마저 처리하고 퇴근하는 게 아닌가. 그야말로 속이 후련했다. 이러니 노은은 인정할 수밖에 없었다.

“본부장이 대단하긴 하구나.”

며칠 후, 사내 도서관을 나와 사무실 쪽으로 가던 노은이 두 눈을 크게 뜨고 웃었다. 바로 앞에서 규훈이 걸어오고 있었다.

"선배!"

"여어, 이게 누구야? 소문 속의 명노은?"

"그만하세요. 안 그래도 요즘 시선이 주목돼 부담스러워 죽겠는데."

"그래서. 본부장님이랑 사귄다는 거 사실이야, 뭐야?"

"그냥 소문이에요."

노은은 대충 둘러댔다. 사실 소문 속에서 명노은과 사귄다는 그 본부장님을 정작 노은은 며칠 동안 한 번도 보지 못했던 것이다. 사흘 전에 중국으로 출장 간다는 소리만 들었을 뿐이었다. 그것도 그의 직접적인 전화나 문자가 아닌 사내의 소문으로 말이다. 이게 어디가 사귄다는 건지.

"진짜야? 아니면 나한테도 숨기는 거야? 본부장님이 네 사촌 오빠 친구란 소문도 있고, 그런 거 관계없이 그냥 사귀는 거란 소문도 있고."

"정말이지 낱낱이 해부되고 있나 보네요. 아무튼 그런 거 아니에요."

"그럼 나 눈치 안 보고 명노은이랑 밥 먹어도 되는 거야? 전에 매운 닭발 말이다. 진짜 맵고 맛있게 하는 델 알아뒀거든."

노은은 싱긋 웃음이 나왔다. 그거라면 이미 다른 분한테 얻어먹었는데. 하지만 자신이 먼저 꺼낸 말이었으니.

"갈 수 있는 거지?"

"그럼요. 당연히 가야죠."

"아, 맞다. 그리고 이거 전해 주려고 며칠 전부터 갖고 다녔는데. 유라가 연수 갔다 오면서 네 선물이라고 사 왔거든. 정확히 말하면 이랑이 선물이지만."

그가 내민 건 머리 방울이었다. 이랑이가 하면 딱 어울릴 것 같았다.

"정말 예쁘다. 얼른 유라 언니랑 통화해야겠다."

노은이 웃고 있는데 난데없는 일이 일어났다. 노은의 뒤에서 갑자기 어떤 손이 불쑥 나타나 그녀의 손에 들려 있는 머리 방울을 스윽 가져가 버린 것이다. 돌아봤던 노은은 놀란 두 눈을 더 커다랗게 뜨고 말았다. 환이 그녀의 뒤에서 머리 방울을 든 채 고개를 갸웃하고 있었다.

"뭐지? 선물인가?"

노은은 당황스러웠다. 그날 병원에서 본 후로 며칠 만에 처음 보는 그의 얼굴이었다. 대체 중국에선 언제 돌아온 건지, 문자라도 좀 해 주지. 아니지 아니야. 그런 당연한 걸 해 주면 남들처럼 평범하게 사귀는 거랑 뭐가 달라.

아무튼 노은은 일단 환의 몸 상태부터 상세히 살폈다. 퇴원하는 것도 못 봤으니 가장 궁금한 건 그것인 게 당연했다. 일단 괜찮은 것 같아서 다행이었다. 아프진 않겠지? 한 가지를 안심하고 나니 다른 걱정이 밀려들었다. 규훈 선배.

안 그래도 그가 굉장히 당황한 것 같았다. 하지만 노은도 별반 그와 다르지 않았기에 따로 신경 써 주고 말고 할 것도 없었다. 사내에서 이렇게 함께 있는 건 지금 돌고 있는 소문에 잘못된 불을 붙이는 것과 다름없을 텐데. 그래서 노은도 매우 초조하고 주변 눈이 신경 쓰였다.

"저기 본부장님……."

"그런데 선물이 받는 당사자의 연령대를 전혀 고려하지 않았군. 이런 게 요즘 20대의 취향인가?"

"아, 아닙니다. 그건 노은, 아니 명노은 씨 조카한테 줄 선물입니다."

"……조카? 조카가 있었나?"

노은은 어이가 없었다. 지금 그런 거나 따지고 있을 때가 아닐 텐데. 이 남자는 과연, 회사 안에 퍼진 소문의 실체를 알고나 있을까?

"네. 저한테 조카가 한 명 있답니다. 아주 귀여운 여자애죠."

"그래? 난 금시초문인데."

"그, 그러시군요."

"그래서. 두 사람이 아주 많이 친한가 보군?"

환이 입술을 삐뚜름하게 비틀고서 말했다. 뭔가를 비꼴 때의 그의 표정은 여전히 저렇듯 고약했다. 환의 시큰둥한 시선이 규훈에게 곧장 향하자 규훈이 더 당황하는 모습을 했다. 노은은 한숨을 삼켰다. 본인의 무심함과는 관계없이 이 남자는 자기가 질투할 때는 반드시 해야 하는 남자였다. 한두 번 겪은 일도 아니고, 노은은 이젠 기분 나쁘지도 않았다.

그녀가 규훈 몰래 환에게 그만하라는 듯 은밀하게 눈짓하며 말했다.

"학교 선배님이세요. 그런데 본부장님, 안 바쁘세요?"

"학교 선배라."

"아! 본부장님과 노은이 사촌 오빠가 친구 사이란 얘긴 들었습니다."

그때 규훈이 괜한 말을 하며 끼어드는 바람에 노은은 덜컥했다. 아마도 본부장 앞이라 그도 당황해서 머릿속에서 떠오른 아무 말이나 꺼낸 것이리라. 물론 아무 말도 안 했다면 가장 좋았겠지만, 이렇게 핫 이슈 속의 두 사람 사이에 끼어있는 게 규훈도 아주 불편했을 것이다.

하지만 하필이면 그 말이라니. 그건 그냥 재경의 의혹을 피하기 위해 그녀가 지어낸 말이었다. 물론 환은 전혀 모르고 있는 일이었고.

"흐음, 그래? 그걸 벌써 들었단 말이지?"

그런데 이 남자도 강적이었다. 분명히 금시초문에 기가 막힐 말이었을 텐데도 저렇게 물 흐르듯 받아치는 것이었다. 눈치가 빠른 건지 뭔지, 노은은 아직까지도 이환에 대해 모르는 면이 더 많았다. 노은이 환에게 말했다.

"이제 머리 방울은 그만 주세요."

"이거 내가 가지면 안 되나?"

노은의 눈이 휘둥그레졌다. 규훈이 딸꾹질하듯 반문했다.

"네?"

"마침, 내 조카도 생일인데 바빠서 선물 사러 갈 시간이 없어서 말이지. 근데 난 이게 아주 마음에 들거든."

노은이 얼른 끼어들었다. 이 얼마나 유치한 행동인가.

"아, 안돼요. 그건 엄연히 제가 선물 받은……."

"그래서 아까워? 자네도 아까운가?"

공격적인 질문이 직구로 규훈에게 날아들자 그의 얼굴에서 핏기가 싹 가셨다. 이대로 더 이환 본부장에게 휘둘리게 했다간 규훈의 멘탈이 부서질 것 같았다.

"아, 아까운 건 아니지만……."

"그럼 아깝지 않은 걸로 치고, 이건 내가 받도록 하지. 선물 고맙군."

그렇게 환은 어마어마한 머리 방울 강탈 사건을 일으킨 채 유유히 사라졌다. 노은은 기가 막혀서 말도 안 나왔다. 과연 저런 식으로 갑질해도 되는 건지. 그걸 꼭 저렇게 빼앗아갔어야만 했을까?

"미안해요, 선배. 제가 꼭 다시 찾아서 이랑이한테 줄게요."

"노은아, 나 지금 떨고 있니?"

"선배……."

"뭐랄까, 본부장님 말이다. 방금 엄청난 질투를 하고 간 것 같은 느낌이야. 머리 방울 일부러 빼앗아간 거 맞잖아. 그렇지?"

"그게, 질투는 질투인데 약간 다른……."

"암튼 그 공격 대상이 나란 게 난 지금 너무도 소름이 돋는다. 나도 어쩔 수 없는 월급쟁인가 봐."

"머리 방울은 꼭 이랑이한테 전해 줄게요. 그니까 유라 언니 한테 말하지 말아 주세요. 알았죠? 그럼 선배, 먼저 갈게요."

노은은 마음이 급해서 인사도 하는 둥 마는 둥 하곤 얼른 환이 사라진 방향으로 따라 달려갔다. 다른 건 몰라도 유라가 일부러 전해 준 머리 방울은 돌려받아야 했다.

　어떻게 하면 사람 없는 데서 따질 수 있을까 생각하며 달려가던 노은의 몸이 휙 잡혀서 어딘가로 딸려 갔다. 정신을 차리고 보니 구석 공간으로 그녀의 팔을 끌어 납치한 사람은 바로 환이었다.

　"본부장님!"

　"쫓아올 줄 알았지."

　"참 이상한 성격인 거 알죠? 도대체 아깐 왜…….."

　하지만 갑자기 입속에 달콤한 초콜릿 하나가 밀려 들어오는 바람에 노은은 더 말을 잇지 못했다.

　그의 손가락이 천천히 노은의 입술에서 떨어져 나갔다. 동시에 입속에서 초콜릿이 더없이 달콤하고 부드럽게 녹아갔다. 노은은 아무 말도 못 한 채 초콜릿을 혀로 녹이며 환을 멍하니 바라보았다. 눈을 살짝 내리뜬 채로 그가 노은이 초콜릿을 녹여 먹는 모습을 응시했다. 그 눈빛이 그날의 그것처럼 데일 듯 강렬했다. 마치, 키스를 한 기분. 아니, 지금 하고 있는 것 같은 기분. 입속에서 녹고 있는 초콜릿처럼 노은의 이성도 흐물흐물 녹아갔다.

　"어때?"

　그가 혼을 쏙 빼놓으려는 듯 감미로운 목소리로 낮게 물었다.

　"그게, 알싸하고 달콤하고…….."

"단순한 맛 말고."

그의 손가락이 노은의 도톰한 뺨을 톡톡 두드리며 지나갔다. 노은의 몸이 부르르 떨렸다.

"딱 하루, 너무도 좋아하는 남자에게 고백할 기회를 허락받은 어떤 여자의 설레고 두렵고 두근거리는 마음처럼……."

"흠……."

노은은 정말이지 그와 키스하고 싶었다. 그래서 욕심쟁이처럼 간절해하며 그에게 다가갔다. 그 순간 환이 정신이 번쩍 들 정도로 사무적인 시선으로 돌아가 이렇게 말하곤 가 버렸다.

"이번에 새로 제작 들어갈 초콜릿 제품 샘플이다. 다 먹고 좀 더 생각해서 내일까지 카피 제출하도록."

사람 마음을 들었다 놨다 하는 건, 감정을 주는 자가 아닌 받는 자만이 누릴 수 있는 희대의 특권이 아닐까? 언젠가 그가 말한 것처럼 초콜릿의 끝 맛은 참으로 씁쓸했다. 그가 그녀에게 한 행동처럼 말이다. 마치 회사 안에서 사고라도 칠 사람처럼 그렇게 음험한 분위기로 몰고 가더니 결말을 그렇게 허무하게 낼 줄이야.

택시에서 내린 노은은 환의 빌라 앞에서 비밀번호를 눌렀다. 퇴근하고서 버스를 기다리고 있는데 그에게서 집에서 만나자는 문자가 왔던 것이다.

"이게 그 유명한, 가물에 콩 나듯 온다는 문자 중 하나군."

아무튼 그렇게 해서 노은은 환의 집으로 온 것이었다. 어차피 서로 할 얘기도 있었고, 머리 방울도 돌려받아야 했다.

노은은 그가 혼자 살고 있는 집 안으로 들어섰다. 혼자 살기엔 참 커다란 집은 취한 상태로 따라왔던 그날 이후 처음으로 오는 것이었다. 탁 트인 넓은 거실이 드러났다. 환은 편한 차림으로 한쪽의 소파에 앉아 책을 읽고 있었다. 문득 거실 한가운데 깔린 커다랗고 폭신한 하얀 카펫이 눈에 띄자 그날 밤의 일이 떠올랐다.

"거기 서서 뭐해?"

그때 환이 손가락을 딱 튕기며 부르는 바람에 노은은 얼른 생각에서 깨어나 안으로 들어섰다. 그녀의 팔 안엔 하얀 카라 꽃이 한 아름 안겨 있었다.

"꽃이군."

"빈손으로 오기 그래서요. 꽃병 있어요?"

"모르겠는데."

노은은 어차피 기대하지도 않았기에 그냥 자연스럽게 싱크대 쪽으로 갔다. 탁 트인 거실의 한쪽에 마치 전문가용처럼 화려한 주방이 있었다. 대리석이 깔린 넓은 거실과 주방은 바닥의 높이가 달라서 한 발 디뎌 올라가서 쓸 만한 꽃병을 찾아보았다. 다행히 투명하고 긴 꽃병을 쉽게 발견했다.

"여기 있네요."

"천 년의 사랑, 순수, 순결."

러브머신

뒤쪽에서 들린 환의 웅얼거림에 노은이 돌아보니 그가 휴대 전화의 검색 창을 보며 내용을 읽고 있었다.

"카라의 꽃말이라고 하네?"

"그, 그랬나요?"

"천 년의 사랑이라, 그거 괜찮군. 간접적인 고백인가?"

"마음대로 생각하세요."

노은은 한숨을 삼키며 고개를 원위치 시켰다. 물론 미리 알고서 의식하고 사 온 건 아니었지만 하필이면 그런 꽃말이라니, 마음이 들킨 것 같은 난처함이 있긴 했다. 노은은 꽃병에 꽃을 옮겨 담으며 뒤를 돌아보지 않은 채 말했다.

"머리 방울은 어쨌어요?"

"버렸어. 짜증 나서."

꽃병에서 손을 뗀 노은의 입에서 실소가 새어 나왔다. 꽃병을 들고서 확 돌아섰다가 깜짝 놀랐다. 언제 왔는지 환이 그녀의 바로 뒤에 바짝 붙어 있었다.

"……좀 비켜 주실래요? 꽃병 놓아야 해요."

"아무 데나 놔."

"머리 방울 정말 어디 있어요?"

"버렸다니까."

노은은 좀 더 화가 났다.

"저 그거 때문에 좀 화나서 왔거든요? 굳이 빼앗아간 것도 이해가 안 됐는데. 그때 본부장님 정말 유치했던 거 모르죠?"

"그 정도면 꽤 신사적인 강탈이었지."

"장난치지 말고 돌려주세요."

"왜? 그 녀석이 준 거라서?"

노은은 말문이 막혔다.

"그 녀석이지? 네가 양다리 걸치겠다면서 나한테 선전포고하던 인간."

그러고 보니 그 중요한 걸 바로잡지 않았구나! 노은은 뒤통수로 번개가 번쩍 내리꽂히는 기분이었다. 그걸 까맣게 잊고 있었던 것이다.

"그, 그거, 실은 거짓말이었어요. 화나서 선배를 좀 이용…….
아무튼 본부장님이 때마침 오해하시기에 선배한테 고백받은 척 연기했던 것뿐이에요."

"뭐?"

환은 정말 어이가 없었다. 그것 때문에 얼마나 화가 났었는데. 그래서 오늘도 둘이 같이 있는 걸 보자마자 머리끝까지 흥분해버려서 유치하다 못해 민망하기까지 한 도둑질을 했건만.

"규훈 선배 애인 있어요. 유라 언니라고, 저랑 가장 친한 언니예요. 아까 머리 방울도 그 언니가 준 거고 규훈 선배는 배달했을 뿐이에요. 그러니까 제발 좀 돌려주세요."

"하, 그러니까 다 거짓말이었다?"

"네. 면목없습니다."

노은이 진심으로 뉘우치며 고개를 숙였다.

"계속 본부장님한테 화나 있는 상태였기 때문에 바로잡을 기회가 없었어요."

러브머신

"그렇게 감쪽같이 거짓말을 했다고?"

"실망하셨다면 죄송합니다. 하지만 제가 그런 성격이더라고요. 자존심 안 상하려고 뭐든지 하죠. 결국 상하고 말았지만."

환이 끌끌 혀를 차며 팔짱을 꼈다.

"정말 연기였다고?"

노은이 고개를 끄덕였다.

"왜? 양쪽 다 사귀어 본다더니."

노은이 눈꼬리를 길게 하고서 환을 째려봤다.

"사과했는데도 계속 그렇게 유치하게 물고 늘어지는 건 남자답지 못한 건데……. 암튼 아무래도 양다리는 제 전문이 아닌가 봐요."

"그러니까 앞으론 결코 양다리 걸칠 일은 없단 의미로 받아들이면 되겠군?"

"뭐, 그 비슷한 거니까……."

"믿어도 되겠지? 만약 다시 한 번 회사에서 그놈이랑 필요 이상으로 가깝게 붙어 있는 게 내 눈에 띌 시엔 둘 다 잘라 버리겠어. 그놈 외에 다른 놈도 마찬가지야."

"인사권 없다고 했으면서."

"눈 뒤집히면 뭐든 해."

노은이 풋 웃었다. 어디까지가 농담이고 어디까지가 진심인건지. 하지만 고개를 들었다가, 아무래도 진심인 것 같아서 서서히 웃음기를 지웠다.

"거짓말해서 미안해요."

"당연히 미안해해야지. 하지만 거짓말이라서 다행이니 이번 한 번만 봐 줄게."

"……네?"

"어떤 놈이 네 옆에서 널 노리고 있단 것보단 네가 거짓말했단 게 나으니까."

노은의 얼굴이 달아올랐다. 이런 식의 불시에 습격엔 대체 어떻게 반응해야 할지 알 수 없었다. 마치 아까 낮에 입속에 밀려들었던 초콜릿처럼, 그는 이렇게 달콤하고 부드럽지만 끝내는 씁쓸할 말을 예고도 없이 하는 것이다.

나를 아주 많이 좋아하면서도, 날 완전히 다 받아달라고 하면 몸을 사리고 마는 남자. 그래도 그런 남자가 좋다고, 그런 그라도 이런 시간을 함께할 수만 있다면 다 감수할 수 있다고 생각하는 자신. 그가 좋다. 좋으니까, 다 갖다 바쳐도 후회조차 하지 않는 멍청한 순정녀가 되고 싶다. '백야행'처럼 상대방을 향한 충성도 백 퍼센트의 순애보를 펼치고 싶다.

"몸은 이제 괜찮아요?"

"아파. 키스해 주면 나을지도."

하지만 이렇게 대놓고 순애보를 요구하면 노은은 피할 수밖에 없다.

"전 이만 꽃병 놓을게요."

지나가려 했지만 그에게 앞이 막혔다. 왼쪽으로 돌아서자 그쪽도 막혔다. 노은은 차마 그를 뚫고 지나갈 수가 없어서 그냥 그 자리에서 가만히 섰다. 그를 바라보는 걸로도 심장이 불안하게 뛰는 것 같아 시선도 피했다. 꽃병을 든 그녀의 손가락이 가늘게 떨렸다.

"놀리지 좀 마세요."

"내가 뭘? 네가 피하고 있잖아."

환이 그렇게 말하며 천천히 노은의 뒤로 돌아갔다. 긴장해서 굳어 있는 그녀의 머리카락을 손가락으로 부드럽게 스치며 뒤에서 노은을 서서히 끌어안았다. 머리카락을 치우고 목덜미를 살짝 깨물자, 노은이 꽃병을 든 채 반사적으로 어깨를 움츠렸다.

"그, 그러지 말……."

"쉿. 긴장하지 마."

그가 목덜미에 입술을 묻은 채 낮게 속삭였다.

"어떻게, 긴장이 안 돼요?"

"왜? 내가 무서워?"

노은은 고개를 저었다.

"그럼 싫나?"

"……아뇨."

"그렇다면 좋다. 떨린다 정도로 받아들이면 되는 거지?"

"그렇게 하나하나 적나라하게 짚어 주지만 않는다면 제가 좀 더 솔직해질 수 있을 거예요."

"네가 솔직해지는 거 나도 좋아. 난 애무만큼이나 말로 흥분시키고 흥분하는 걸 좋아하니까. 너도 그렇지 않나?"

부정할 수 없었다. 그의 말처럼, 가끔 그의 직접적인 애무보다 그의 목소리가 더 두렵다고 생각했다. 그 목소리와 내뱉는 말들이 더 노은을 흥분시키곤 했던 것이다. 낮게 울리며 노은의 심장을 직접적으로 움켜쥐는 듯한 그 음성이 실은 가장 위협적인 적이었다.

"명노은, 돌아봐."

"거, 거절합니다."

"큭, 왜?"

"그럼 또 본부장님의 의도대로 될 테니까요. 전 오늘은 그냥, 머리 방울을 돌려받으러 왔어요."

"그래서 인질을 내주기 전엔 손가락 하나 대지 마라?"

"그건…… 모르겠어요."

결국 환이 손을 뻗어 노은의 뺨을 감싸 쥔 채 고개를 돌리게 했다. 노은은 꽃병을 꼭 안아 든 채 고개만 틀어 그를 돌아봤다. 눈길이 마주치자 환이 엷게 미소 지었다.

"……키스한다."

노은의 눈꺼풀이 미세하게 떨렸다. 흐릿한 눈으로 그를 바라보다가 결국 천천히 고개를 끄덕였다. 고개가 꺾인 채 등 뒤에서 키스를 받았다. 오늘 그의 키스는 꿈결 속을 거니는 듯 감미로웠다. 꽃병을 쥔 노은의 손에 힘이 들어갔다. 모든 감각이 입술로 몰리는 것 같았다. 바들바들 떨리는 그녀의 입술이 그의 숨결로 온통 젖어갔다. 혀가 섞이는 음란한 소리에 노은의 머리에서 열꽃이 피는 것 같았다.

한참을 그렇게 키스를 나누었다. 환이 겨우 입술을 떨어뜨리곤 다시 한 번 그녀의 아랫입술을 살짝 깨물었다가 놓았다. 자신만큼이나 흐트러진 환의 숨결이 노은에게 묘한 만족감을 주었다. 자신만큼이나 그도 흥분했다는 게, 이 남자를 이렇게 만들 수 있다는 사실에 어쩔 수 없는 희열이 느껴졌다.

여전히 등 뒤에서 노은을 끌어안은 채로, 환이 그녀의 팔 안에서 꽃병을 빼앗아 치웠다. 그리고 노은의 귀에 대고 말했다.

"그날 못한 거 마저 해야지."

"하…… 힘들어요."

노은은 피가 몰리도록 입술을 깨물었다. 이 남자의 머릿속에 있는 구성 방식은 기승전 섹스밖에 없는 건가? 그의 손가락이 가슴 한가운데 꼿꼿하게 솟은 유실을 비볐다. 자꾸 비틀리며 도망가려는 노은의 허리를 환이 끌어안아 고정했다.

"우리, 말하던 중 아니었어요? 더 궁금한 거 있지 않아요? 본부장님이랑 제 사촌 오빠가 왜 친구인지, 어째서 다들 그렇게 알고 있는지…… 읏! 궁금할 거 아니에요."

"둘만 있을 땐 당신이라고 해. 내가 지금 네 본부장인가?"

환은 노은의 궁금증엔 전혀 관심 없었다. 그는 지금 그저 그녀의 몸을 탐하는 것에만 미쳐 있었다.

"팀장님이 우리가 무슨 사이냐고 물어보셔서……."

"상관없어. 그런 거. 네가 편한 대로 말하면 돼. 중요한 건, 네가 지금 이렇게 나한테 안겨 있단 거지."

그 현란한 음색에 노은의 눈동자가 핑글핑글 돌았다. 집요하게 가슴을 애무하는 그의 손길에 속수무책으로 노출된 채 노은은 입술을 깨물었다.

"왜 내가 하는 말은 늘 제대로 전달되지 않는 거죠? 난 정말 나름 고민했는데. 본부장님이……."

"당신이."

"당신이 오해했을까 봐."

"오해 안 했어. 그럼 된 거 아닌가? 괜한 일로 걱정하지 마. 필요 없는 스트레스를 왜 만들어."

그가 귓바퀴를 깨물며 키스해 왔다. 짜릿한 감각에 노은은 숨을 몰아쉬었다. 주저앉지 않으려고 그의 팔을 더욱 꽉 붙잡았다. 단단한 근육이 손톱 끝에 와서 박혔다. 하아하아, 허리를 비틀수록 환은 집요하게 가슴을 애무하며 노은의 목덜미를 빨았다. 노은은 공기가 희박한 사람처럼 할딱거리며 그에게 물었다.

"이런 질문 반칙이지만…… 내 마음을 알기는 아는 거예요? 이 정도는 물어봐도 되죠?"

"물어도 돼. 그런 걸로 고민하지 마."

"난 고민 돼요."

"이런저런 예측도, 괜한 불안도 갖지 않아도 되는 관계는 참 심플해서 좋아. 하지만 관심 있으면 그게 안 되지. 간단하지가 않아. 그래서 늘 난감하다."

노은은 가슴이 아픈 것 같았다. 또 자신이 그의 상념을 건드리는 말을 해 버린 모양이었다. 그도 마음이 복잡한 것 같았다. 노은은 힘이 풀린 듯 뒷머리를 툭 하고 그의 가슴 위로 기댔다. 환의 손이 스커트 속으로 파고들었다. 한 손으로는 가슴을 애무당하고 다른 손으론 예민한 그곳이 건드려졌다. 뜨거운 입술이 노은의 입술을 다시 확 덮치곤 그대로 그녀의 몸을 번쩍 안아 들었다.

서서히 눈을 떠 보니 따뜻한 물이 찰랑거리는 커다란 욕조가 보였다. 그녀의 몸이 물속으로 천천히 잠기고 환은 그런 노은의 위로 겹쳐 올라와 물속에서 가만히 그녀를 마주 끌어안았다. 옷도 벗지 않은 채 두 사람의 몸이 하나로 포개졌다.

"아……."

수증기와 따뜻한 물의 온도, 그리고 뜨거운 환의 체온이 하나가 되어 노은을 감싸는 것 같았다. 현기증을 느끼며 노은은 더듬어 환의 얼굴을 찾았다. 젖은 그의 입술에 키스했다. 물에 젖은 입술이 매끄러웠다. 그래서 더 자극적이었다.

환이 무릎으로 바닥을 지탱한 채로 노은에게 계속 키스하며 젖은 셔츠를 벗어 던졌다. 바지와 속옷이 전부 사라지고 곧 노은의 옷도 욕조 밖으로 떨어졌다.

완전히 나신이 되어 두 사람은 서로의 살결을 빈틈없이 꼭 붙였다. 찰랑거리는 물속에서 노은의 가느다란 팔이 그의 등을 애틋하게 끌어안았다. 조금이라도 더 이 남자의 몸에 닿으려고 필사적으로 매달렸다. 그의 단단한 가슴에 자신의 말캉한 가슴을 붙이곤 그의 입술을 더듬었다. 환이 노은의 얼굴을 힘겹게 떼어내곤 잔뜩 거칠어진 호흡을 골랐다.

"요즘 정말 왜 이래? 사람 당황스럽게."

"왜요? 제가 무서워요?"

환이 어이가 없다는 듯 혀를 찼다.

"아니면 이런 저는 싫어요?"

환이 피식 웃었다가 곧 눈을 가늘게 뜨고선 노은의 얼굴을 내려다봤다.

"좋아. 이젠 나도 책임 못 져. 아프다고 울어도 안 봐줘. 힘들다고 사정해도 멈추지 않을 거야."

환이 노은의 다리를 벌리고 온몸의 하중을 실으며 자신을 위치시켰다. 위에서부터 누르듯이 천천히 들어왔다가 그대로 노은의 안으로 왈칵 밀려들었다. 뜨거운 물과 그의 욕망이 동시에 밀려들자 노은은 숨이 끊어진 듯 정지했다.

"하아, 명노은, 너무…… 조여."

"흐읏!"

"좁아, 미치겠어."

"그, 그만해요, 그런 말."

"미치게 좋아, 너."

순간 더 깊이 들어왔다. 물 때문인지 훨씬 더 수월하게 들어온 그의 몸이 그녀의 자궁까지 침범하고서 그녀의 모든 것을 반으로 가르는 느낌이었다. 지나치게 깊은 삽입에 힘겨워하며 노은은 숨을 가쁘게 몰아쉬었다. 그가 욕조의 가장자리를 잡고 더 힘껏 밀어붙이자 온몸이 쪼개지는 통증이 일었다. 그리고 그만큼의 현란한 쾌감에 노은은 환락의 비명을 터뜨렸다. 기도하듯 고개를 든 노은의 속눈썹을 뜨거운 눈물이 적셨다.

"많이 아파? 아니면…… 싫나?"

"아뇨. 읏…… 너무 좋아서요."

러브머신

"그렇게 웃지 마. 더 좋게 해 주고 싶잖아."

땀에 젖은 촉촉한 살결이 하나로 엉켜 들었다. 그가 움직일 때마다 물이 찰박거리며 살결을 때리는 소리가 났다. 달뜬 숨소리와 물이 일렁이는 소리가 뿌연 욕실을 꽉 채웠다. 그가 밀려들고 나갈 때마다 눈물이 후드득 쏟아졌다.

"쉬이, 울지 마. 울면 내가 더 미칠 거 같잖아."

노은은 고개를 내저으며 그의 목을 끌어안았다. 그러지 마세요. 가슴 아프라고 이러는 건 아니야.

"당신이랑 이러고 있는 게 꼭 현실 같지 않아요. 믿기지 않아요. 그런데도 자꾸만 감당할 수 없을 정도로 두근거리니까. 이런 날 인정하는 게 겁나고 두려워요."

미래보다 현재가 더 두렵다니, 이런 사랑을 자신이 하게 될 줄이야. 그래서 성가시다, 당신은. 그런데 그 느낌이 싫지 않다. 두려움도, 성가심도, 심장을 끊어지게 할 것 같은 통증도 그 어느 것 하나 버리지 않고 꽉 쥐고 있고 싶었다. 나중에 다가올 후회도, 지금 현재 숨겨 두고 있는 미련도 전부 다 언젠가는 아픔으로 다가올지라도, 그 아픔에 만약 얼굴이 있다면 그 얼굴을 애틋하게 쓰다듬어 주고 따뜻하게 안아 주고 싶은 심정이었다.

그로 인해 꽉 채워진 자신. 그 뻐근하면서도 찢어질 것 같은 통증만이 유일하게 그녀를 살아있게 해 주는 것 같았다.

아, 난 이 남자 없인 싫다. 이 남자가 아니면 싫다. 그와 자신이 함께 빠져서 허우적거리고 있는 이곳이 그녀에게 유일한 현실이었다.

노은은 그를 받아들이며 슬프게 고백했다.

"같이 있는 게 괴로워. 자꾸 내 거 하고 싶어서, 욕심이 일어서……. 이러지 않겠다고 했는데 나도 날 못 감당하겠어. 대체 나 언제부터 이렇게 욕심쟁이가 된 걸까요?"

순간 환의 젖은 손이 노은의 이마를 애틋하게 쓸어 넘겼다. 하지만 그는 아무 말도 하지 않았다. 돌아오지 않는 대답에 노은은 슬펐지만 웃었다.

"그냥, 허락 없이 내 거 할래요."

"명노은."

"욕심나니까 가질래요. 난 욕심쟁이니까 상관하지 마요."

그가 입술을 깨물었다.

"그래, 가져. 내가 흔들리지 않게 네가 날 꽉 잡아 줘. 그래 줘라, 노은아."

노은은 울면서 고개를 끄덕였다. 환의 몸이 물속에서 격렬하게 흔들렸다. 두 사람은 계속해서 서로의 몸을 탐했다. 그의 입술이 노은의 풍만한 젖가슴의 가운데서 유혹하듯 서 있는 유두를 집어삼켰다. 마치 아이처럼 한참을 정신없이 빨다가 얼굴을 뗐다. 물속에 잠겼다가 드러나는 그 부드러운 열매를 이번엔 손가락으로 어루만졌다. 뚫어지게 쳐다보자 노은은 창피해서 손으로 그것을 가렸다.

"가리지 마."

환이 바로 노은의 손을 떼어냈다.

"알지? 이건 내 거야. 누구한테도 보여 주면 안 돼."

러브
머신

노은은 부끄러워 고개를 돌리고 말았다. 하지만 환이 노은의 뺨을 확 잡았다.

"대담해. 어떤 놈도 못 만지게 해."

"그럼 당신도 다른 여잔 쳐다보지 마요."

"세상에서 가장 쉬운 일이야."

그 정도면 괜찮은 대답. 노은은 만족했다. 환이 그녀를 뒤집어 자기 몸 위로 올렸다. 손을 뻗어 그녀의 오목한 등허리부터 동그랗게 둔덕을 그리며 탐스럽게 솟은 엉덩이의 굴곡을 쓸어내리곤 꽉 쥐었다.

"정말 부드러워. 계속 만지고 있고 싶어. 밀가루 반죽 같아. 몽글몽글하고 사랑스러워."

그가 노은의 엉덩이를 꽉 쥔 채 아래에서 찔러 올렸다. 철떡철떡 하며 물과 살갗이 마찰하는 소리, 몸과 몸이 부딪히는 원초적인 소리가 울렸다. 노은은 비명을 터뜨리고, 그 소리에 흥분한 환은 더욱 거세게 몰아붙였다.

"아…… 웃, 노은아."

다시 그녀를 눕혀 위로 올라타고서 환은 계속 그녀의 몸을 맛봤다. 마치 그녀의 품 안만이 유일한 구원이라는 듯 매달리고 부둥켜안았다.

그녀의 예쁜 가슴, 앵두를 머금은 듯 달콤한 입술, 팥알 같은 열매는 빨아도, 빨아도 단물이 계속 나오는 것 같았다. 그녀의 가슴에서, 머리카락에선 좋은 향기가 났다. 그는 그 모든 것들을 소중하게 아껴주고 싶은 동시에 미친 듯 부서뜨리고도 싶었다. 그녀를 웃게 하고 싶은 만큼 울리고 싶었다. 그녀가 자신 때문에 우는 걸 보고 싶은 동시에 자신 때문에 더없이 행복하게 웃는 것도 보고 싶다.

하지만 그걸 자신이 할 수 있을까? 앞으로도 영원히 계속, 이렇게 널 웃게 할 수 있을까?

"명노은…… 같이 살까?"

순간 노은이 눈을 번쩍 떴다. 방금 뭔가 엄청 놀라운 말을 들었던 것 같은데 다른 것에 신경을 쓰는 바람에 놓치고 말았다.

그가 몰아붙이는 자극을 따라가는 것만으로도 벅찼던 것이다. 부서뜨릴 것 같은 기세로 맹렬하게 몸을 부딪쳐 오는 그. 등골이 오싹해지는 쾌감에 노은은 미친 듯 환에게 사정했다.

"아, 어딘가에 닿아요. 닿는 것 같아. 기분이 이상해요. 못 참겠어요."

"아직 아니야. 조금만 더……."

"아, 안 돼. 미치겠어. 아앗!"

어떤 쾌감이 해일처럼 밀려든 그 순간, 환이 돌아가려는 노은의 턱을 꽉 움켜쥔 채 눈을 맞추며 그대로 속도를 끝까지 높였다. 고개를 돌리는 것도, 눈을 감는 것도 허락하지 않았다. 그 상태 그대로 난폭하게 그의 허리가 퍽퍽 와서 부딪쳤다. 욕조의 끝을 움켜쥔 그의 팔 근육에 무섭게 힘이 들어갔다.

"제발…… 이제……."

"그래, 나도 똑같아."

"그만. 아, 아앗!"

"눈 감지 마. 다른 데 보지 마."

"하읏, 흑!"

"날 봐. 계속. 조금만 더……."

환의 타는 듯한 눈빛이 노은을 속박하고 그 강렬한 눈빛에 심장이 지져지듯 지끈거린다고 생각한 순간 노은은 절정을 맞이했다. 그가 노은의 안에 몇 번이고 뜨겁게 토정했다. 유백색의 정액이 물에 섞여 흩어졌다. 노은은 그 적나라한 감각에 몸을 떨며 흐느끼고 말았다.

"흑, 으흑, 너무해…… 너무해……."

정신을 놓은 채 노은은 계속 그렇게 중얼거렸다. 손등으로 눈물을 닦아 가며 울고 있는 노은의 여린 모습에 다시 한 번 속절없이 반한 환이 노은의 얼굴을 잡아채고서 미친 듯 키스했다.

입술과 턱과 입안의 민감한 내벽까지 모조리 핥고 깨물며 아직 채 가시지 않은 사정감에 환이 몸서리를 쳤다. 감당할 수 없는 심장의 들끓음, 그 뜨거움을 견디다 못해 고백을 터뜨렸다.

"사랑해……."

토해 내진 진심.

"지켜줄게, 그러니까 제발 울지 마."

하지만 그렇게 말하는 환의 눈도 젖어 있었다. 잔뜩 붉어진 눈시울로 그가 노은에게 수없이 키스하며 몇 번이나 고백했다. 사랑해, 명노은, 사랑해, 사랑한다, 하고.

snapping of jaws

down by a pack of

could hear something

jaws crash that shook

quickly followed by another.

flesh filled his nostrils, coming fr

need himself to swallow down hot bile

Got to block them out . . . can't reach

Sam thought back, desperately searc

사랑 고파 병

　사랑해, 사랑해, 그 말을 하루에 백 번만 해 보면 주위가 온통 밝아질 거라고들 한다. 하지만 환에게 그건 남의 나라 이야기였고, 그 단어는 특히 금기였다. 누군가에게 해 본 적도 없었고, 앞으로도 할 일은 없을 줄 알았다. 하지만 그날 노은에게는 고백해 버리고 말았다.

　'사랑해……'

　그게 육체적 흥분의 정점에서 토해 내진 감탄사라고 생각하지 않았다. 자신도 어쩔 수 없을 정도로 감정이 듬뿍 들어가서 내내 그녀의 곁에 있고 싶다고 생각했다. 앞으로도 자신의 여자로 꽁꽁 묶어두고 싶단 간절한 욕심이 그 말로 변했다. 늘 품 안에 끌어안고 있고 싶고, 그래도 절대 질리지 않을 것 같은 여자를 만났다.

환은 아버지의 서재를 나오자마자 태임과 부딪쳤다는 게 마음에 안 들었다. 찻잔을 들고서 막 서재로 들어서려던 태임과, 서재 문을 열고 나오던 환의 어깨가 살짝 스친 것이다. 환은 저절로 얼굴을 찌푸린 채 자신의 어깨를 툭툭 털었다. 그런 환의 태도에 표정을 굳히는가 싶던 태임이 싱긋 웃었다.

"가는 거니? 차 준비했는데."

"얘기 끝났습니다."

"차를 들이기도 전에 끝나는 대화라니, 부자간의 대화치곤 너무 짧은 거 아니니?"

"길게 끌 화제는 아니었으니까요."

"그래도 일부러 부르신 걸 텐데, 대체 무슨 일이었을까?"

"당신이 시킨 일일 텐데 모르는 척하는 건가요? 연기가 참 서투르시군요."

태임이 후후 웃었다.

"당신이라, 아주 정감 있는 호칭이구나. 예의나 상식에선 아주 벗어났지만."

"제가 예의범절에 좀 약합니다."

환도 빙긋 웃었다. 둘 다 웃고 있는데도 분위기는 칼날처럼 날카로웠다.

"시간 좀 내주겠니? 기왕 끓였으니 이 차는 아버지께 가져다드리고 나오마."

"그냥 두 분이 함께 드십시오. 마침 차도 딱 두 잔인데."

"그때 그 자린 네가 거절했다고 들었다."

무심하게 돌아서려던 환이 흘끗 태임을 봤다. 일부러 생각해 내는 척하다가 그제야 이해했다는 듯 어깨를 으쓱했다.

　"안타깝게도 제 타입이 아니더군요."

　"내 짐작이 맞았던 건 아니고? 역시 네 곁에 다른 아가씨가 있는 거지?"

　환이 서서히 미소를 지웠다.

　"상관하실 일이 아닐 텐데요?"

　"상관할 수밖에 없는 일이지. 그래서 결혼할 거니?"

　그녀는 단지 질문했을 뿐이었다. 하지만 그 짧은 한마디 말에 환의 저 깊은 곳에서 뭔가가 울컥 솟구쳤다. 하얀 화선지에 먹물이 확 들이부어진 느낌. 마음속의 어둠은 늘 그렇듯 난데없이 나타나 그를 순식간에 잠식시키려 든다.

　"결혼, 할 겁니다."

　환은 까마귀 날개에서 떨어진 깃털처럼 암울하게 마음속에 조각조각 뿌리내리려는 어둠을 가까스로 밀어내며 힘겹게 말했다. 그 한마디가 그에게는 쉽지가 않았다. 하지만 노은만은 더 이상 울게 하고 싶지 않았다. 그녀의 눈물이 아주 마음에 든다고 할지라도.

　'그러니까 이대로도 좋다고요, 전.'

　이대로도 좋다고 그녀는 말해 주었다.

　'남들 평범하게 다 하는 거 하나도 못할지도 몰라.'

　'알아요.'

　'어쩌면 영원을 약속하는 것 따위 하지 못할지도 몰라.'

'네.'

'너만 손해 볼 거야.'

'그런 거 따질 마음이었다면 애초에 이런 말은 하지도 않았어요. 아니다. 사실 지금까지 그거 따지느라 이렇게 늦어진 거였구나. 하지만 이젠 계산 끝냈으니까.'

'어느 날 갑자기 모든 걸 끝내자고 할지도 몰라.'

'그 말하기 전까진, 본부장님 제 사람인 거죠?'

이대로도 좋지 않으냐고 자신이 먼저 했던 말. 그 말에 이대로도 좋다고 대답해 주었던 그녀. 하지만 이젠 자신이 그녀를 이대로 놔두고 싶지가 않아졌다.

그녀가 자신을 배려해 준 만큼 자신도 그녀를 배려해 주고 싶었다. 그녀를 웃게 해 주고 싶었다. 많은 걸 포기하고 한발 물러나 주고, 욕심부리지 않고 그를 위해 준 그녀에게 무엇이든 해 주고 싶었다. 자신이 할 수 없으리라 생각한, 불가능하리라 생각한 '한 사람과의 영원'을 그녀에게만은 약속하고 싶었다.

'기껏 요구하지 않고 주는 걸로 만족스러운 관계를 만들겠다고 마음먹었는데, 사귀면 요구하게 될 테고 주면 준 만큼 돌려받으려고 할 테니까요. 그럼 저 때문에 본부장님은 또 숨 막혀 하겠죠.'

그녀가 요구하게끔 만들어 주고 싶었다. 그녀가 요구하는 걸 자신이 들어주고 싶었다. 요구하게 될까 봐, 돌려받고 싶어질까 봐 그런다고 말하며 착하게 웃는 그녀가 너무 가여웠다. 미안하고 고맙고 그래서 어떻게든 지켜주고 싶게 되었다. 자신이

책임져 주고 싶다.

음악을 들어도 그녀를 생각하다가 교향곡 하나가 다 끝난다. 영화를 봐도 내용이 하나도 기억나지 않았다. 그 어떤 일을 하더라도 이젠 머릿속 한쪽엔 자연스럽게 노은이 자리 잡고 있어서 무엇에도 집중할 수 없었다. 혼자 하더라도 마치 둘이 함께하는 기분이었다. 그러니 이제부턴 그 모든 걸 그녀와 직접 함께하고 싶었다.

환의 단단해진 표정을 지켜보던 태임의 입꼬리가 살짝 끌려 올라가 있었다.

"축하할 일이구나. 어쩐지 지금까지의 너와는 느낌이 좀 다르다고 했지. 그러고 보면 내가 널 아주 잘 아는 것 같지 않니?"

"한마디 해도 될까요?"

"뭔데 그러니?"

"차 다 식었네요."

환은 싸늘하게 표정을 굳히고 돌아섰다. 복도식으로 된 긴 회랑의 끝에 다다랐을 때에서야 태임이 입을 열었다.

"그런데 넌 벌써 잊었나 보구나. 널 너무 좋아해서 말라죽어 버린 승혜 말이다. 그 애가 어땠더라? 그저 네 옆에 있고 싶다. 단지 그걸 바란 아이였는데, 넌 결국 그 애를 세상에서 가장 슬프게 만들다 못해 끝내 자살하게 했지. 거 봐라, 내가 그랬잖아. 네 옆에 있으면 결국 다 불행해질 거라고."

"우리 무슨 사이에요?"

승혜가 늘 물었던 말이었다.

'네가 좋아하는 여자들은 행복하지 않다. 네 주변의 여자들은 전부 다 불행해진다.'

그런 생각을 그의 인생에 심어 줬던 태임이라는 여자가 지금 또 환의 깊은 곳에 똬리를 틀고 있는 어둠을 들쑤시고 있었다. 어린 시절의 트라우마 따위, 프로이트를 찢어발기고 싶단 생각을 한두 번 한 게 아니었다.

그를 아주 많이 사랑했던 여자, 환도 처음으로 귀엽다고 생각했던 여자, 그녀의 이름이 승혜였다. 어떤 여자에게도 특별한 관심이나 흥미가 생기지 않았다. 누군가를 사귄다는 게 귀찮기도 했고 사귀고 싶을 만큼 마음을 빼앗길 여자도 없었다. 그런 무심한 그에게 지치지도 않고 찾아왔던 여자. 끊임없이 다가와서 문을 두드린 여자. 언제나 밝은 미소를 짓던 그 여자.

"아무리 그래도 결국 오빠 나한테 웃어 줄 거예요. 아니, 웃어 주지 않아도 좋아요. 내가 옆에서 오빠 대신 더 많이 웃으면 되니까."

아무리 차갑게 대해도 자긴 상관없다고 했고, 냉정하게 고개를 돌려도 다음 날 또다시 찾아왔다. 열여덟부터 스물넷까지, 근 7년을 긴 냉대에도 환의 곁에 머물렀던 여자. 착하고 속 깊은 여자였다. 결국 봄 눈 녹듯 환의 마음이 조금씩 녹아간 건 어쩌면 당연한 일이었다.

하지만 너무 늦게 깨달아서, 그녀가 소중하단 걸 알게 됐을 땐 그녀를 이미 떠나보낸 후였다. 끝까지 그의 옆에서 웃어 주겠다던 그녀는 결국 마지막까지 웃지 못했다. 슬퍼하고, 슬퍼하다가 그의 곁을 떠났다. 세상에서 가장 불행한 얼굴로, 심신이 지친 파리한 모습으로 말라가다가 떠나 버렸다.

그녀는 이미 다른 남자와 결혼식을 앞두고 있었다. 그래서 환은 그냥 돌아섰다. 그녀가 자신 같은 놈은 잊고 행복해지기를 바랐다. 하지만 그 어느 날 들었다. 그녀가 결혼식 직전에 자살했단 걸.

"너 때문이야. 거 봐. 내가 그랬잖아. 널 좋아하지만 않았어도 그 애가 그렇게 불행할 일이 있었겠니?"

몇 년을 그림자처럼 옆에 머물던 여자가 죽었다. 자신 때문에 죽었단 걸 너무도 잘 알기에 먹지도 자지도 못하고서 목석처럼 생기 없이 앉아 있는 환에게 태임이 말했다.

"넌 정말, 주변 사람들을 불행하게 하는 데 소질이 있구나. 앞으로 만약 누군가가 진짜 행복하게 살기를 원한다면 절대 그 사람을 좋아하지 말렴. 그 사람마저 불행해지는 걸 원치 않는다면 말이다."

나중에야 알았다. 승혜가 자살한 건, 절대 전해지지 말았어야 할 말이 전해졌기 때문이란 걸.

환이 뒤늦게 승혜를 좋아하고 있단 사실을 깨달았다는 걸 누군가가 승혜에게 알렸던 것이다. 그 누군가는 당연히 태임이었다. 차라리 듣지 않으면 나았을 텐데. 승혜는 결혼식을 앞두고서 지금이라도, 모든 걸 다 망치고라도, 부모님의 얼굴도 다무시하고서 환에게 달려가고 싶은 자신 때문에 괴로워했다고 한다. 마지막으로 그녀가 환에게 전화했을 때 환은 그녀에게 말했다. 잘 살라고, 행복하라고. 다음 날 그녀는 결국 자살을 선택했다. 다른 남자의 아내가 되어 사랑 없는 결혼 생활을 할 자신이 없었던 것일까? 아니면 환을 포기하는 게 그렇게 힘들었던 걸까.

모든 사실을 알게 됐을 때 환은 태임에게 미친 듯 분노했다. 하지만 태임은 태연자약했다.

"그러니까 왜 뒤늦게 희망 고문을 했니? 네가 그 애를 좋아하게 되지만 않았어도 그 애가 헛된 기대를 품진 않았을 거 아니니? 내 탓이 아니다. 네 탓이지. 그 애가 그렇게 걱정됐다면, 결혼식 전에 지푸라기라도 잡는 심정으로 전화했을 때 그때라도 네가 잡아 줬어야지. 얼마나 절망적이었으면 자살까지 했겠니? 대체 뭐라고 한 거니? 안 그래도 힘든 애를 절벽으로 떠미는 냉정한 소릴 한 건 아니니? 넌 정말 여자를 불행하게 하는 남자구나. 내가 너라면 앞으로 그 누구도 좋아하지 않을 거다."

❄

자신의 빌라로 돌아온 환은 천천히 커튼을 들추었다. 태임의 목소리는 10년 전이든, 20년 전의 그것이든 현재와 달라진 게 하나도 없었다. 언제나 그를 가장 상처 입히는 목소리였다. 커튼을 쥐고 있던 손을 천천히 내리고서 휴대 전화를 꺼냈다. 오래 지나지 않아 그가 기다리는 목소리가 들려왔다.

러브머신

— 어? 본부장님이세요? 지금 전화한 사람 정말 본부장님 맞아요?

"그래, 나 맞아. 그런데 무슨 전화 받는 예절이 이래?"

— 그야 쉬는 날 전화해 주신 거 처음이니까……. 아니다. 전화해 준 것 자체가 처음인가? 아, 저 정말 이런 남자랑 아직도 헤어지지 않고 있네요. 아무튼 놀랐어요. 본부장님 휴대 전화가 제삼자에게 넘어갔나 싶을 정도였다니까요.

기분 좋은 듯 그녀의 웃음기 섞인 재잘거림이 평소보다 배는 길었다.

"휴대 전화를 구하고 싶으면 지금 곧장 1억을 준비해서 지정한 장소로 나와."

— 뭐예요, 그건.

그녀가 구슬 굴러가듯 까르르 소리를 내며 웃었다. 환이 피식 웃었다.

"뭐 하고 있었어?"

— 전화 받고 있죠?

"전화 받기 전엔 뭐 했는데?"

— 이랑이랑 놀고 있었어요. 본부장님한테서 무사히 찾아온 머리 방울로 예쁘게 머리도 묶어 줬고요.

"그거 내 조카 줄 선물이라니까."

— 하여튼 못 말려. 음, 그런데 왜요? 갑자기 제 목소리라도 듣고 싶으셨어요? 아니면 얼굴 보곤 못 할 말이라도 있는 건가?

"……왜 그런 생각을 했지?"

— 제가 촉이 꽤 좋거든요. 일단 본부장님 목소리에서 망설임을 읽어

냈고, 두 번째론 어떤 명확한 이유 없이 이렇게 전화하실 분이 아니니까요. 전화 같은 걸 하느니 차라리 문자로 어디서 만나자, 어디로 와라 하고 말할 사람이잖아요. 내 스케줄 따위 관계없이 본인 멋대로 말이에요. 안 그래요?

환은 웃지 않을 수 없었다. 정말이지…….

"네가 참 좋다."

무조건 반사처럼 고백이 튀어 나가는 지경이 되었다. 당연히 그녀는 놀라는 것 같았다. 왜 아니겠는가.

— 정말 무슨 일 있어요?

그렇다고 바로 저렇게 세심하게 걱정하다니, 환이 끙 소리를 내며 이마를 짚었다.

"왜? 나는 뜬금없이 고백하면 안 되는 남잔가?"

— 안 될 건 없지만. 무슨 일인지 저한테 말해 주시면 안 돼요?

환은 할 말을 잃었다.

— 그렇지만 이건 꼭 캐내는 것 같다. 그렇죠? 만약 제 억측이었다면 사과할게요. 그냥 본부장님이 어느 주말 오후에 내가 참 보고 싶었구나, 하고 생각하고 말죠, 뭐. 저 그런 건 잘해요.

"노은아…… 우리가 무슨 사이일까?"

이 말을 자신이 하게 될 줄은 몰랐다. 물어놓고도 환은 깜짝 놀랐다. 늘 다른 사람에게 들어왔던 말, 승혜에게도 가장 많이 들었던 말. 노은도 자신에게 필시 갖고 있을 의문. 그걸 자신이 노은에게 하고 있다니.

— 그걸 정하는 사람은 처음부터 지금까지 쭉 본부장님이었잖아요.

내가 정할 수 있으면 얼마나 좋을까 늘 생각해 왔는걸요. 그러고 보니 참 억울하네. 진즉 먼저 선수 칠걸.

"그러게. 먼저 선수 좀 쳐주지."

— 그런다고 뭐가 달라졌을까요? 본부장님은 어차피 자기가 결정한 대로 행동하는 사람이잖아요. 자기 스스로 마음 바꾸기 전엔 그 어떤 것도 남에게 휘둘리지 않을 사람이면서.

그녀는 이따금씩 무서울 정도로 정곡을 찌른다.

— 궁금한 건 늘 많았어요. 대체 뭐 때문에 본부장님이 그렇게 몸을 사리시는 건지, 왜 그렇게 눈물에 애착 아니, 집착을 하는 건지. 그래요, 알고 싶은 건 산더미에요. 하지만 물어볼 수 없었어요. 그렇지만 지금이 기회인 것 같으니까 한 번 물어볼게요. 지금 물어보지 않으면 이상하게 꼬일 것 같은 예감이 들거든요. 본부장님이 당장 내일부터 멀어질 것 같은 예감…….. 본부장님도 그래서 전화한 거죠? 뭔가에 마음의 결정을 내리려고. 아니에요?

환은 또 한 번 놀랐다. 그녀의 말은 다 정확했다. 뭔가의 결정을 내려야 할 때가 온 것이다. 그래서 이렇게 그녀에게 전화를 했다.

— 한 번쯤은 나눌 수 있는 거잖아요. 얘기도 해 주지 않고 멀어질 만큼 본부장님 그렇게 무책임한 사람은 아니잖아요.

"내가 그럴 사람이 아닌가? 날 그렇게 잘 알아?"

노은이 당황하는 것 같았다. 누구라도 서운해할 말을 해 버렸다. 환이 자책하듯 자신의 머리카락을 헝클어뜨렸다. 사과하려고 그가 입을 여는 순간 노은이 먼저 말했다.

— 아니면, 제가 사람을 잘못 봤나 보죠.

잠시 침묵이 이어졌다. 불편한 정적을 깬 건 노은이었다.

— 하지만 잘못 본 건 아닐 거예요. 왜 또 이렇게 차가워져 있는 건지, 왜 또 거리가 멀어진 건진 모르겠지만…… 타당한 설득 없이 이대로 본부장님 혼자 멋대로 판단해서 또 멀찌감치 멀어지거나 투명인간 취급하면 저, 이번엔 정말 화날 거 같아요.

환이 씁쓸하게 입꼬리를 끌어올리며 천천히 고개를 숙였다. 어느 누구에게서도 안 되던 게 대체 왜 너한텐 되는 걸까? 어느 누구한테도 한 발 이상 다가서고 싶지 않았던 게 왜 너한텐 무장해제 되어버리는 걸까? 이게 운명이란 걸까? 아니면 네가 나한테 그 운명을 만들어 준 걸까?

이제 초조한 건 내가 되었다. 전세가 역전되었단 걸 넌 알고나 있을까?

"명노은, 내가 왜 널 만나는 걸로 생각해?"

— 무서운 질문이네요. 음, 심심하거나, 날 좋아하거나, 만나지 않곤 못 배기거나 셋 중 하나겠죠.

"그래. 의외로 참 간단한 거였네. 그래서 네 생각은 뭔데?"

— 답은 본부장님이 찾으세요. 저한테 묻지 말고. 절 왜 만나는 건지 그건 본부장님의 생각 아닌가요? 그리고 왜 그런 질문을 했는지도요. 정말 단순히 그 이유가 궁금해서인지, 아니면 내가 왜 명노은을 만나고 있는 걸까, 회의감이 들어서 그런 건지 일단 그것부터 파악해야 할 것 같은데요.

"회의감 같은 건 아냐."

러브머신

환은 그것만은 자신 있게 말할 수 있었다. 그리고 그 답도, 자신은 이미 알고 있는 것 같다. 그녀는 우는 모습이 예뻤고, 그 눈물이 불행하게 보이진 않았단 것. 처음 시작은 그것이었다. 그리고 그게 점점 더 커진 것 같다.

그녀의 옆에 있으면 마음의 스트레스가 덜했다. 만약 헤어진다고 하더라도 그녀는 누군가가 그랬던 것처럼 불행하게 말라 가다가 자신을 놓아 버리는 것보다 가끔 울고, 가끔 복수하려고 했다가, 가끔 웃을 것도 같았다. 갑자기 나타나서 시비를 걸든 뻗대든 또박또박 따지든, 아무튼 다른 여자들처럼 그냥 무너질 것 같진 않았다.

슬픔이 덜해서가 아니라 그냥, 이환을 벌주려고 일부러 더 웃을 것 같다. 그래서 자신은 그녀를 손에서 놓기가 싫은 것이다. 그녀를 놓으면, 자신을 편안하게 해 주던 그 모든 걸 놓아야 하니까. 그럼 그때부터 자신의 삶은 그저 암울함으로만 채워지니까. 그녀가 계속 자신의 옆에 있었으면 좋겠다.

'실은 너라면 괜찮을 것도 같아. 너라면 내 옆에서도 불행하지 않을 것도 같아. 그러니 필사적으로 너와 헤어지지 않길 바라고 있어.'

하지만 그런 생각도 오래가지 못했다. 그렇게 단정했는데 만약 그녀마저 정말로 불행해진다면……. 자신이 옆에 있다는 이유로, 혹은 자신이 떠난 것으로 그녀가 정말 불행해져서 슬프게 울게 된다면, 자신은 그걸 감당할 수 있을까?

헤어져도 씩씩하게 안 울 줄 알았던 그녀가 정말로 애달플 정도로 말라간다면, 상처받아서 무너진다면, 승혜처럼은 아니더라도 그 정도로 불행해진다면 자신은 회복할 수 없을 것 같다. 정말 내 주변에 있는 여자들은 다 불행해지고 만다는 태임의 말이 진실이 되는 것이다.

내가 처음부터 마음을 주지 않았다면 승혜는 불행해지지 않았을 것이고, 뒤늦게 좋아하지 않았다면 그녀는 죽지 않았을 것이다. 그런 처절한 후회가 환을 괴롭혔다. 악몽을 떨쳐내야 했지만 그게 너무 어려웠다.

환이 천천히 눈을 감았다가 떴다.

"괜찮으면 잠깐 나올래? 같이 갈 데가 있어."

화장대 앞에 앉아 머리카락을 빗던 노은은 문득 빗질을 멈췄다. 그날 밤, '사랑해.'라고 토해 내던 환의 목소리가 떠올랐다. 그 뜨거운 속삭임이 바로 옆에서 들리는 것처럼 생생했다. 하지만 그녀에게 영향을 끼친 건 정작 다른 것이었다.

의식을 잃어가는 중에 희미하게 보였던 그의 붉어진 눈시울, 그게 '사랑해'의 위력만큼이나, 아니 그 이상으로 컸다. 그의 젖은 눈동자, 그리고 자연스럽게 이어진 의문. 처음 그가 자신에게 관심을 가졌던 이유, 바로 이 남자의 눈물에 대한 트라우마가 정확하게 뭔지.

"알고 싶어."

왜 그렇게 눈물에 민감한 건지. 그냥 취향인 건지 아니면 정말 다른 무언가가 있는 건지. 있다면 그게 무엇인지 알고 싶었다. 그래야 그날 밤 들었던 사랑한다는 고백도 불안 없이 받아들일 수 있을 것 같았다. 혹시 자신이 그 트라우마를 치료해 줄 수도 있을까? 이것 또한 자신의 욕심 중의 하나일까? 아픈 상처는 건드리지 않고 넘어가는 게 더 나을 텐데.

그런 고민을 하고 있을 때 그에게서 전화가 왔다. 안 그래도 그런 생각으로 꽉 차 있을 때 처음으로 그에게서 걸려온 전화, 그리고 그 분위기까지. 3박자가 아주 잘 맞아서 노은은 그에게 묻고 싶었던 말들을 물어버렸다. 그리고 자신의 예감은 맞아떨어졌다.

상황이 맞아떨어져서인가, 아니면 자신과 그가 감정적으로 이렇게나 연결돼 있는 것인가. 마치 컴퓨터 두 대를 연결해 놓은 것처럼. 그냥 자연스럽게 그의 불안한 정서가 자신에게로 흘러든 것 같은 느낌이 들었다.

눈물에서 시작된 이환이라는 남자 전체에 대한 의문과 불안. 궁금한 모든 걸 들추는 게 좋은 걸까? 아니면 이대로 가는 게 좋은 걸까? 뭔가의 감정을 요구하지 않고서 이대로 쭉……

'그냥 이대로도 좋지 않나?'

그렇게 하겠다고 자신이 정해 놓고선.

"그래, 명노은. 끝까지 그렇게 너 스스로와 한 약속 지키고 대쪽같이 곧게 살아라."

노은은 화장품을 챙기며 자조 섞인 투덜거림을 했다.

하지만 이건 욕심과는 다른 부분이 아닐까? 그가 숨기고 있는 걸 알아내고 싶은 건 욕심이 아니라 관심이고 자연스러운 마음의 방향인 것이다.

감정 없이 육체적인 관계만 있다는 것에 늘 불만을 가졌지만 실은 그가 감정적인 걸 아예 안 준 것도 아니었다. 그동안 준 것들이 감정적인 게 아니면 대체 무엇이 감정적인 걸까? 그러니 그녀도 뭔가를 해 주고 싶었다.

누군가를 사랑한다는 것은 그 사람의 햇볕과 그 사람의 그늘을 구별하지 않고 받아들이는 것이라고 한다. 자신도 그의 아픔과 그늘까지도 받아들이고 함께 울어 줄 만큼의 여유는 있는데. 그럴 정도의 인간은 되는데. 하지만 어쩌면 그에게는 그게 부담스러울지도 모르겠다.

"날 좀 믿어봐 줘요."

그를 행복하게 해 주고 싶었다. 그도 자신에게서 행복을 받았으면 좋겠다.

'무엇이 당신에게 눈물의 트라우마를 준 건지, 무엇이 당신으로 하여금 누군가에게 다가서는 걸 자꾸 막는 건지, 나한테 그 이유를 말해 줄 수 있어요?'

어쩌면 이 모든 건 그저 그녀의 오버가 만들어낸 기우일 지도 몰랐다. 실제로는 없는데 그럴 거라고 믿고 있는 가상현실일 지도 몰랐다. 하지만 만약 그런 게 아니라면 이젠 알고 싶어졌다. 그래서 그가 사랑한다는 말을 자신에게 해 주었음에도 온전히 그 말에 기뻐하고 기대고 있을 수만은 없는 이 불안한 현재에서 벗어나고 싶었다.

사람은 사랑에 빠지면 불안감이 증가하는 부작용을 겪는다고 한다. 일종의 엑스터시를 맞은 것처럼 흥분 상태에 빠져 있다가도, 아무 이유 없이 맥박이 불안정하게 뛰고 잠이 안 와 이불 속에서 밤새도록 뒤척이는 그런 극과 극의 상태를 맞이하게 된다는 것이다.

지금 그녀가 딱 그런 상태였다. 뇌에 흥분을 전달하는 도파민은 적당히 분비되면 사람의 기분을 좋게 만들어 주지만 과다하면 여러 가지 부작용을 낳는다. 그걸 사람들은 '사랑 고파 병'이라고 부른다. 이환 같은 로봇은 이해 못 하겠지만 지금 그녀의 상태는 분명히 그랬다.

그가 오늘 어디에 가려는 건지 모르겠지만, 자신이 도움을 줄 수 있는 장소였으면 좋겠다. 함께 앞으로 나아갔으면 싶었다. 뒤돌아가는 것도, 제자리에 있는 것도 싫었다. 왠지 불안한 예감이 드는 걸 애써 무시하며 노은은 방을 나섰다.

"이모 데이트 가는 거야?"

거실로 나오는 노은에게 이랑이 폴짝 뛰어오며 물었다.

"응? 그게 데이트인 듯, 데이트 아닌, 데이트 같은 데이트?"

"뭐야, 그건. 니 거인 듯 니 거 아닌 니 거 같은 나. 그거잖아. 이모 유치해."

노은이 창피함에 풋 웃었다.

"근데 이모, 그때 이모 고민하게 만들었던 그 아저씨 만나러 가는 거지? 그렇지?"

요즘 애들은 눈치가 빨라지는 교육이라도 받는 걸까? 유치원 들어가서 가장 먼저 배우는 게 '애어른 되기' 뭐 그런 건가?

"아, 아니야."

"진짜 아냐?"

"아니, 맞아."

"그렇지? 어쩐지 그런 것 같더라. 근데 그 아저씨 만나러 가는데 왜 이렇게 예쁘게 화장했어? 왜 새 옷을 입었어?"

"하, 하하. 이랑아…… 이모 예뻐?"

"예쁜데 이상해. 그렇게 고민해 놓고 왜 계속 만나? 왜 계속 좋아해? 어른들은 참 이상해."

노은이 어깨를 떨어뜨렸다. 애들 앞에선 정말 냉수도 못 마시겠구나. 노은이 이랑의 앞에 쪼그리고 앉아 얇은 머리카락을 쓸어 주었다.

"그렇지? 참 이상하지? 이렇게 고민하면서도 계속 좋아한단 게. 그렇지만 우리 이랑이도 크면 알게 될 거야. 울고 슬프고 가슴 아파도 못 보는 것보다 나은 그런 거. 차라리 그냥 보면서 가슴 아픈 게 낫단 거 우리 이랑이도 언젠가는 배우게 될 거야."

환의 차는 벌써 한 시간 이상 한적한 도로를 달리고 있었다. 점점 시골로 빠지는 것 같았다. 처음 집 앞에 도착했을 때부터 그는 이미 평소보다 한층 더 차가워져 있었다.

'가자.' 그 한마디를 하고서 차를 출발시킨 이후로 지금까지 단 한마디도 없었다. 그래서 노은도 말을 아꼈다.

주름 하나 안 간 단정한 검은색 슈트, 검은색 넥타이, 검은 구두, 금방이라도 찬물이 뚝뚝 떨어질 것 같은 서늘한 눈동자, 마치 상복이라도 입은 사람처럼 그 옷차림도 표정도 아주 음울해 보였다.

노은은 처음엔 그런 그를 자꾸 쳐다보게 되었지만, 중간부턴 그것도 그만두었다. 그냥 도착할 때까지 자신은 말을 아껴야 할 것 같았다.

30분 정도를 더 달리자 차가 어떤 요양원으로 들어섰다. 그곳은 한적하고 녹음이 어우러진 아주 아름다운 곳에 위치하고 있었다.

하지만 왜 이곳일까? 노은은 주차장에 차를 세우고서 넓은 요양원의 앞뜰을 천천히 걸으면서 그 이유를 들을 수 있었다.

"어머니가 돌아가신 병원이야."

순간 그녀가 멈칫했다. 뭐라고 함부로 말할 수 없어서 멍하니 환을 바라보기만 했다. 그런 예상조차 하지 못한 자신이 부끄러웠다. 그는 힘들어 보였다.

"어머닌 늘 우셨어. 아버지의 잦은 외도로 마음을 잃으셨지. 처음부터 마음이 단단하지 않은 분이었던 거지. 이곳에서 돌아가시기 전까지 어머닌 늘 불행했으니까. 그래서 난 우는 여자는 다 어머니처럼 불행해질까 봐 겁났어."

노은의 심장이 울렁거렸다. 이게 그녀가 언젠가는 듣고 싶었던, 그가 가진 트라우마의 실체였다.

"널 처음 봤을 때도 울고 있었지. 그동안 우는 여자들은 쳐다보기도 싫었는데 참 신기하게도 네 눈물은 그렇게 불행해 보이지 않았어. 우는 여자를 보고 마음이 무너질 것 같은 공포를 느끼지 않은 건 그때가 처음이었던 것 같아. 그래서 네게 마음이 가 버렸지만, 막상 너와 가까워질수록 두려워졌어. 네가 나 때문에 울게 될까 봐. 너마저도 불행해질까 봐."

노은의 눈동자가 흔들렸다.

"그래서 난 아마 수없이 망설였을 거야. 기회만 있으면 회피했는지도 모르겠다. 널 계속 만나지 말아야 할 이유를 수만 가지는 찾았던 것 같아. 비겁한 짓이란 짓은 다 했나 보다, 난."

"왜 끝까지 계속 피하지 않았는데요?"

"네 우는 모습이 한없이 사랑스러우면서도 동시에 네가 울지 않으면 했으니까. 참 모순된 감정이지? 내가 널 피하면 피하는 대로 네가 울까 봐, 피하지 않고 옆에 두면 무심한 나로 인해 또 울까 봐, 뭘 해도 겁이 났어."

"난 뭐, 계속 울기만 하는 사람인가?"

노은이 중얼거렸다. 그렇게 말하면서도 눈시울이 붉어져서 노은은 힘껏 눈물을 참았다. 지금은 울 때가 아니었다.

"아주 예전부터 널 마음에 담았으면서도 한 발도 다가가지 않았던 건 너만 아니면 된다고 생각했기 때문이야. 내가 사귈 사람은, 내가 결혼할 사람은, 너만 아니면 된다고. 그럼 넌 불행해지지 않아도 되니까. 내가 널 선택하면, 넌 결국 정말 불행해져서 울게 될 테니까."

"그러면 다른 사람이랑 결혼하면 되겠네."

환이 멈칫했다. 노은이 화난 듯 말을 이었다.

"그러니까 내 생각은 없는 거예요? 왜 혼자 다 판단해서 결정하려고 해요? 나도 생각할 수 있는 사람인데, 내 행복과 불행을 스스로 선택할 수 있을 정돈 되는데."

"명노은."

"나 여기에 분명히 서 있는데⋯⋯."

"내가 사랑하면 다 불행해져."

"그런 말이 어디 있어요."

"있어. 어릴 때, 어머니를 지옥에 빠뜨린 그 여자가 나한테 해 준 말이거든."

"무슨⋯⋯."

"망가져 가는 어머니 때문에 울고 있는 내게 말했지. 이건 다, 네가 있기 때문이라고. 네가 없었으면 네 엄마는 이 불행한 결혼 생활을 시작하지 않아도 됐을 텐데. 널 가져서 결혼할 수밖에 없었고, 네가 있었기 때문에 이혼하지도 못한 거라고. 널 너무 사랑했기 때문에 네 엄만 끝까지 오기를 부려 스스로 불행을 선택한 거라고. 자식에게 만들어 주고 싶었던 단란한 가정, 그 집착이 깨지자 어머니가 견디지 못하고 스스로 정신병을 선택한 거라고. 겨우 여섯 살짜리한테."

"말도 안 돼."

"네가 좋아하는 여자들은 행복하지 않다. 네 주변 여자들은 다 불행해질 거다. 그러니 누군가가 진짜 행복하게 살기를 원한다면, 절대 그 사람을 좋아하지 마라. 그 사람마저 불행해지는 걸 원치 않는다면. 그게 어릴 때부터 내내 주문처럼 들어왔던 말이었지."

실제로도 그렇게 됐고. 하지만 환은 그 말만은 노은에게 할 수가 없었다. 승혜에 관한 말만은. 그걸 말하는 순간 자신이 아무리 원해도 노은을 위해 그녀를 놓아주어야 할 것 같았다. 하지만 그건 싫었다. 절대 놓고 싶지 않았다.

노은은 이해할 수 없었다. 아니, 견딜 수 없이 화가 났다. 그 말을 들으며 너무도 두려웠을 어린 그가 마치 눈앞에 보이는 것 같았다.

그 어린아이는 얼마나 무서웠을까? 그런 잔인하고 잘못된 협박을 들으며 얼마나 자책하고 겁에 질렸을까? 옳고 그름을 판단하기 힘든 어린아이에게, 그런 말도 안 되는 소리를 내내 주입시키면서 그 지독한 여자는 행복했을까? 만족스러웠을까? 사람의 탈을 쓰고 어떻게 그런 냉혹한 짓을 저지를 수 있었을까. 상대는 고작 어린아이인데. 안 그래도 엄마의 슬픔에 동화되어 너무도 불행했을 어린아이인데.

트라우마가 될 그런 잔인한 말을 계속해서 했다는 게 노은은 도저히 용서가 되지 않았다.

"그 여자 눈엔 내가 눈엣가시였겠지. 어머니는 스스로 망가졌으니 눈앞에서 치우기도 쉬웠지만 나는 외아들이라 그렇지 않았을 테지. 어쩌면 어머니를 따라 같이 망가지길 바랐던 건지도. 내가 광고를 시작한 것도 그 이유였어. 집에서 벗어나기 위해서 내가 좋아하던 분야로 무작정 뛰어들었지. 아니, 그건 차라리 근사한 말이고 정확히 말하면 무서워서 도망 나온 거지."

"설마…… 그분이 아직도 본부장님 집에 있는 건가요?"

노은은 어렵사리 입을 뗐다. 그렇다면 그건 너무 지독한 일이었다. 하지만 그는 입을 다문 채 고개를 끄덕였다.

노은의 가슴이 따끔거렸다. 그가 돌아가기 싫은 이유, 자기 집인데도 돌아갈 수 없는 이유가 너무도 명백하게 그 집안에 아직 존재하고 있다니.

노은이 천천히 입을 열었다.

"본부장님은 아직 많이 힘든 거죠? 그걸 알아달라고 절 여기로 데리고 온 거죠?"

"……그래."

"하나만 물어볼게요. 저와 끝까지 갈 생각은 있어요?"

"너와 끝까지 갈 생각 없었어. 하지만 지금은 그러고 싶다."

노은의 눈동자가 세차게 흔들렸다.

"너만 싫지 않다면 그러고 싶어. 함께 가고 싶다. 너라면 내 옆에서 불행해지지 않을 것 같단 생각에 기대서, 정말로 그 말에 기대서 널 내 옆에 꼭 붙들어 두고 싶다."

노은은 천천히 그에게로 다가가서 가만히 그의 몸을 안아 주었다. 하지만 그는 움직이지 않았다. 그래도 상관없었다. 지금은 자신이 그를 감싸 줘야 할 때니까. 함께 안아 주는 평범한 일이 이 사람에겐 이렇게나 힘든 일이었던 것이다. 그걸 지금

에야 알게 되어서 너무 미안했다.

"말해 줘서 고마워요."

그래도 늦게나마 알게 되어 다행이었다. 그는 힘들겠지만, 영원히 못 듣는다고 해도 탓할 수 없는 이야기였는데 그는 말해 주었다. 자신이 알아야 적어도 함께 고민이라도 할 수 있지 않겠는가.

오늘 그는 힘든 과거의 상처를 다시 떠올려야 했을 것이다. 겨우 덮어 놓았던 상처를 다시 불쏘시개로 지지는 것과 다름없었을 것이다. 그래도 끝까지 다 말해 주었다.

물론 아직도 그의 혼란이 다 가신 것 같진 않았다. 그렇게 한순간에 쉽게 정리할 수 있는 거라면 트라우마라고 불리지도 않았을 거고, 이렇게 오랜 세월 그의 이성을 갉아먹으며 괴롭히지도 않았을 거다.

여기 오기 전까진 오늘 그가 뭔가의 결정을 내리려는 줄 알았다. 하지만 그게 아닌 것 같았다. 그가 혼자서는 결정을 못 내리니 결국 그녀를 데리고 여기까지 온 것이 아니었을까?

말은 단호하게 끝까지 그녀와 함께 가고 싶다고 해 주었지만 어쩌면 그건 단호함이 아닌 그의 희망 사항일 지도 몰랐다. 명노은이라면 자신의 옆에서 불행해지지 않을 것이다. 그랬으면 좋겠다는 희망 사항. 하지만 확실치는 않은 바람.

그게 맞다고, 난 절대 당신 옆에서 불행해지지 않을 거라고 노은도 자신 있게 말해 주고 싶었다. 하지만 그게 어디 말 몇 마디로 해결될 일인가. 그래서 노은은 방법을 하나 생각해 냈다.

그를 몰아붙이고 싶지 않았지만 가끔 충격 요법이 필요할 때가 있다. 그가 여기로 자신을 데리고 온 이상, 결정을 내릴 사람은 그가 아닌 자신이었다. 그가 자신에게 칼자루를 넘겨준 것이다. 적어도 그가 결정할 수 있게끔 자신이 도와줘야 한다.

노은은 그의 품에서 몸을 떼고서 천천히 말했다.

"일부러 불행해지려는 사람은 이 세상에 없어요. 본부장님의 어머니도 마찬가지였을 거예요. 난, 본부장님 옆에서 불행해지지 않을게요. 그런 두려움 같은 거 절대 갖지 마요. 본부장님 때문에 불행해질까 봐 걱정하느니 차라리 내가 얼마나 행복해지는지 지켜봐요."

하지만 그건 그녀만의 단호함. 받아들이는 사람이 준비되어 있지 않으면 그저 피상적이고 일방적인 다짐, 겉만 번드르르한 말일 뿐이었다.

"이렇게 이야기해 봐야 말처럼 쉬운 게 아니니까, 우리 하나만 약속해요. 내일, 같이 있어요."

환이 흔들리는 눈으로 노은을 쳐다봤다.

"이대로도 좋다고, 내가 먼저 한 약속만은 지키자고 처음엔 그런 생각으로 나왔어요. 하지만…… 이상하게 그 약속을 지키고 싶지 않다고 생각했는데 지금 그 이유를 알겠어요. 그런 식으로 둘 다 한발 물러나 있어 봐야 해결되는 게 하나도 없으니까요. 본부장님이 이유를 말해 주지 않았으면 모를까, 이제 말해 줬으니까, 더 이상 이런 식은 안 돼요. 이래 갖곤 아무것도 안 돼요."

노은이 천천히 환의 손을 찾아 쥐었다. 환이 그런 그녀의 손을 꽉 잡았다. 하지만 노은이 갑자기 자신의 손을 뺐다.

"보셨죠? 손을 잡는 것도, 놓는 것도 쉬워요. 어렵다고 생각할 뿐이지. 하지만 기왕이면 잡고 있는 게 더 두근거리고 행복하잖아요?"

환이 천천히 손을 뻗어 노은의 얼굴을 만지작거렸다. 그의 얼굴이 참 아파 보였다.

"만지고 싶을 때 만질 수 있으면, 다 되는 줄 알았어."

"저도 그걸로 다 되는 거였으면 좋겠어요."

"하지만 아닌 거지?"

"아니에요."

노은이 고개를 끄덕이고 말을 이었다.

"본부장님 말이 맞아요. 이대로라면 손을 잡고 있어도 전 손을 놓은 것처럼 똑같이 가슴 아플 거예요. 언제 본부장님이 날 위해서, 날 불행하게 만들지 않으려고 내 손을 놓아 버릴까? 혹시 오늘은 아닐까? 아니면 내일일까? 그런 걱정을 하면서 하루하루를 불안하게 지내겠죠. 그런 건 싫어요. 그러니까 내일 약속 지켜 줘요. 그걸 본부장님의 대답으로 생각할 테니까. 제발 가슴 아프지 않게 해 줘요. 알았죠?"

벌써 일주일이 지났다. 결국 그는 그날 오지 않았다. 노은은 사무실에서 인터넷 검색 화면을 물끄러미 쳐다보고 있었다.

〈이별 후 저지르는 지질한 행동〉
1. 페북, 깨톡 상태 메시지에 의미심장한 말 적어두기.
2. 만나줄 때까지 집 앞에서 기다리기.
3. 술 마시고 전화 걸어 주사 부리기.
4. 발신번호 감추고 경고 메시지 보내기
5. 질투심을 유발하기 위해 관심 없는 이성과 곧장 연애하기.
6. 다시 만나 달라고 울고불고 떼쓰기

"이별이라."

정식으로 사귄 적도 없는데 이별이라니 너무 거창했다. 그래도 후유증은 정식으로 이별한 남들과 다르지 않아서 그녀는 현재 매우 심란했다.

"차라리 이런 지질한 행동들이라도 해 보고 싶다."

정상적이고 평범한 보통의 연애를 했다면 지금쯤 자신도 이것들 중 하나를 하고 있겠지. 그렇게 미친 짓이라도 해서 이별의 후유증을 극복하려고 애쓰고 있었을 거다.

하지만 마른 장작에 불붙듯이 확 타오르다가 어느 순간 찬물이 부어진 듯 끝난 관계였기에, 허무와 상실감도 오롯이 그녀 홀로 감당해야 했다. 상처도, 진지하게 고민한 것도 전부 다 진실이었는데, 막상 완전히 남이 되었는데도 누구에게도 털어놓지 못할 '나 홀로 형' 이별이 되고 말았다.

남자의 말 못 할 사정으로 이별하고 말았습니다. 그는 돌아올까요?

노은은 이별과 사랑으로 고민하는 영혼들이 몰려 있는 카페로 들어가 게시글을 남겨 보았다. 답변이 하나 달렸다.

님, 정신 차리세요! 무슨 말 못 할 사정? 아무리 그래도 갑자기 마음이 변하지는 않습니다. 남자가 싫다고 했으면 그냥 미련을 버리세요. 님 마음이야 무척 아프고 죽고 싶겠지만, 3개월만 지나가면 참을 만합니다.

"3개월이라. 아픔의 유효 기간치곤 정말 짧네. 요즘은 빵도 유통 기한이 그 정도는 되지 않나?"

사랑이란 게, 포기 안 되는 마음이란 게 그렇다. 얼굴을 아예 안 보면 그나마 살아지기도 하지만 한 번 보면 더 보고 싶고, 표정 하나하나에 신경 쓰이고 제멋대로 의미를 부여하고, 멀리서 지켜보는 것만으로도 좋으니 자존심이고 뭐고 다 버리고 연락하고 싶어진다.

3개월이 지나든 3년이 지나든, 이제 다시는 말조차 걸어선 안 되는 사람이란 게 그저 죽고 싶을 정도로 아픈 것이다. 그게 바로, 누구든 거치는 이별의 공식. 내가 했던 고백이 수많은 고백 중 하나가 되는 과정을 지켜보는 것.

"아직 고백다운 고백도 제대로 하지 못했는데……."

요양원에 다녀온 다음 날, 마치 하늘이 그녀에게서 고개 돌린 것처럼 일이 터졌다.

노은은 아침부터 분주하게 김밥을 말고 있었다. 환이 오면 공원이든 어디로든 가서 함께 앉아 간단하게 먹을 예정이었다.

이런 상황에서 철없이 피크닉 데이트 분위기를 내려는 건 아니었다. 분위기가 너무 무거워질까 봐, 혹은 그가 와 주었다는 것에 기뻐, 그 행복감에 취해서 서로 어루만지다가 다른 때처럼 몸의 대화로 빠질까 봐. 그런 상황을 경계하기 위해서였다. 오늘만은 마음의 대화를 나누어야 했다.

'당신을 그 무서운 어둠 속에서 끌어낼 사람이 나였으면 좋겠다. 아니, 나여야 한다.'

하지만 불행하게도 운명의 여신은 그녀의 편을 들어 주지 않았고, 회사에 큰일이 터졌다. 최소 오천억 이상의 가치를 지닌 그룹 CI 건이 하필이면 틀어져서 휴일임에도 팀장급 이상 임원들이 모두 소집되었다. 물론 그 자리에 제작본부장이 빠질 리가 없었다.

기다려. 늦더라도 갈 테니까.

환에게서 짧은 문자 메시지가 왔다. 싸다가 만 김밥은 말라 가고, 노은은 침대 위에 오도카니 앉아 있었다. 월급쟁이로서 일단은 일이 잘 해결되기를 바랐다. 사적인 사정은 그다음이었다. 그렇게 하루가 다 간 늦은 저녁에야 기다리던 전화가 왔다.

— 미안하다. 지금 가고 있어.

노은은 미소 지었다.

"일은 잘 해결됐어요?"

— 일단 급한 불은 껐어.

"어디까지 왔어요?"

— 출발한 지 10분쯤 됐어.

"아직 다 해결된 건 아니죠? 다들 아직 회사에 있는 거죠?"

— 무슨 소리를 하고 싶은 건데?

"그럼 돌아가요. 일엔 우선순위란 게 있고 우린 그걸 모를 정도로 철부지가 아니니까요."

— 현명한 여자가 되고 싶단 건가?

"현명……. 그런 거 몰라요. 그냥 지금 본부장님을 더 필요로 하는 쪽이 어딘가, 단순하게 생각했을 뿐이지."

— 명노은, 너 지금 무슨 생각하고 있는 거야?

"맞아요. 생각을 좀 하고 있었어요. 참 이상하죠? 오늘 그런 일이 터졌을 때 저 잠깐 의심해 봤어요. 왜 하필이면 오늘일까? 그 일 때문이 아니었다면 본부장님은 정말 나한테 왔을까? 와서 '그 후로도 오래오래 행복하게 살았답니다.' 그렇게 될 수 있었을까?"

— 이상한 소리 그만하고.

"표면적으로 본부장님은 일 때문에 못 왔어요. 하지만 일 때문이 아니더라도, 아직 복잡한 거죠? 저처럼 본부장님도 실은 아주 많이 복잡한 거죠?"

환이 차를 세우는 소리가 들렸다. 노은은 그가 집중하려 한다는 걸 알았다. 그래서 말을 이었다.

"아마 본부장님은 끝까지 오셨을 거예요. 날 위해서. 그런 일로 날 아프게 할 사람이 아니니까. 무슨 일이 있더라도 일단은 와서 설명하거나 해결하려고 했을 테죠. 하지만 아직 마음은 그게 아닌 거죠? 솔직하게 말해 주세요."

아주 긴 몇 초가 지나고 환의 대답이 천천히 들려 왔다.

— 그래.

노은은 쓰게 웃었다. 심호흡을 크게 하고 잠깐 딴 데를 보는 듯하다가 말을 이었다.

"그럼 그만해요."

— ……뭐?

"이제 짝사랑 끝내려고요. 짝사랑도 손해 따지는 감정이었네요. 오가는 게 없으니까 끝. 대신 거둬 가긴 쉬울 거예요. 지지부진하게 널어둔 게 없으니까. 내가 감당 못 한 거예요. 본부장님이 날 영원히 사랑하게끔 만들 자신이 지금 나한텐 없는 것 같아요. 이 지경인데도 본부장님이 다른 좋은 사람 만나서 잘 살았으면 좋겠단 생각은 안 드는 걸 보니 여전히 본부장님을 좋아하는 건 맞는 것 같지만요."

— 명노은, 입 다물어. 너 지금 이상한 소리만 하고 있어. 지금 바로 가니까…….

"같이 있는 시간마다 정말 두근거리고 소중했다고, 꼭 말해 주고 싶었어요. 그게 그렇더라고요. 나만의 고민으로도 벅찬데 본부장님 고민까지 짊어지고 갈 자신이 저한텐 없어요. 그러니까 절 원망하면서 지내도 좋아요. 그리고 혹시라도 잠깐 시간이 남는다면, 나 보내고 후회하고 슬퍼하는 시간도 잠깐은 가져 주셨으면 하고요. 안녕…….”

— 잠깐, 명노은!

그의 목소리가 들렸지만 노은은 매정하다 싶을 정도로 통화를 끝냈다. 몇 번이고 그의 번호가 화면에 찍혔지만 노은은 무시했다. 두 눈을 꽉 감고 못 본 체했다. 이건 어쩌면 잘못된 시기에, 절대 하지 말았어야 할 방식의 도박이었는지도 모르겠다. 하지만 노은이 김밥을 싸면서 결정한 건 바로 이것이었다.

“내가 벗어던질 기회를 주는 거예요.”

1단계, 선택권 주기. 2단계, 잘못된 선택 내리기. 3단계, 선택을 후회하고 돌아오기. 자칫 2단계에서 끝날 수도 있는 위험한 작전. 하지만 결국 단행할 수밖에 없었다. 3단계로 넘어갈지 어떨지 결정할 수 있는 사람은 이환, 본인뿐이었다.

보듬어 준다고 모든 게 해결될까? 난 불행해지지 않을 거라고, 그렇게 자신 있게 외치고 이대로 살면 되는 건가? 사랑은 상대방이 싫어하는 건 하지 않는 거란다. 그래서 환은 아마도 그녀를 울릴 일은 하지 않을 것이다. 하지만 그의 마음속 깊은 곳에 묻어 있는 상처는 여전히 치료되지 않을 것이다.

노은은 자신이 덜 우는 것보다, 그가 울지 않을 방법을 선택했을 뿐이다. 그래서 상대방이 싫어하는 이런 방법을 기꺼이 택했다. 그러기 위해선 지금은 정말 이별인 척해야 했다.

“이삼일 안에 당신은 나한테 다시 오게 돼 있어. 자꾸 주춤거리니까, 내가 직접 당신이 나한테 올 기회를 만들어 주는 거예요. 그러니까 자기 마음을 깨달아요, 제발…….”

러브머신

결론은 그가 오지 않은 게 아니었다. 자신이 오지 못하게 한 것이었다. 그 못된 짓을 한 대가로 김밥은 그녀 혼자 먹어야 했다. 도저히 혼자 먹기가 그래서 노은은 식구들과 둘러앉아 만들다 만 김밥을 마저 말아서 먹었다. 그런 큰 사고를 치고서도 아무렇지 않게 앉아서 태평하게 김밥이나 먹고 있다니.

"너 울어?"

엄마의 갑작스러운 말에 노은은 깜짝 놀랐다. 몰랐는데 눈물이 줄줄 흘러내리고 있었다.

"어머 애 좀 봐. 김밥 먹으면서 갑자기 우네?"

"이모 왜 울어?"

결코 자신이 잘못했단 생각이 들지 않았는데도 눈물이 났다. 괜히 그런 건 아닐까 하는 후회, 그냥 오게 둘 걸 그랬다는 미련. 역시 그가 떠나는 건 싫다. 그를 만나기 전으로 돌아가는 건 너무 슬펐다. 헤어지는 건 정말이지 싫었다. 만약 이대로 환과 완전히 타인이 된다면 자신의 삶엔 아무것도 남는 게 없을 것 같았다.

자신에게 그는 이 정도였다. 과연 그에게 자신의 의미는 어느 정도일까? 나와 똑같은 마음이라면, 후회하고 돌아올 것이다. 하지만 안 돌아오면 어쩌려고 이렇게 좋아하면서 그런 용감한 짓을 저질렀을까? 왜 그런 무모한 짓을 저질렀을까, 이런 멍청한 년!

가슴이 먹먹했다. 환의 얼굴을 떠올리자 마음에 홍수라도 터진 것 같았다. 그는 화나 있을까, 자책하고 있을까? 자신처럼 슬프고 괴로울까? 그것도 아니면 어이없어 하고 있을까? 어쨌든 사고 친 당사자는 현재 명치가 쑤시고 가슴이 북북 그어진 듯 아팠다.

"김밥이 너무 맛있어서 그래."

노은은 김밥을 삼키며 울먹거렸다. 이별도, 일생일대의 배팅도 아무나 하는 게 아니었다.

너는 내 업보

일주일이란 시간이 아무 변화 없이 흘러갔다. 그 말은, 처음에 장담했던 이삼일은 벌써 지나갔다는 뜻이었다. 하지만 그동안 CI 건을 정상화하느라 바빴을 테니까 로스 타임 정도는 적용해 줘야 하지 않을까?

"핑계가 아니라 그게 당연한 계산법이지."

노은은 그렇게 스스로를 위안하며 슬금슬금 올라오는 불안을 애써 외면했다. 그동안 신기할 정도로 환과 마주치는 일은 없었다. 하지만 결전의 순간은 늘 그렇듯 다가왔다.

그날, 그와 처음 밤을 보내고 나서 그랬던 것처럼, 하필이면 엘리베이터에 무심코 올랐을 때 환이 거기에 혼자 타고 있었다. 이것도 어쩌면 신의 계시라면 계시겠지. 노은은 심장이 조이는 것 같았지만 당당하게 엘리베이터에 올라 환을 등진 채 섰다.

그는 피곤해 보였다. 하지만 노은을 발견하자마자 그 눈동자가 살짝 커진 건 분명했다. 그래서 노은은 어서 빨리 이 상황이 끝나고, 그에게 진실을 설명할 기회가 주어졌으면 했다.

'사실은요, 그게 어떻게 된 거냐면⋯⋯.'

"명노은."

오랜만에 듣는 목소리에 노은은 가슴이 미어질 것 같았다.

"네⋯⋯."

"얼굴 좀 보자."

해명하고 싶었다. 당신에게서 망설일 시간을 줄이기 위해 나도 괴로웠지만 어쩔 수 없이 한 선택이었다고.

노은은 두근거리는 마음으로 그에게로 돌아섰다. 그가 엷게 웃고 있었다. 미칠 듯 마음이 놓였다.

"본부장님."

"변명 같겠지만, 좀 바빴다."

"⋯⋯알아요."

"몇 번이고 연락하고 싶었고, 달려가고 싶었어."

더 이상은 무리였다. 지금이라도 어서 사실대로 말하자.

"내가 내린 최종 결론은 이래. 네 말이 맞는 것 같다. 서로에게 생각할 시간이 좀 필요한 것 같다."

심장이 쿵 했다. 표정 관리가 잘 안 됐다.

"⋯⋯네?"

"지금의 난, 아직 복잡해서 널 설득할 마음의 여유가 없어. 아니 이것도 핑계겠지. 그래, 네 말이 맞았어. 그날 너에게 갔다고 하더라도 난 여전히 널 옆에 두고서 불안했을 거야. 또다시 무책임한 말들로 비겁하게 도망가려고만 했겠지. 그러다가 널 정말 아프게 한 채로 떠나보냈을 거야. 가장 중요한 걸 극복하지 못하고서, 나만 믿으라는 입바른 소리를 할 수는 없잖아. 그게 바로 널 정말 불행하게 만드는 길이겠지.”

노은은 아무 말도 할 수 없었다. 그저 머리를 때리는 것 같은 두려움이 엄습해오고 있단 것만은 확실했다.

“그래서 끝내겠단 건가요? 본부장님이 선택한 게 결국 그거였어요? 그렇게 기회를 줬는데도, 선택한 게 이별인가요?”

3단계, ‘후회하고 돌아오기.’ 그게 아니라 ‘완전히 끝내기.’ 그렇게 되는 거였나.

노은은 부들부들 떨리는 자신의 손가락을 낚아채듯 확 부여잡았다. 그가 단호하게 대답했다.

“그래, 이별이야.”

“하…….. 그렇군요.”

“헤어진다고 하더라도, 말라가진 마. 나 같은 놈 때문에 타격 받지 마. 그랬으면 좋겠다.”

이건 그녀가 전혀 생각하지 못했던 엄청난 부작용. 잘못된 방향. 하지만 그녀로선 막을 수도, 막을 방법도 없었다. 자기가 파 놓은 덫에 자기가 빠진 꼴이었으므로.

“노은아.”

그가 자신의 이름을 불렀다. 그가 ‘노은아’라고 불러주면 그렇게 설렐 수가 없었는데……. 노은은 눈물이 왈칵 올라오려는 걸 참았다.

"말하세요."

"아프지 마."

노은은 애써 눈물을 삼키고서 받아들이듯 웃었다.

"그래요. 안 아플게요."

"미안하다."

노은은 미칠 것 같았지만 입술을 꽉 깨물고 고개를 저었다. 환의 아파하는 눈빛이 미우면서도 가슴이 쓰렸다.

"미안해하지 않아도 돼요. 본부장님이 미안해할 건 없어요."

"아니, 많이 미안했어. 네 우는 모습이 나로서 참 예뻤다고 하더라도 널 울려선 안 되는 거였는데, 난 아마 너한텐 최악의 남자로 남을 거야."

"그렇게…… 생각하지 않을래요."

"내가 그렇게 느껴져. 잘 지내라."

"본부장님도요."

그렇게 한 시대가 끝났다. 한 남자와 연애를 하고 그 연애를 끝내는 것, 그건 한 시대의 끝과 다를 바가 없었다.

그중에서도 이번 이별은 그녀가 예측한 수만 가지의 방식 중에서도, 아이러니하게도 가장 아름다운 이별이었다. 그 어떤 원망도, 서로를 괴롭히는 말도 없는 세상에서 가장 순하고 예쁜 모습의 이별. 서로가 서로를 걱정하고 사과하는 정석 중에서도 최고 정석의……. 정말 가슴이 아프면 아무것도 하지 못한다는 걸 깨달았다.

러브머신

엘리베이터 문이 열리고 환이 내렸다. 노은은 자신도 모르게 손을 뻗어 그를 잡으려 했지만 결국 그 손을 다시 내리고 말았다. 문이 닫히고 그의 모습이 시야에서 막혔다. 아무것도 하지 못했다. 어차피 이별할 거면 실은 그 날 그만하자고 했던 건 그런 마음이 아니었다고 해명이라도 할 걸.

"치사하게 이제 와서 내 마음이나 편하자고?"

그날 이후로도 환을 본 건 손에 꼽을 정도였다. 환도 CI 건으로 바빴고, 노은도 자신의 업무 때문에 바빴다. 어느 날엔가, 저 멀리서 자동문을 통과해 사라지는 몇몇 양복 군단들 틈으로 환의 뒷모습을 발견한 적이 있었다.

그는 여전히 바빠 보였고, 그 옆엔 언제나처럼 파트너인 듯 크리에이티브 디렉터인 재경이 있었다. 두 사람 다 정말 멋진 사람들이라 나란히 서 있기만 해도 반짝반짝 빛이 나는 것 같았다. 그들과 함께 이환은 여전히 그의 일을 하며 잘 살아가고 있었다. 말라가지도 않고, 고민하지도 않고.

"당신은 그 이별이 그렇게 아프지 않았나 보다. 난 이런데 당신은 잘 살아가고 있구나."

그에게는 아마 절대로, 이별 후에 저지르는 지질한 행동 같은 건 필요하지 않을 것이다. 그런 행동이 필요한 사람도, 말라가는 것도, 고민하는 것도 사고 친 당사자, 아니 도끼로 제 발등을 찍은 자신의 몫이었다.

작전 실패. 그것도 무참하게 실패. 내 무덤을 내가 팠다. 가장 중요한 건, 작전 실패로 가장 아픈 건 나라는 사실이었다.

도대체 며칠이 더 흘렀는지 모르겠다.

"내 무덤을 내가 판 게 아니었나 봐."

구름이 끼어 잔뜩 흐린 어느 날, 멍하니 앉아 휴게실에서 중얼거리는 노은의 옆으로 규훈이 왔다.

"무슨 소리야? 누가 무덤을 팠는데?"

언제부턴가 사무실 사람들은 노은을 어려워하고 불편해했기에 이젠 사담을 나눌 사람도 없었다. 바로 그 이유가 이환 때문이었지만 정작 그 원인이 된 당사자는 지금 저 멀리 떠나갔다. 하지만 그걸 아무도 모르니 노은만 외톨이로 남겨졌다. 그저 열심히 일하고, 틈틈이 외로워하는 것밖엔 할 일이 없었다.

"선배……."

"너 요즘 계속 멍하다. 무슨 일 있어?"

"그냥 어떤 후회막심녀의 중얼거림이에요."

"눈에 초점도 없고……. 뭔데? 그렇게 후회스러우면 나라도 들어 줄게."

"작전 실패가 아니었나 봐요. 내 무덤을 내가 판 게 아니라, 날 위해 잘 팠던 거였어요. 그런 생각이 든다는 게 참 슬퍼요. 이렇게 쉽게 정리된다는 게……."

"너 설마 본부장님이랑……."

"선배는 유라 언니랑 헤어지지 마세요. 헤어지면서 상대방한테 자기 때문에 말라가지 말라는 짜증 나는 소리도 하지 마시고요. 그 말 때문에 마음대로 말라가지도 못하겠고, 나 왜 이러니 정말."

"노은아."

"무엇보다. 정말로 헤어질 자신 없으면 이별이란 소리 입에 올리지 마세요. 이유가 있다고 해도 그러지 마세요. 하지만 그게 그렇대요. 3개월이면 잊을 수 있대요. 그러니까 3개월만 견디면 돼요. 3개월만……."

결국 눈물을 후드득 쏟아내는 노은을 규훈이 다정하게 안아서 위로해 주었다.

'좀 많이 아파하기. 그리고 잊기. 단 울지 말고 잊기.'

이별 후에 해야 할 건 의외로 간단했다. 세상에서 제일 어렵게, 간단했다.

규훈 덕에 아주 많은 눈물을 쏟아낸 그 날 노은은 처음으로 밤에 깊이 잠을 잤다. 혹시라도 울면 환이 싫어할까 봐, 그에게 미안한 일이 될까 봐 끝까지 참고 있었는데, 규훈 덕분인지 강박을 떨치고 펑펑 울 수 있었다.

덕분에 발등까지 내려왔던 다크서클도 좀 올라가고 다시 일에 몰두할 마음도 들었다. 이래서 사람은 울어야 할 땐 울고, 웃어야 할 땐 웃고, 아파야 할 땐 마음껏 아파해야 하나 보다.

그렇게 노은이 평정을 되찾자 이상하게 환이 망가졌다. 노은은 어느 날 그 소문을 들었다.

"다들 봤어? 나 입사하고 본부장님 그렇게 터프한 건 첨 본 것 같아!"

"얼씨구. 그게 터프한 거냐? 하여튼 여자들은 잘생기면 다 용서돼지. 내가 그렇게 나타났어 봐. 아주 지저분하다 더럽다 난리 쳤을 거면서."

"댁이랑 본부장님이 같아? 아, 흐트러진 양복, 면도 안 한 까칠한 턱, 자유분방한 그 스타일. 자로 잰 듯 완벽한 모습만 보다가 그렇게 흐트러진 모습 보니까 완전 섹시하지 않아? 내가 막 면도해 주고 싶어 죽겠다니까?"

복사를 하고 돌아오던 노은은 의아했다. 들어 보니 환에 대한 얘기 같은데 도대체 뭘 어떻게 하고 나타났단 건지 궁금해 미칠 지경이었다. 그래서 자신도 모르게 귀를 기울이고 있는 바람에 수다를 떨던 직원들과 눈이 딱 마주치고 말았다. 그중 한 여직원이 노은의 위아래를 쭉 훑어가며 옆 사람에게 들으란 듯 말했다.

"그런데 갑자기 왜 그러실까? 무슨 일 있었나? 혹시 깨졌나?"

고의적으로 노은을 쭉 훑는 그 시선은 확실히 깨지길 바란다는 의미를 담고 있었다. 노은을 지나쳐가며 그들이 말을 이었다.

"어차피 오래 못 갈 줄 알았지."

"근데 헤어진 거면 상태가 왜 저래? 서, 설마 차였나? 찼으면 저럴 리는 없을 거 아냐."

"그러니까. 근데 난 왜 이렇게 둘이 끝났을 것 같단 느낌이 오지? 요즘 명노은 표정도 장난 아니었다고 그러던데."

"만약 헤어져서 그런 거라면 나 진짜 본부장님한테 반할 거같아. 여자랑 헤어져서 저런 상태라니 완전 순애보 대박이잖

아. 그렇지만 그것 때문은 아닐 거야. 그렇지?"

"당연히 아니겠지! 사실 둘이 안 어울리긴 했잖아."

노은은 천천히 발걸음을 돌렸다. 무슨 일이 있어도 명노은과 헤어지긴 해야 하고, 그럼에도 명노은 때문에 흔들리는 건 또 아니어야 한다니 무슨 논리가 저럴까?

"만약 나 때문이면 어쩔 건데?"

하지만 노은은 고개를 저었다. 물론 자신도 자신 때문이리라 곤 생각하지 않았다. 그게 언제 적 일인데……. 자신 때문이라 면 벌써 전에 그 모양이 됐어야 하는데 너무 늦었다. 그나저나 대체 어떤 모습이기에 그러는지 그게 가장 궁금했다. 하지만 그 궁금증은 얼마 안 가 해소되었다. 그날 오후 복도를 지나가 다가 소문 속의 이환을 볼 수 있었다.

노은은 그를 발견한 것과 동시에 굳어 버렸다. 직접 보고서 야 비로소 소문이 무슨 뜻이었는지 완벽하게 이해가 갔다. 그 걸 뭐라고 표현하면 좋을까? 사람이 좀, 이상했다.

그 남자의 양복이 구겨져 있는 건 처음 봤다. 늘 완벽하게 고 정되어 한 올의 흘러내림도 허용하지 않았던 머리카락도 순박 한 시골 청년처럼 아무것도 바르지 않아 아래로 내려와 있었다. 수군거림 속의 터프하다는 표현은 아마도 저런 분위기 때문일 것이다. 까칠하고 어딘가 불량해 보이기도 해서 확실히 더 남 자 냄새가 나긴 했다. 마치 훨씬 어린 청년 같기도 하고 불만 가득한 반항아 같기도 했다.

넥타이는 하지도 않고 소매의 커프스단추는 물론 검은 셔츠의 단추까지 몇 개 열려 있었다. 면도도 안 한 까칠한 턱도 무척이나 초췌해 보였다. 물론 그런 모습이 섹시해 보인다는 직원들의 말은 틀리지 않았지만, 노은은 그런 걸 생각하고 있을 수만은 없었다.

왜…….

그를 직접 보기 전엔 의아했고, 본 후엔 걱정스러웠다. 대체 무슨 일인 건지. 아니면 정말 나 때문에? 자신 있게 이별을 선택하더니 지금에야 후회하는 건가? 하지만 이제 와서? 아니면, 정말로 뒤늦게 떡밥을 문 건가? 아, 잘 모르겠다.

노은은 자신의 머리칼을 쓸어 넘겼다. 어쨌거나 조만간 이유를 알게 되겠지. 환과의 거리가 더욱 가까워졌다. 쏘아보듯 칼날처럼 번뜩이고 있는 그의 눈빛은 도끼살인자처럼 위험해 보였다. 아까부터 저 눈빛이 궁금하던 차였다. 만약 자신 때문이라고 하더라도, 그가 자신을 쏘아볼 이유는 없었다.

어쨌거나 이별을 받아들인 건 그였고, 만에 하나 그가 자신을 원망하고 있다고 하더라도 저렇게 씩씩대며 노려볼 사람은 아니었다. 차라리 고요하게 상심을 전한다면 모를까.

하지만 지금의 그는 평소의 차분함은 시장에 팔아버린 듯 온데 간 듯 없고, 본능이 앞선 그저 한 마리의 헝클어진 야수만 남은 것 같았다.

다섯 걸음, 네 걸음, 세 걸음, 두 걸음, 한 걸음. 드디어 마주쳤다고 생각한 순간, 환은 그냥 무심히 그녀의 옆을 지나쳤다.

"걱정 마. 이제 곧 이 미련까지도 완전히 씻어낼 테니까."

그 말을 흘리듯 남기고서.

우뚝 멈춘 노은이 뻣뻣하게 굳은 채로 그를 확 돌아보았다.

방금 저 말이 무슨 뜻이지?

'정말로 날 원망하는 거야?'

속상했다. 그리고 그가 야속했다. 오해받을 수밖에 없는 상황이었지만, 저렇게까지 말하면 나라고 마음이 편할까? 내가 얼마나 아플지 그것도 짐작이 안 되나, 당신은?

놀랍게도 그의 저 변화의 이유는 자신이 맞는 듯했다. 하지만 자신이 바라는 방향은 결코 아니었다. 자신을 원망하는 것도, 저렇듯 허물어지듯 이상한 모습이 된 것은 더더욱.

노은은 천천히 자신의 눈두덩을 꾹 눌렀다. 그 사람이 자신이 알던 것과 전혀 다른 모습으로 저렇게 변해있다는 게 좋을 리가 없었다. 마음 편할 리가 없었다.

'힘든 사람은 당신만은 아닌데. 나도 정말 힘든데, 왜 그런 건 묻지도 않는 거야.'

그날 밤, 노은은 회의실에 앉아 회의록을 작성하고 있었다. 펜을 쥔 채 멍하니 있다가 얼른 정신 차리고 일에 집중했다. 그만 생각하자.

"잊는…… 중이라잖아."

난 당신이 잊으려 하지 않고 다시 관계를 돌릴 방법을 생각해 줄 줄 알았다고, 난 그걸 기대하고 있었나 보라고. 머릿속을 부유하는 수많은 상념들이 그녀를 괴롭혔다. 결국 회의록 작성이고 뭐고 노은은 생각에 지쳐버려 그대로 책상에 엎드렸다.

가만히 눈을 감자 환과의 일들이 차례차례 스쳐 지나갔다. 첫 만남부터 하나씩 하나씩, 마치 영사기에 의해 비친 필름처럼 긴 영화가 그녀의 머릿속에서 상영되고 있는 것 같았다. 자신이 관객이 된 것처럼 노은은 가끔 미소를 띤 채 가끔은 아릿해 하며 그 영상들을 바라보았다. 그러다 스르르 잠이 들었다.

천천히 눈을 떴을 땐 사방이 어두워져 있었다. 회의실이고 유리 벽 밖의 사무실이고 불이 거의 꺼져 있었다. 놀라서 휴대 전화를 확인해 보니 밤 10시가 넘었다.

"난 몰라……."

창을 통해 들어온 희미한 빛에 의지해 벌떡 일어나려는데 이번엔 등이 이상했다. 뭔가가 등에서 스르륵 흘러내리는 것 같아 잡아 보니 남자의 양복 재킷이었다. 이게 왜 여기 있는 거지? 의아해하며 고개를 돌린 순간 노은은 이번엔 정말이지 놀라서 기절할 것처럼 의자로 풀썩 쓰러졌다.

"누, 누구……."

불 꺼진 회의실 옆자리에 누군가 앉아 있었다. 하지만 어둠에 차츰 익숙해지자 옆에 앉은 사람의 얼굴 윤곽이 보였다. 그건 그녀가 아주 잘 아는 사람의 얼굴이었다.

"보, 본부장님?"

일단 무서워하진 않아도 되어 너무도 다행이었다. 하지만 생각해 보니 그렇게 다행인 것만도 아닌 것 같아 노은은 당황스러웠다. 환이 아무 말 없이 의자에 몸을 푹 묻은 채 앉아 있었다.

"여, 여긴 무슨 일로……. 도대체 언제부터……."

노은은 말끝을 흐렸다. 어쩔 수 없는 긴장, 놀라움, 걱정. 그 모든 감정들이 뒤섞여 심장이 널뛰듯 뛰었다. 아, 무슨 말을 해야 하지? 그때 환이 천천히 눈을 들어 노은을 쳐다보며 말했다.

"이런 데서 자면 감기 걸려."

노은은 뭔가가 울컥 올라오는 것 같았다. 본부장님이 나 걱정해 줄 상황은 아니잖아요.

"안 걸려요. 안 걸리게 조심하고 있었어요."

"네가 조심 안 해서 내가 덮어 줬는데."

"왜 여기 계세요?"

"……."

"잊는 중이라더니, 아니면 이젠 다 잊어서 얼굴쯤은 쳐다보고 말해도 아무렇지 않게 돼서 온 건가요?"

말과 달리 노은의 눈빛은 아파 보였다. 환도 그 이상으로 침체된 눈빛이었다. 어둠 속에서 두 사람의 젖은 시선이 하나로 섞여들었다.

"잊으려면 그냥 잊지, 얼굴은 왜 그 모양이에요? 나더러는 말라가지 말라고 하더니."

끝까지 매정하게도 못하게 하는 남자였다. 노은은 속상했다. 까칠하게 올라온 턱수염, 초췌하게 가라앉아 있어 더 날이 선 눈빛, 아파 보이기까지 하는 그 표정이 그녀를 정말 속상하게 했다. 차라리 그렇게 미운 말이라도 하지 말든가. 아니면 끝까지 말처럼 매정하게 굴던가. 아닌 것처럼 하면서 결국엔 늘 걱정해 주고, 그래서 미워하지도 못하게 만들고 그가 정말 야속했다. 그 와중에도 그에게서 도저히 등을 돌릴 수 없는 자신이 가장 야속했다.

잔뜩 벼려진 칼날처럼 날카로운 그의 분위기가 노은을 붙잡고 놓아주질 않았다. 그때 환이 완벽한 퇴폐미를 풍기며 낮게 말했다.

"가자. 갈 데가 있어."

✳

노은은 마치 엽서 속 그림처럼 예쁜 이국적인 별장을 바라보며 천천히 차에서 내렸다. 환이 그녀를 데리고 간 곳은 세컨드 하우스가 있는 근교였다. 마당 한가운데에 세운 차의 엔진 소리만이 그곳에서 들리는 소리의 전부였다. 노은은 환이 왜 조용하다 못해 적막한 그곳으로 자신을 데리고 온 건지 선뜻 파악할 수 없었다.

첫날 그러했듯이 이번에도 또 홀린 듯 그의 눈빛과 표정에 이끌려 왔던 것 같다. 오는 내내 환은 한 마디도 없었다. 내내 정면만 주시하며 한 손으로 핸들을 묵묵히 돌렸고, 노은도 그런 그를 외면한 채 등을 보이다시피 앉아 창밖만 바라봤다.

"뭐 해. 따라와."

환이 몇 시간 만에 처음으로 입을 열고 돌아섰다. 노은이 그를 불렀다.

"어디 가는데요? 먼저 설명해 주세요. 왜 여기까지 온 건지."

러브머신

"저기, 연못 보이지?"

전혀 연관 없는 그 대답에 노은은 무심코 그가 가리킨 방향을 봤다. 그의 말처럼 그곳엔 은은한 조명이 켜진 작은 연못이 자리하고 있었다. 그런데 저게 내 질문과 무슨 연관이 있단 거지?

그때 환이 생각지도 못한 행동을 했다. 갑자기 손에 들고 있던 차 키를 연못에 확 던져버리는 게 아닌가. 풍덩! 소리가 나며 묵직한 차 키가 연못 바닥으로 가라앉는 걸 넋 나간 듯 지켜보던 노은이 눈을 깜빡거렸다.

'지금 무슨 일이 일어난 거지?'

얼빠진 사람처럼 있던 노은이 눈동자를 또르르 굴려 환을 돌아봤다.

"지금 뭐하신 거예요? 이 밑도 끝도 없는 행동을 어떻게 받아들여야 하는 거예요?"

"넌 이제 못 가. 연못이 아주 다용도로 쓰이지?"

노은은 어이가 없었다. 그것 때문에 지금 그런 행동을 했단 뜻인가? 남다른 사고 구조를 가진 사람이란 건 익히 알고 있었지만……

"택시 부를래요."

노은이 휙 돌아섰다. 바로 그 행동 때문에 이곳이 그와 대화를 나누기에 적정한 곳이 아니란 걸 깨달았다.

"가고 싶다면 가. 여기가 어딘지 알기나 하고서 마음대로 움직이는 거겠지?"

"가다 보면 이정표가 될 만한 곳이 나타나겠죠."

"안 나올 거야. 걸어가다 보면 내일 아침 해 뜰 때쯤 발견할 수 있을 지도."

노은은 한숨을 내쉬었다. 그의 말처럼 주변을 둘러봤지만 헛수고였다. 도대체 무슨 의도인지 모르겠지만 그의 의도대로는 됐다. 여긴 정말 뚝 떨어진 섬 같은 곳이었다.

"오해하지 마. 아무한테도 방해받지 않고 얘기할 공간이 필요했을 뿐이야."

"그럴 공간이 굳이 여기밖에 없다곤 생각되지 않는데요."

"하지만 이미 왔으니 어쩌겠어. 오늘 밤은 나랑 여기서 있어."

노은이 멈칫했다. 그러다 곧 엷게 웃었다.

"역시…… 본부장님은 하나도 달라지지 않았어요. 다가오는 방법이 그런 것밖에 없죠? 여기에 붙잡아두고 뭘 어떻게 할 건가요? 또 그날처럼 몸으로 다가올 건가요?"

"거 봐, 여기 오길 잘했지. 네가 아무리 억측하고 오해해도 도망가지 못할 곳이잖아, 여기가."

"본부장님!"

"너야말로 날 몸뿐인 남자로 몰아붙이는군. 난 몸뿐인가? 내면은 없는 건가? 나 이 부분 비난하고 싶은데 그래도 되나?"

노은은 말문이 막혔다. 언젠가 자신이 한 말을 그대로 돌려받은 것이다. 노은은 곰곰이 생각해 보다가 심호흡을 하고 고개를 끄덕였다.

"좋아요. 마음 넓게 써서 한 번 본부장님을 믿어 보죠."

"그러시든가."

환이 뻔뻔하게 무심한 멘트를 흘리곤 고개를 돌렸다. 덕분에 낮의 일이 떠올랐다. 이렇게 쉽게 무심해질 수 있는 남자가, 낮엔 그렇게 냉랭하게 스쳐 지나가 놓고서 밤엔 세상을 다 잃은 것처럼 허물어져서 나타났다니. 그 변화를 따라갈 수가 없었다. 그러니 그녀도 자연 냉랭해질 수밖에.

"단 하실 말씀 있으면 여기서 하세요. 아까 회사에서 지나치면서 하신 말씀도 포함해서요."

"뭐? 미련까지 씻어내겠다는 그 말? 하, 명노은은 보이는 대로만 보고 들리는 대로만 듣는 사람인가?"

노은은 가슴이 시큰해졌다. 그럼 그게 진심이 아니었단 건가? 하지만 세상 누가 그런 걸 스스로 알아챌 수 있을까. 자신은 그렇게 강한 사람이 아니다.

"본부장님은 참 이기적인 거 같아요. 아니 타인에 관심 없다고 해야 하나? 그럼 안 들리는 걸 어떻게 들을 수 있어요? 저 말고 다른 사람들은 그래요?"

"그땐 정말 화났어. 제정신도 아니었고. 며칠 내내 그 상태였지만 어떤 일 이후로 완전히 꼭지가 돌았지. 내가 정말 화난 건!"

노은이 그를 봤다.

"아무튼 난 화를 누를 테니까 넌 반성해. 날 이렇게 만든 것에 대해서."

노은은 머릿속이 하얘졌다.

"제가 뭘 어떻게 만들었단 건데요?"

"지금 보이는 이 사태대로."

"저 때문이라고 말씀하시는 거예요?"

"아니면 왜겠어?"

"엘리베이터 안에서, 생각할 시간이 필요하다고 한 사람은 본부장님이었어요. 절 설득할 마음의 여유가 없다고 한 사람도, 아프지 말라고, 잘 지내라고 한 사람도."

"먼저 안녕이라고 한 사람은 너였지. 수십 번을 전화해도 안 받은 사람도 너였어. 밤새도록 네 집 앞에서 기다렸는데도 결국 불 끄고 잔 건 너였어."

노은의 두 눈이 커다래졌다.

"그, 그 날 왔던 거예요?"

"그런 말을 듣고도 안 갈 수 있는 놈 있으면 나와 보라고 해."

"그, 그럼 그 다음 날 바로 말해 주면 됐잖아요! 난 그걸 기다린 건데. 본부장님이 스스로 벗어던지지 못하니까 극약 처방을 써서라도 내가 벗겨내 주려고 일부러 그랬던 건데. 그럼 본부장님이 망설임을 끝내고 올 줄 알아서, 그래서 정말 속상했지만 헤어진 척, 이제 그만 끝내고 싶은 척한 건데, 본부장님은 결국 정말로 헤어졌잖아요. 받아들였잖아요! 본부장님이야말로 보이는 대로만 보고 들리는 대로만 듣는 사람 아니었어요?"

"어이가 없군. 그래서 극약 처방으로 그런 방법을 택했다고? 그러다 그 극약에 난 그냥 콱 죽어 버리고? 이환 사후에 그건 사실이 아니었다고 해명할 계획이었던 건가?"

"그, 그건……. 아무튼 본부장님이 망설인 건 사실이었잖아요. 말처럼 쉽게 떨쳐 버릴 수 있는 일이 아니니까, 정말 본부장님을 힘들게 하는 일이니까 그 정도 충격 요법이 아니면 결코 벗어나지 못할 거라고 생각했어요. 그리고 내 생각이 맞았고요. 본부장님은 떨쳐버리지 못했으니까."

"떨쳐 버렸어."

"이제 와서 지나간 일이라고……."

"네가 믿든 아니든 난 떨쳐 냈어. 다만, 얄미웠을 뿐이지. 그렇게 쉽게 안녕을 말할 수 있는 네가 야속해서 복수하고 싶었어. 그래서 그랬던 거야. 그날 밤, 네 집 앞에서 밤을 새우면서 모든 생각을 정리했어. 네가 내 옆에서 불행해질 거란 생각은 하지 말자. 행복해질 수도 있다고 생각하자. 그 정도로 널 내 옆에 두고 싶단 마음이 더 강했으니까."

누구한테 그랬던 것처럼 뒤늦게 깨달아서 참담하게 후회하는 짓은 두 번 다시 하고 싶지 않았다. 그땐 뒤늦게 깨닫고도 승혜를 포기할 수 있었지만 이번엔 절대 안 될 것 같았다. 그렇게 하고 싶지 않단 생각에 평생 그를 사로잡았던 트라우마에서 벗어나기로 결심했다. 태임의 말을 더 이상 마음속에 담아두지 않고 거기서 탈출하기로 했다. 만약 심리적인 치료가 필요하다면 그것도 하리라 생각했다.

하지만 노은은 그에게 안녕을 고했다. 자신의 곁에서 불행해질까 봐 걱정했더니, 바로 홀랑 날아가 버린 것이다. 얼마나 얄미웠는지, 얼마나 야속했는지 그녀는 상상도 못 할 것이다. 그래서 복수하고자 했다.

환이 천천히 다가가자 노은은 반사적으로 뒤로 한 걸음 물러났다. 그가 하는 말은 그녀가 바라던 바로 그것이었지만, 그의 표정이 너무 무서웠다.

"그러니까 그걸 그날 바로 말해 줬더라면 이렇게 뻥 돌아올 일도 없었잖아요."

"그래. 말해 주려고 했지. 내 심장의 솔기가 뜯어졌으니까 네 심장의 솔기도 좀 뜯어 주고서 바로 말해 주려고 했어. 그런데 넌 바로 그날, 최규훈한테 안겨서 위로받고 있더군."

노은의 눈동자가 동그래졌다. 가, 가만 설마……. 노은은 바로 자신의 무심함을 탓했다. 설마 그때 규훈과 함께 있는 걸 그가 본 건가.

"잘 어울리던데 그냥 결혼해라, 둘."

어이가 없었다. 아주 삐딱선을 타기로 작정한 모양이었다.

"오, 오지 마요. 거기서 얘기해요."

하지만 환은 아예 성큼성큼 다가왔다. 그녀의 손목을 탁 낚아채 당기자 노은이 비명을 질렀다.

"놔, 놔요!"

그 순간 주변이 잠잠해졌다. 너무도 고요해져서 노은은 민망함에 환을 흘끗 봤다. 고의는 아니었지만 치한 취급한 것처럼 되어 버렸다. 환이 매우 진지하게 말했다.

"놔 줄 순 있는데 더 뒤로 가면 연못이야. 내 차 키를 찾아 줄 셈인가?"

노은의 얼굴이 확 달아올랐다. 아니나 다를까 뒤를 돌아보니 연못에 빠지기 직전이었다. 이렇게 창피할 수가 없었다.

"빠져서 허우적거리면 곤란해. 건져 올리는 것도 번거롭고."

"그쯤에서 그만하시죠. 빠질 생각 없으니까요. 애초에 그런 이상한 말을 하면서 무서운 눈으로 다가오면 누구나 놀란다고요."

"이상한 말? 내 말 어디가 이상한데?"

"다요."

"도대체 넌……. 그래, 이상한 말이라고 치자. 넌 왜 아직도 날 그렇게 무서워하는데? 대체 왜 날 피해?"

"왜겠어요? 아마 전 끝까지 본부장님을 무서워 할 거예요. 왜냐하면 이제 그만해도 된다고 생각하는 데도 계속해서 날 흔드니까……."

환이 멈칫했다.

"바람은 그냥 흔들고 지나가면 되지만 뒤에 남은 나무는 그 바람이 야속하다고요. 그러니까 이제 그만 좀 괴롭혀요. 모든 게 나 때문이란 그런 말도, 이제 와서 질투하는 것처럼 사람 흔드는 그런 말도 그만하세요."

"너 때문이야."

"본부장님!"

"화났어. 네가 나와 헤어질 수 있다고 생각했다는 것도, 딴 놈 품에서 우는 것까지 전부다. 내가 날 감당할 수 없을 정도로, 마음 같아선 영원히 널 다시 보고 싶지 않을 정도로 화나서 미칠 것 같았어. 질투 맞아. 모든 게 다 너 때문이야. 앞으로도 계속 괴롭힐 거야. 네가 나무라면 난 죽을 때까지 널 흔들 거야. 도저히 널 두고서 혼자 살 수 없으니까."

노은은 마음이 아팠다. 환이 애틋한 표정으로 말을 이었다.

"네가 견디지 못할까 봐 걱정했는데, 내가 못 견디겠더라."

아닌데……. 정말 못 견딘 건 난데.

"세상에 널린 게 여자더라도, 반 이상이 여자더라도, 넌 이 세상에 단 한 명이잖아."

미칠 것 같았다. 그가 노은의 손을 끌어당겼다.

"명노은…… 날 포기하는 걸 포기해. 이제 그만 화 풀고 나한테 와라, 좀."

노은이 젖은 눈으로 그를 봤다.

"진심이세요?"

"내 말도 좀 믿고."

"왜 절 다시 잡으시려는 건데요? 감당할 수 없을 정도로 화나게 하고, 아무리 이유가 있었다지만 멋대로 사람 감정 갖고 조종하려고 했는데. 단지 우는 얼굴이 마음에 들어서? 이젠 그 이유만으론 안 돼요. 제가 벗겨 주고 싶었던 망설임, 정말 벗어던진 건지. 이제 다시는 나를 두고서 멀어져 버리지 않는 게 확실한 건지, 그거 지금 확인시켜 줘요. 증명해 줘요. 뭐로 해 줄 수 있어요?"

"……."

"여자들이 이별 뒤에 알아야 하는 진실이 있대요. 헤어진 남자는 절대 다시 잡는 게 아니라고. 그런데도 만약 그 남자가 다시 돌아온다면, 그 남자는 선물 보따리를 잔뜩 갖고 와야 한대요. 아프게 했던 걸 보상할 만큼 잔뜩. 선물 보따리, 있어요?"

환이 천천히 고개를 저었다.

"지금은 없어. 당장은 증명시켜 줄 수 없어."

"거 봐요."

"그건 앞으로 너한테 직접 보여 줘야 하는 거니까. 하지만 왜 널 이렇게도 잡으려는 건지, 잡고 싶은 건지 그 이유는 알겠어. 아무래도…… 네가 내 업보 같아."

노은의 눈동자가 벌어진 채 정지했다. 환이 애틋한 얼굴로 노은의 뺨을 어루만졌다. 그날처럼, 눈시울이 붉어진 채 그가 세상에서 가장 처연한 눈빛으로 다시 한 번 반복했다.

"그냥, 네가 내 끈질긴 업보 같다."

❋

두 사람은 서로에게 기댄 채로 침대에 길게 기대 누워 있었다. 환의 긴 팔이 노은을 감싸고, 노은은 그 팔을 베고서 움직임이 없었다.

정원에서 어쩌다 보니 그와 키스하고 있었다. 그리고 어느 순간 그가 노은의 몸을 안아 들고서 집 안으로 들어와 그녀를 침대에 눕혔다.

그의 입술의 떨림이 느껴졌다. 다른 날처럼 사납지도, 거칠지도 않았다. 아주 작은 입술의 움직임까지도 알아챌 수 있을 정도로 느린 키스였다. 행여 깨질세라 모든 걸 그녀의 호흡에 맞춰 주는 그런 섬세한 키스였다.

'그냥, 네가 내 끈질긴 업보 같다.'

환은 당장 증명할 수 없다고 앞으로 보여 줄 거라고 했지만, 노은은 이미 받았다. 그 말이 바로 선물 보따리였다.

그의 망설임을 걷어내 주려고 시작했던 도박. 결국 마지막엔 그가 그녀의 망설임을 걷어내 주었다. 바로 그 말로.

업보, 운명.

그것 이상의 약속은 없다. 어떤 어려움이나 불행, 고난이 닥쳐도 불가항력의 속박으로 우린 묶여 있다는 의미. 설사 그에게 또다시 과거의 어둠이 닥친다고 하더라도 업보니까 그는 그녀를 떨어뜨릴 수 없다. 그런, 누구도 풀 수 없을 정도로 단단하게 묶인 어떤 것을 그녀는 원했다.

"진심이야."

그는 그렇게 말했다.

"만회할 기회를 줘."

그렇게도 말했다. 그래서 기회를 주고 싶었다.

'당신도 내 업보 같아. 그러니까 나도 당신을 도저히 떨어뜨릴 수가 없어. 사랑 때문에 아파하는 것, 아무나 누리지 못하는 특권이지. 한번 시작해 볼까?'

그가 침대에 기대앉은 채로 노은을 내려다보았다. 노은도 그런 환을 올려다봤다. 그렇게 아무 말 없이 그저 서로를 바라보는 것만으로도 좋았다. 천천히 환이 말했다.

"팔이 저리다."

"아, 미, 미안해요!"

놀란 노은이 버둥거리며 피해 주려고 하자 그가 큭큭 웃으며 '농담이야.' 했다. 노은이 그를 야속하게 흘겨봤다. 환이 그녀를 확 잡아당겨 끌어안곤 그녀의 머리카락에 자신의 코를 비볐다. 그리고 또 한참을 말이 없었다.

노은은 그저 그 접촉만으로도 행복했다. 한없이 가슴 시린 시간이 흘러가고 있었다. 그렇게 또 얼마의 시간이 흘렀을까? 환은 앉은 채로, 노은은 옆으로 누운 채로 새벽이 다가왔다.

밤을 꼬박 지새웠음에도 노은은 졸리지도 않았다. 환도 마찬가지로 미동도 없이 노은을 깊은 시선으로 내려다보고 있었다. 노은이 시트에 뺨을 댄 채로 낮게 물었다.

"피곤하지 않아요?"

그가 고개를 저었다.

"넌?"

"저도요."

"오늘은 신뢰를 얻기 위한 완충의 시간이니까."

노은의 눈동자가 살짝 커졌다가 곧 엷은 미소가 돌았다.

"뭐예요, 그건."

"혹시 아직도 나한테 미덥지 않은 부분이 있거나, 뭐든 확인하고 싶은 게 있다면 지금 해도 좋아. 하지만 내 의견은, 굳이 그럴 필요는 없다는 거야. 예전부터 지금까지 난 한 번도 너에 대한 마음이 식은 적도, 변한 적도 없으니까. 난 처음부터 널 노리고 있었거든. 언제든 기회만 오면 가져버릴 생각이었지. 아껴두고, 아껴두고 있었어. 난 정말 맛있는 건 아껴먹거든."

그가 고개를 숙여 속삭이는 듯한 입맞춤을 전해 주었다.

"사람을 음식 취급이나 하고⋯⋯."

"아, 배고프다. 그런데도 이렇게 견디고 있잖아. 그것도 있는 힘껏. 넌 지금 내가 얼마나 힘들게 참고 있는지 알아야 해."

"참고 있단 거예요?"

"그래. 몸은 맞는 거 확인했으니까, 이제 마음 좀 맞춰보려고."

노은의 눈동자가 흔들렸다. 그 말을 얼마나 기다렸는지.

"그게 네가 원하던 것 아닌가?"

그가 덧붙인 말에 노은의 가슴이 찌르르 울렸다. 전혀 들어 주지 않는 척하더니 생각해 주고 있었나 보다.

"의심할 필요 없어. 서운해할 것도, 서러울 것도 없어. 난 널 좋아하니까."

환이 또 한 번 노은의 입술에 자신의 입술을 포갰다.

"난, 너한테 갇혔어."

그의 얼굴을 보고 싶었지만 그가 계속해서 입술을 맞대는 바람에 꼼짝없이 그의 몸에 깔렸다. 마치 그녀의 마음을 풀어 주듯이 그의 입술이 몇 번이고 노은의 입술을 빨아올리고 부드럽게 다독여 주었다.

그리고 눈꺼풀에 키스하며 그가 노은을 가슴에 안은 채 길게 누웠다. 노은은 그의 가슴에 얼굴을 묻고 옷깃을 꽉 그러쥐었다.

"이제 저한테 묶인 거예요. 약속이에요."

"그래. 약속."

"알아요? 약속이란 건, 약이나 속이나 모두 묶는다는 뜻이에요. 정말 각오하는 거죠?"

"흠, 미안. 안 될 것 같아."

노은의 고개가 번쩍 들렸다.

"네가 없으면."

그가 싱긋 웃으며 말을 잇자 노은이 밉다는 얼굴을 했다.

"그러지 좀 마요. 정말 놀랐잖아요."

환이 노은의 작은 손을 꽉 쥐어 그 손바닥에 키스했다. 노은은 그 손을 당겨 그의 손등에 얼굴을 붙인 채 중얼거렸다.

"미래는 나도 몰라요. 당신 때문에 내가 불행해 질 수도 있고, 내가 당신을 불행하게 할 수도 있어요. 그건 모르는 거니까. 하지만 당신이 없으면 지금 여기가 불행해요. 지금이 행복하지 않은데 어떻게 미래가 행복해요? 지금 여기 있는 날 불행하게 만들지 마요. 알았죠?"

1단계, 선택권 주기. 2단계, 잘못된 선택 내리기. 3단계, 선택을 후회하고 돌아오기. 그리고 남은 4단계, 돌아오면 아주 많이 사랑해 주기.

그녀에게 누군가를 깊이 사랑하는 마음이 어떤 건지를 알게 해 준 그를 이번엔 그녀가 지켜주고 싶었다. 하지만 그건 그가 그걸 원할 때만 가능한 것이었다. 그러니 그녀는 기다릴 수밖에 없었는데, 그는 다행히 그럴 수 있는 기회를 그녀에게 주었다. 그래서 너무 고마웠다.

환이 흔들리는 눈동자로 노은을 꼭 끌어안았다.

"미안하다."

"사과 안 해도 돼요."

"사랑해."

"네……."

"네, 가 아니라 너도 대답해야지."

"네……."

"명노은. 정신 차리고, 나 사랑해?"

미친 듯이 사랑한다. 하지만 쉽게 대답해 줄까 보냐.

노은은 그의 품에 기댄 채 서서히 눈꺼풀을 감았다. 좀 더 골려줘야 했는데 눈꺼풀이 너무도 무거웠다. 이 결정적인 순간을 좀 더 즐겨야 하는데 도대체 왜 미친 듯이 잠이 쏟아지는 걸까? 안심해서일까, 긴장이 풀어진 걸까? 잠이 너무도 그리웠다.

"졸려요."

"노은아, 명노은. 대답은 해 주고 자야지."

"만회할 기회를 달라면서요. 그럼 내가 대답해 줄 때까지 조용히 기다려요."

"이런 지독한 여자를 봤나."

"신뢰를 얻기 위한 완충의 시간……. 죄인은 처분이 떨어질 때까지 기다리는…… 거예요."

슬슬 현실과 꿈이 뒤섞이기 시작했다. 그가 애가 타서 닦달하는 소리가 들리는 것 같았지만 노은은 깔끔하게 무시했다. 참 미안한 말이었지만 그렇게 쌤통일 수가 없었다. 그리고 한없이 마음이 놓여 환의 품에 얼굴을 묻은 채 노은은 그대로 잠이 들었다.

러브머신

하지만 몰랐다. 다음 날 아침에 그녀가 잠에서 깰 때까지 환이 단 한숨도 자지 않고서 그녀를 바라보고 있었단 걸. 다음 날 눈을 뜨고서야 깨닫고서 노은은 정말 마음이 아파서 깨지는 것 같았다. 희미한 시야에 그가 들어왔을 때, 그때까지도 자신을 가슴에 안은 채 내려다보고 있는 환의 그 윤곽 뚜렷한 얼굴이 얼마나 멋졌는지, 얼마나 근사했는지, 또 얼마나 가슴 시큰하게 했는지 그는 짐작도 못 할 것이다.

"잘 잤어, 명노은?"

환이 눈을 찡긋했다. 그리고 그녀가 본 중 가장 편안하고 환하게 웃음 지으며 말했다.

"너 정말로 내 거 해야겠다. 아니…… 네 거 해야겠다, 나. 그러니까 나 가지고, 두 번 다시 버리지 마."

바쁜 사람들끼리 연애하는 건 역시 쉬운 일은 아니었다. 노은도 나름 3D 업종이라 하는 광고 회사에 다니니 다른 친구들보다 바쁜 축에 속했지만 그녀보다 환이 더 한 것 같았다.

덕분에 두 사람은 평소엔 각자의 일에 충실하고 퇴근 후 통화로나마 목소리를 들을 수 있었다. 충실하게 서로의 하루를 이야기하며 휴대 전화를 끌어안은 채 잠이 든 날도 하루 이틀이 아니었다.

그리고 그 주의 일요일, 노은은 언제나처럼 일요일 오전 시

간을 이랑이와 보내며 같이 점심도 만들어 먹었다. 남는 시간
엔 청소도 하고 조금 뒹굴뒹굴하며 책도 보고 있는데 갑자기
환에게서 연락이 왔다.

바야흐로 데이트 신청이었다. 갑작스러운 약속에 노은은 그
야말로 바람처럼 준비해서 얼른 밖으로 나갔다.

환은 말했던 대로 집 근처에서 차를 대놓고 기다리고 있었
다. 노은이 그 앞으로 가서 서자, 환이 자연스럽게 노은의 머리
카락을 뒤로 넘겨주었다. 지나가는 사람들이 모두 두 사람을
쳐다보는 것 같았다.

"많이 기다렸어요?"

"아니."

"다행이다."

"오늘 못 들어갈 거라고 말하고 나왔겠지?"

"말 안 했거든요?"

"나 참. 모처럼의 데이트인데 너무도 당연한 거 아닌가?"

"못 말려. 아무튼 오늘은 안 돼요. 이랑이한테 일찍 들어가겠
다고 약속했거든요."

"일찍? 얼마나 일찍?"

"그러니까, 너무 늦지 않게?"

"그래. 너무 늦지 않게 새벽 6시 전에 들여보내 줄게. 아, 그
건 너무 일찍인가?"

노은이 고개를 저었다.

"그런데 어디 갈 거예요? 맛있는 것도 먹어요?"

"음, 어떻게 할까. 아마도 몸 쓰는 데이트?"

노은은 기가 막혔다. 설마 데이트다운 데이트를 하겠다고 호언장담하더니 이대로 곧장 침대로 직행하는 건가? 몸은 맞는 것 같으니 마음 맞춰 보겠다고 한 지 일주일도 안 지났다. 이 남자는 뇌 구조가 그쪽으로밖에 가동되지 않는 건가 하고 생각했지만 그건 노은의 기우였다.

환이 데이트 장소로 선택한 곳은 난데없는 클라이밍이었다. 실내 클라이밍 센터의 인공 암벽을 앞에 두고서 노은은 멍하니 입을 벌리고 있었다.

"여기가 데이트 장소예요?"

"데이트할 땐 외박을 각오하고 나오라고."

아직도 저 소리였다. 그나저나 몸 쓰는 데이트라고 한 게 바로 이거였나 보다.

"옷 가볍게 입고 나오라더니 이유가 있었군요."

"내기야. 진 사람이 소원 들어주기."

노은은 그의 얼굴을 봤다가 다시 인공 암벽으로 시선을 돌렸다. 그러니까 그 말은 저 암벽을 등반해서 먼저 천장을 탁 치는 사람이 이긴다는 소리였다. 매우 차분하고 이지적으로 보이는 남자가 이런 익싸이팅한 데이트를 제안할 줄은 정말 몰랐다.

"그런 게 어디 있어요? 라고 징징댈 줄 알았죠? 미안하지만 저 이거 잘하거든요?"

노은은 자신만만하게 대답했다.

"호오, 그래?"

"그럼요. 제가 또 암벽 타기의 실력자라면 실력자거든요. 자주 왔고."

"그래서. 누구랑 왔는데?"

"그야 친구들이랑……. 남자는 아니었어요. 됐죠?"

그제야 환이 만족스럽다는 듯 웃었다.

아무튼 두 사람은 곧장 옷을 갈아입고 장비를 챙긴 후 내기에 들어갔다. 노은은 자신만만하게 암벽을 오르기 시작했다. 정상을 목표로 땀을 뻘뻘 흘리며 꾸준히 오르는 노은의 머릿속으로 행복한 상상이 펼쳐졌다. 이기면 무슨 소원을 들어달라고 할까? 차라리 돈으로 달라고 할까?

하지만 애석하게도 승리는 환에게로 돌아갔다.

초반엔 그녀가 나름 선방하는 것 같았지만 결국 용수철 같은 근육을 갖고 있는 환에겐 게임도 되지 않았다. 게다가 이기고 난 후에도 호흡 하나 흐트러지지 않은 걸 봐선 초반에 그녀가 앞질렀던 것도 일부러 봐 준 게 아닌지 의심스러울 정도였다.

"유감이군. 내가 이겼어."

"보면 알거든요?"

노은은 불만스럽게 중얼거렸다. 승부욕이 활활 불타올랐는데 지고 나니 기분이 매우 다운되었다. 사실 이건 불리한 게임이었다. 애초에 힘부터 차이가 났고, 중간부턴 힘에 부쳐서 옆에서 속도를 내며 쏜살같이 올라가는 환을 구경만 해 버렸다.

움직일 때마다 툭툭 불거지는 현란한 팔 근육에 넋을 놓아 버린 것도 패인 중 하나였다. 정말 멋지다, 젠장. 그렇게 그에게 더 홀딱 반하기만 한 상태로 내기가 끝나자 노은은 억울하기까지 했다.

"이건 불리했어요. 전 여자잖아요. 삼세판 해요."

"원하신다면."

"좋아요."

결국 동의를 얻어낸 노은은 클라이밍 센터를 빠져나오며 과연 뭘 해야 이 남자를 이길 수 있을지 머리를 잔뜩 굴렸다.

'우선 내가 잘하는 게 뭐지? 볼링? 당구? 탁구? 농구공 넣기? 100미터 달리기? 아, 뭘 하지?'

어떻게든 이겨 볼 생각에 주변을 샅샅이 둘러보며 거리를 걷던 노은은 그 순간 적당한 걸 발견하고 환을 무작정 끌었다.

"이거예요, 이거! 이거 해요."

노은이 격하게 외쳤지만 환의 반응은 시큰둥했다.

"이게 뭐야?"

"뭐긴 뭐예요. 인형 뽑기죠. 같은 목표물을 정하고 먼저 뽑은 사람이 승자. 깔끔하죠?"

환은 뚱한 표정이었다. 인형 뽑기라니. 하지만 반짝반짝 눈동자를 빛내며 웃고 있는 노은을 보니 안 할 수도 없었다. 그 미소는 보는 사람을 덩달아 기분 좋게 하는 것이었다. 참 예쁘게 우는 여자, 하지만 노은은 참 예쁘게 웃는 여자이기도 했다.

"좋아, 한번 해 보자."

"이번엔 내가 이길 걸요?"

의기양양하게 외쳤건만, 10분도 안 되어 노은은 또 패배의 쓴맛을 곱씹었다. 말도 안 돼. 어떻게 인형의 '인' 자도 어울리지 않는 남자가 이 게임에서 이길 수 있는 거지?

"이것만은 자신 있었는데. 이랑이랑 수십 번은 해 본 건데."

하지만 가만히 다시 떠올려보니, 매번 인형을 뽑은 건 그녀가 아니라 이랑이었다. 매번 흥분해서 난리 치다가 돈만 잃었던 기억이 주마등처럼 그녀의 머릿속을 스쳐 지나갔다.

'적어도 둘 다 못 뽑으면 무승부는 될 줄 알았건만.'

"무슨 남자가 인형 뽑기 같은 걸 그렇게 잘해요? 왜요? 이유가 뭔데요?"

"너 주려고."

그가 뽑은 인형을 노은의 품에 안겨주는 바람에 노은은 말이 쏙 들어갔다.

'가, 감동이잖아!'

복슬복슬한 강아지 인형이 품에 쏙 안기자 더 진상을 부릴 이유도 없어졌다. 노은은 배시시 웃으며 인형을 꼭 끌어안았다.

"고마워요. 근데 하나만 더 뽑아 주면 안 돼요? 저기 저 토끼 인형도."

환이 혀를 찼다. 하지만 두말 않고 바로 동전을 집어넣는 모습에 노은은 일순 그에게 말할 수 없는 애정을 느꼈다.

여자들이 남자의 애정을 확인하는 방법. 그건 어쩌면 아주 단순한 순간에 결정되는 건지도 모르겠다. 대단히 큰 걸 해 주길 바라는 게 아니다. 엄청나게 비싼 선물을 줄 때보다 이렇게, 그 순간 원하는 아주 사소한 걸 아무 말 없이 해 줄 때 애정이

퐁퐁 샘솟는 게 아닐지.

결국 내기하자던 초심도 잊어버리고서 노은은 환에게 매달려서 인형 수집에 나섰다. 강아지에 토끼 한 마리를 더 잡고 이번엔 곰까지 요청했다.

집게가 인형을 들어 올리면 마음껏 긴장했다가 툭 떨어뜨리는 순간 미친 듯 안타까운 소리를 냈다.

"좀 더 옆으로! 아니 좀 더 아래요. 위, 아래! 지금! 아웃! 아니다, 좀 더 위! 으, 됐어요. 앗, 지금이에요! 하아…… 아깝다."

조종을 하는 그의 옆에 딱 달라붙어서 온갖 소리를 내며 발을 동동 구르고 있는데, 갑자기 환이 인형을 집을 생각은 않고 노은을 돌아보고 있는 게 느껴졌다. 그 바람에 반 광분 상태에 있던 노은이 갸웃하며 그를 쳐다봤다.

"왜요?"

"나머진 네가 해."

"아직 토끼밖에 못 뽑았는데? 곰도 뽑아 준다고 했으면서."

하지만 그는 이미 레버를 노은에게 넘긴 채 저쪽으로 간 후였다. 노은은 한 번 더 남은 기회 때문에 따라갈 수도 안 따라갈 수도 없고, 혼자 애를 태우다 결국 레버를 잡았다. 하지만 실패하자마자 얼른 인형 두 개를 품에 안고서 환을 따라 뛰었다.

가까스로 그의 옆에 도착하자 의혹 반 걱정 반으로 물었다.

"왜요? 혹시 너무 많이 뽑아달라고 해서 기분 상했어요? 시키는 대로 다 해 줬더니 만족을 모르는 인간으로 보였어요?"

"뭐라는 거야?"

"그럼 왜 갑자기……."

그가 걸음을 우뚝 멈췄다.

"왠지 아까 네가 방향 말하면서 외칠 때…… 야한 생각이 잔뜩 들었거든. 침대에서의 네가 떠올라 버렸어."

그가 가 버리자 얼떨떨한 얼굴로 혼자 남아 있던 노은이 고개를 갸웃했다.

"아까 내가 외치던 말들? 도대체 내가 뭐라고 했는데?"

'좀 더 옆으로! 아니 좀 더 아래요. 위, 아래! 지금! 아웃! 아니다, 좀 더 위! 으, 됐어요. 아아, 지금이에요! 하아…….'

순간 노은의 머리 위로 천둥이 쳤다. 얼굴에서 열이 확확 났다. 무슨 뜻인지 바로 알아차렸다. 전혀 그런 의미가 아니었음에도 다시 떠올려 보니 기가 막히게 그 상황과 맞아떨어지는 게 아닌가. 그러니까 그게 결국 그 뜻이었어?

바로 이해가 가는 자신이 야한 건지, 저 남자의 뇌 구조가 이상한 건지. 노은은 쥐구멍에라도 숨고 싶었다.

몇 시간 후, 노은과 환은 공원의 벤치 등받이에 기대 서 있었다. 땅거미가 지고 있는 시간이었지만 여전히 사람들이 오가는 공원은 활기찼다.

그 야한 외침 사건 이후 근교로 드라이브도 하고 근사한 식당에서 저녁도 먹고 차도 마시는 등 많은 일을 했지만 어쩐지 두 사람은 그 일 이후로 눈에 띄게 서먹해진 상태였다. 환은 워낙 표정이 많지 않은 사람이라 그걸 변화라고 할 수도 없었지만 노은은 입이 달라붙은 듯 심하게 조용한 상태였다.

그 어색함 덕분에 두 사람은 지금 벤치에 편히 앉지도 못하고 이렇게 뚝 떨어져서 등받이에 기대 서 있었다. 아무튼 그는 늘 이렇게 사람을 긴장하게 만드는 사람이라고 노은은 생각했다. 하지만 이대로 계속 어색한 시간을 끌고 갈 수 없어서 그녀가 용기를 냈다.

"저기, 내기 본부장님이 이겼으니까 소원 들어드릴게요. 소원이 뭔데요?"

그때까지 침묵에 휩싸여 있던 환이 노은을 흘끗 봤다.

"밖에선 본부장 소리 좀 안 했으면 좋겠는데."

"아…… 의외로 간단한 소원이네요. 잔뜩 긴장했는데. 알았어요. 앞으론 명심할게요."

"그게 소원이라고 누가 그래?"

"네? 그렇지만 지금 소원이 뭐냐고 물었더니 대답을……."

"그게 무슨 대답이야? 명노은 치사하게 나오는군."

"아, 알았어요. 없던 걸로 해요. 그럼 뭔데요? 소원을 정확하고 분명하게 말해 주셔야죠."

"오늘 함께 있자."

"그게 소원이에요? 아니면 그냥 소원 외에 하는 말이에요?"

"소원."

노은의 심장이 두근두근했다. 이 남자가 결국, 아까 육성으로만 외친 비명을 현실로 옮기겠다는 뜻은 아니겠지?

"오늘은 일찍 지에 들어가기로 이랑이랑 약속했다고 말씀드렸는데."

"역시 아무래도 무리겠지?"

노은이 고개를 끄덕였다.

"뭐 괜찮아. 그저, 명노은은 신의가 없는 사람 정도로 끝날 뿐이지."

"너무해요!"

환이 큭 웃었다.

"그럼 소원을 바꾸지."

"안 되거든요? 소원은 한 번 입 밖으로 나오면 끝나는 거예요. 들어줄 때까지 계속 바뀌는 소원이 어디 있어요?"

"여기 있어. 모든 건 내가 정한다."

노은이 한숨을 삼켰다. 저 말, 왠지 기시감이 일었다. 회사에서 꽤 자주 들어 본 말이었다. 모든 건 이환에게로 통한다. 이환의 말이 곧 법.

"알았어요. 바꾼 소원은 뭔데요?"

"그날, 내가 원하는 말 안 해 줬지? 자, 너도 어서 고백해."

잠깐 갸웃했다가 그 말뜻을 깨닫는 순간 노은은 바로 멍해졌다. 물론 그날은 그녀도 얄미운 짓을 하긴 했지만, 그걸 아직까지 마음에 담고 있었다니 이환도 보통 집념이 아니었다. 그가 저렇게 채근하면 할수록 머리가 어떻게 되는 것 같았다. 하지만 그렇다고 보통 자기만 고백했으니 너도 고백하라고 이렇게 닦달하나?

"그런 말 갑자기 하라고 하면……."

좀 인내심을 갖고 차분하게 기다려주면 안 되나? 기다림도 사랑의 한 방법이거늘. 하란다고 앵무새처럼 따라서 하는 것도 우스웠고, 이렇게까지 채근하는데 안 하는 것도 싫고.

물끄러미 환을 보던 노은이 난데없이 환의 목을 끌어안았다. 사람들이 지나가면서 쳐다보는 걸 알았지만 노은은 팔을 풀지 않았다. 환이 당황한 듯 주춤거렸다.

"갑자기 이건 뭐지, 명노은?"

"있잖아요. 몇 번이고 말할 수 있어요. 하지만 당신이 하라고 해서 하는 건 싫어요. 왜냐하면 나도 내 진심을 가장 진지하게 표현할 권리가 있으니까."

그의 뺨에 자신의 뺨을 댄 채 노은이 말을 이었다.

"당신이 고백해 준 후로 내내 두근거리고 설레고 행복했어요. 그러니까, 나도 당신한테 똑같은 감정을 선물해 주고 싶거든요. 하지만 앵무새처럼 대답해 봐야 그럴 수 없을 거 아녜요. 그래도 그게 뭐야 싶으면 지금 할게요."

환이 엷게 웃었다. 가만히 손을 움직여 노은의 뒷머리를 어루만졌다.

"그래. 소원으로 그 말을 듣는 건 아무래도 좀 굴욕적이지? 네 말이 맞네."

정말 다행이다. 이 사람은 언제나 그녀가 말하기도 전에 마음을 정확히 알아준다. 그건 그가 똑똑해서일까, 한없이 다정해서일까?

세상에서 가장 차가울 거라고 생각했던 사람이 언뜻언뜻 보여 주는 다정함과 상냥함은 노은의 마음을 속절없이 흔들어놓기에 충분했다.

　말이 필요 없을 정도로 이미 이 사람을 사랑하고 있다. 하지만 그런 마음을 품고 있다고 해서, 그걸로 다 되는 게 아니란 것도 알고 있다. 사랑은 바람과 같아서 볼 수 없지만 느낄 순 있다. 하지만 그렇다고 해서 그저 느껴 주겠지 생각하면 오산이다. 더없이 정확하게, 더없이 진지하게 이 마음을 많이, 몇 번이고 반복해서 표현해야 한다.

　환이 천천히 몸을 떼고 노은의 입술을 머금었다. 순간 노은이 그를 살짝 밀었다.

　"사람들 봐요."

　"무슨 상관이야? 너도 안았잖아."

　"안는 거랑 키스랑 같아요?"

　"그래도 하고 싶은데."

　"사랑해요."

　순간 환의 눈동자가 파동 쳤다. 놀란 듯.

　"실은, 오늘 꼭 고백하려고 했는데 자꾸만 보채니까 당신 때문에 타이밍을 잃었잖아요. 소원에 대한 대답으로 그 말을 하는 것도 싫었고요. 하지만 더 이상 뒤로 미루는 것도 싫었어요."

　환이 다정하게 미소 지었다.

　"너 왜 이렇게 사랑스러운 짓 해. 나더러 어쩌라고."

　"나한테 더 빠져 주면 돼요. 사랑해요, 이환 본부장님."

　환이 정말 행복하단 표정을 했다. 그래서 노은도 행복했다. 사람들이 여전히 지나다니고 있었지만, 노은은 에라 모르겠다 싶어 까치발을 들어 그의 입술에 살짝 입을 맞췄다.

환은 자신의 입술에 깃털처럼 닿았다가 천천히 떨어져 나가는 노은의 입술을 지켜보고 있었다. 그 입술의 온기와 말의 온도에 마음이 녹아 가는 것 같았다. 꽉 닫혀 있던 녹슨 문이 드디어 활짝 열린 것 같은 기분.

"사랑해요, 너무너무. 알아요? 세상 어떤 사람도 저 이상으로 당신을 사랑할 순 없을 거예요."

고백하는 그녀의 눈동자에 눈물이 핑글 돌았다. 환이 노은의 눈물을 손끝으로 닦아 주곤 천천히 자신의 재킷 안주머니에 손을 넣어 무언가를 꺼냈다. 그녀의 앞에서 케이스를 열어 보이자 노은의 두 눈이 커다래졌다. 안에서 더없이 눈부시게 빛나는 건 반지였다.

너무도 아름다운 그 반지를 꺼낸 환이 노은의 떨리는 손을 끌어와 그 가느다란 손가락에 가만히 밀어 넣었다.

"명노은, 나랑 떠나 있자."

무슨 뜻인지 잠깐 당혹스러워 노은의 눈동자에 의혹의 빛이 돌았다.

"떠나…… 있어요?"

"좀 더 공부하게 일 년 정도만 함께 나가 있자. 아버지껜 이미 말해 뒀어. 허락도 받았고, 네 부모님만 허락하시면 그러고 싶다. 아마 그 사람이 널 힘들게 할 거야. 내가 정리하겠지만 쉬운 사람이 아니라서, 나도 모르는 사이에 널 내가 지냈던 그 어두운 곳으로 밀어 넣을까 봐 불안해. 내가 사랑하는 사람을 파괴하고 싶어 하니까."

"난…… 물론 그분을 몰라요. 모르니까 이런 말을 할 수 있는
걸지도 모르겠지만 어쩌면 내가 버텨낼 수 있을……."

"그래. 그럴 수도 있어. 하지만 네 앞에서 내가 흔들리는 게
싫어. 그런 날 보여 주기가 싫다. 네 앞에서만은 더 이상 약해
보이고 싶지 않아."

"……."

"영원히 피할 생각은 없어. 단지 내가 마음의 정리가 완전히
될 때까지, 너로 인해 내가 완전히 변할 때까지, 그때까지만 나
가 있자. 그동안 네가 날 교육시켜 줘. 날 가르쳐 줘."

노은은 감히 어떤 말도 함부로 할 수가 없었다. 그가 너무도
안타깝고 이런 선택을 할 수밖에 없는 그의 두려움이 미치도록
가엾어서 목이 콱 잠긴 채 고개를 끄덕였다.

"알았어요. 그렇게 해요. 당신이 하자는 대로 할게요. 그러니
까 아무 걱정 말아요."

"노은아."

"내가 꼭 안아 줄게요. 그리고 절대 약해 보인다고 생각하지
않을 테니까, 저한테 본부장님은 누가 뭐래도 가장 강하고 단단
한 사람이니까, 그러니까 내 앞에선 무서워해도 돼요. 그럼 그
땐 내가 당신을 지켜줄게요."

그가 웃었다.

"정말?"

노은이 힘차게 고개를 끄덕였다.

"그럼, 좀 창피하지만 그래 볼까?"

환이 노은을 한쪽 팔로 확 끌어안았다. 정말 약한 사람은 자신이 약하단 걸 인정하지 않는다. 그가 강한 사람이란 걸 알기에 노은은 그를 지켜주겠다는 말을 할 수 있었다.

만약 그에게 숨 쉴 구멍이 조금이라도 있어야 한다면, 자신이 그 틈을 막는 사람이 되진 말아야지. 그를 믿고, 그의 옆에서 함께 노력하는 것으로 그를 지켜주고 싶었다.

환이 그런 노은을 힘껏 끌어안았다.

"같이 살자. 그저 평범한 광고쟁이지만 너만은 행복하게 해줄게. 내 아내가 돼 줘. 결혼하자, 명노은."

노은은 눈물을 방울방울 매단 채 몇 번이고 고개를 끄덕였다.

stopping of jaws

...um by a pack of r

...could hear something

...ons crash that shook

...kly followed by another. T

...filled his nostrils, coming fr

...himself to swallow down hot bile

Got to block them out ... can't reach

Sam thought ...ck desperately searc

이 남자, 이환

　노은은 사과를 아삭아삭 씹으며 거실에 앉아 눈동자를 굴리고 있었다. 그녀의 옆에선 부모님과 이랑이가 함께 사과를 먹으며 TV를 보고 있었다. 노은이 포크를 접시에 탁 놓았다.

　"엄마, 아버지. 나 드릴 말씀이 있는데."

　순간 여섯 개의 눈동자가 의아함을 가득 품고 노은을 향했다. 노은이 어색하게 웃었다.

　"그러니까 네가 그동안 남자를 만나고 있었고, 그 남자가 네가 다니는 회사 제작본부장이란 사람인데 다음 주말에 우리한테 인사를 하러 온다고?"

　잠시 후, 노은의 엄마가 놀란 표정으로 딸의 말을 저렇게 정리해 주었다. 그녀의 아버지도 꽤 놀랐는지 손에서 포크를 떨어뜨릴 뻔했다가 얼른 접시 위에 점잖게 놓았다. 이랑인 눈을 토끼처럼 뜨고서 입을 헤 벌리고 있었다. 동물 모양 잠옷을 입어서 그런지 더욱더 놀란 아기 토끼 같았다.

"와, 이모 그때 그 애인이랑 화해했어?"

"이, 이게 무슨 소리야? 애인? 싸웠던 거야?"

"싸, 싸우긴. 그냥 사랑싸움한 거지. 하하……. 이랑아, 그런 얘긴 쉿!"

"세상에. 애도 알고 있는 걸 나만 모르고 있었네. 당신은 알고 있었어요?"

"사람 참. 내가 어떻게 알았겠어."

"그래서. 제작본부장이면 엄청 높은 양반 같은데, 혹시 이혼남이나 재혼 같은 건 아니겠지? 만약 그런 거면 내 눈에 흙이 들어가도 안 될 줄 알아!"

노은의 엄마가 전후 사정 잘라 버리고 억측을 해대며 으름장을 놓자, 옆에서 노은의 아버지도 덩달아 흠칫 놀라 가세했다.

"서, 설마 재혼이냐?"

"마, 말이 되는 소릴 해. 내가 왜 재혼을 하겠어? 그 사람 엄연한 총각이야! 서른 넷밖에 안 돼!"

"생각보다 젊네. 난 또 본부장이라기에 나이가 꽤 되는 줄 알았지. 이것이 애 딸린 이혼남 만나는 주제에 고개 빳빳이 들고 우리 뒷목 잡게 하려나 싶었는데, 그건 아니라니 다행이네."

"나 참, 그런 것도 아니지만 이혼남이 무슨 죄지었어? 사랑하기만 한다면 난 다 감수할 수 있어."

"뭐야? 결국 이혼남이었어?"

노은은 자신의 어머니 때문에 미칠 것 같았다.

"사랑한다면 초혼이고 재혼이고 관계없단 소리지 누가 이혼 남이래? 순도 백 퍼센트 초혼이니까 걱정하지 마셔요, 좀."

"근데 무슨 그렇게 젊은 남자가 본부장이야? 진짜야?"

"네, 진짭니다."

"그 본부장이 왜 네가 좋대? 혹시 대머리나 뭐 그런 거야?"

"엄마!"

노은은 더 이상 참을 수 없어서 빽 소리쳤다. 아주 음모가 판을 치고 있었다. 아버지가 옆에서 낄낄 웃다가 노은과 눈이 마주치자 시치미를 뗐다.

"아무튼 궁금한 건 직접 만나서 확인하시고, 다음 주말에 음식 좀 신경 써 주셔. 나도 되도록 일찍 와서 도울 테니까."

"이랑이도 도울게, 이랑이도!"

"정말? 와! 우리 이랑이 최고."

노은의 칭찬에 이랑이 헤헤 웃었다. 이모의 애인에 대한 호기심이 눈동자에 꽉 차 있었다.

"그래서, 인사드리러 오겠다는 건 결혼까지 생각하고 있는 거야, 아니면 내가 앞서가는 거야?"

"결혼까지 생각하고 있어."

"정말이야? 그럼 너 이제 시집가는 거니? 어머나, 여보! 우리 딸이 시집을 간다네요. 안 되겠다. 주말에 네 오빠랑 새언니도 불러서……."

"엄마 제발 고정하세요. 아 나 정말. 첫인사 오는 사람 부담스럽게 그게 뭐야?"

"안 돼?"

"당연히 안 되지!"

노은이 단호하게 말하자 무슨 이유 때문인지 휴대 전화를 만지작거리고 있던 노은의 아버지가 주춤거리며 휴대 전화를 주섬주섬 다시 주머니에 넣었다.

"아버지 지금 뭐하고 계셨는데?"

"아니, 네가 그런 큰 회사 본부장이랑 결혼한다니까 큰아빠랑 큰엄마랑 내 친구들이랑 불러서 인사시키려고 그랬지."

"어머! 나도 동창 계집애들한테 문자 쏘려고 했는데."

"엄마 아버지, 제발."

노은이 어깨를 떨어뜨렸다.

"계속 민망하게 만들 거면 시집이고 뭐고 안 갈 줄 알아. 아버지도요!"

"알았어, 이 계집애야!"

"약속이야."

"아, 알았다니까?"

아버지도 고개를 주억거렸다.

"뭐 더 궁금한 부분은 없으세요?"

"얼굴은 잘생겼니?"

"하고 많은 질문 중에 딱 그거야?"

"어머, 난 기왕이면 잘생긴 사위가 좋다 얘! 그래야 결혼식 때 어깨에 힘도 들어가고 친구들도 부러워하지. 어디 같이 다닐 때도 내 사위다 자랑하기도 좋고. 본부장인 것도 좋지만 난 훤칠하니 잘 생겼으면 더 좋겠는데."

"엄마 딸은 뭐가 그렇게 훤칠하다고. 아, 됐고요. 그것도 그 날 확인하세요. 그보다 실은 중요하게 말씀드릴 게 하나 더 있는데……."

"뭔데? 혼수 때문에 그래? 하긴 아들이 본부장 정도 되면 사돈 될 사람이 콧바람 좀 풍길 만하지. 어유, 걱정하지 마라. 너무 대단한 것만 아니면 우리가 어떻게든 할 수 있으니까. 예단은 또 어느 정도로 하면 되려나."

아무튼 어머니들의 대화법은 늘 이랬다. 누가 뭐라고 하건 자기 할 말만 하면 된다.

"혼수는 일단 준비 안 해도 될 거 같아."

"뭐? 왜? 그게 무슨 말이야?"

"그게…… 결혼하면 오래는 아니고 한 1, 2년 정도 미국으로 나가 있을 것 같거든. 간단하게 스튜디오 개조해서 공부하면서 살 건데 혼수 같은 거 거치적거리잖아."

순간 분위기가 고요해졌다. 모친의 얼굴에서 흥분이 일시에 가시고 아버지도 당혹스러운 빛이었다. 이랑이만 눈을 초롱초롱 빛내며 좋아했다.

"와! 이모 그럼 미국 가는 거야?"

"그, 그게 엄마 아버지 결정에 따라서 갈 수 있겠지? 하지만 난 가고 싶은데. 엄마 나 그래도 되지? 아버지……."

"그, 그게 참. 너무 갑작스러운 말이라……."

"갑작스럽고 뭐고! 이게 말이 돼? 큰딸도 프랑스에 가 있는 판에 이젠 둘째 딸까지 미국에? 내가 도대체 뭘 먹여 키워서 너희들이 이렇게 국제적으로 노는 거야, 대체?"

"그, 그러게. 나도 그래서 지금 굉장히 눈치 보면서 말하고 있었잖아요."

"모르겠다! 아무튼 미국을 보내 줄지 어떨지는 인사 오면 사람보고 결정할 테니까 그렇게 알고 더 이상은 먼저 설득하려고 들지 마!"

힝.

실은 더 설득할 생각이었지만 아줌마 카리스마에 눌려 노은은 꼼짝없이 고개를 끄덕였다. 그때 확 일어나려던 노은의 엄마가 슬쩍 다시 앉아선 아주 진지한 표정으로 말했다.

"그런데 너, 요즘 야근이라면서 늦게 들어온 거 진짜 일 때문이었어? 아니면 그놈 때문이었어? 솔직하게 불어."

❋

그 주의 평일, 오랜만의 휴가라 노은은 환을 만나기로 했다. 그런데 환은 그날 상당히 당황한 얼굴로 자신의 차 앞에 서 있었다. 노은이 집 근처에서 기다리고 있는 환의 차 앞으로 왔을 때 그녀 혼자가 아니었기 때문이었다. 그녀의 옆엔 이랑이가 있었다. 조카의 손을 꼭 쥔 채로 노은이 어색하게 웃어 보였다.

"오, 오래 기다린 건 아니죠?"

러브
머신

노은은 참으로 민망했다. 실은 이렇게 된 건 이랑이의 요구 때문이었다. 요 애어른이 글쎄…….

"이모 남자 보는 눈을 못 믿겠어. 아무래도 이랑이가 좀 봐 줘야 할 것 같아."

그런 맹랑한 소릴 하는 바람에 이렇게 둘이 함께 나오게 되었다. 하지만 막상 환의 앞에 서자 미리 말이라도 할 걸 그랬나 싶어 무척 미안했다. 그가 생각보다 더 당황하는 것 같았고, 이랑이와 둘이 서로 어색해하면 어쩌나 상당히 걱정도 됐다.

"놀랐죠? 이랑이에요. 제 조카. 이, 이랑아 인사드려야지."

'모르겠다, 최이랑. 나머진 네가 알아서 하렴.'

"안녕하세요. 최이랑입니다."

이랑이 그 짧은 팔로 예의 바르게 배꼽 인사를 하자 노은은 귀여워서 풋 웃었다. 하지만 상당히 곤란해 하는 듯한 환을 보자 바로 웃음기가 쏙 들어갔다.

'어쩌지? 기분 나쁜 건 아닐까? 아, 어떡해!'

"음, 난 이환이라고 한다. 이모의 애인이지. 만나서 반갑다."

그러나 걱정했던 것과 달리 환이 제법 자연스럽게 자기소개를 했다. 거기까진 다 좋았는데, 애한테 악수를 청하는 건 왜일까? 노은은 웃음을 참기 위해 입술을 깨물고 말았다.

그러고 보니 환은 갑작스러운 꼬마 손님 때문에 곤란하거나 기분 나쁜 게 아니라 그냥 난처한 것 같았다. 불쑥 악수를 청했다가, 이랑이 그 손을 보며 이게 뭐냐는 듯 눈을 깜빡거리자 상당히 당혹해 하는 것이다. 머쓱한 표정으로 손을 접지도 못하고 그렇다고 악수를 안 해 주니 다음 동작을 잇지도 못하고. 어떻게 해야 할지 모르겠다는 듯 땀을 뻘뻘 흘리고 있는 그가 그렇게 신선할 수가 없었다. 아, 이 남자 너무 귀엽잖아!

"이모, 어떻게 해야 해?"

"이랑이 악수 몰라? 알잖아. 처음 만난 사람들이 반가워서 손 잡고 이렇게 흔드는 거. 그거 하면 돼. 아저씨가 우리 이랑이 되게 반갑단 뜻이거든."

"아! 이랑이 악수 알아."

이랑이 환의 손을 잡자 노은은 겨우 안심했다. 환도 한시름 놓은 듯 악수를 끝내곤 손을 접었다. 노은을 스윽 보며 그녀만 알아듣게 작은 소리로 따졌다.

"흠, 아저씨라 이거지?"

"그, 그렇다고 오빠는 아니잖아요."

"아저씬 우리 이모 얼마나 좋아하세요?"

이랑이 불쑥 끼어드는 바람에 노은과 환이 동시에 멈칫했다. 알고 보니 이랑이는 환이 아니라 그녀에게 폭탄이었다. 그것도 언제 터질지 모를 시한폭탄.

"저기, 이랑아, 하하……. 그런 질문은……."

"아주 많이 좋아하지. 세상에서 가장 좋아해."

하지만 환이 너무도 진지하게 이랑이의 질문에 답해 주는 바람에 노은은 천천히 입을 다물어야 했다. 코끝이 찡했다.

"그게 궁금했니?"

"네. 이모가 남자 보는 눈이 통 없거든요."

러브
머신

노은의 얼굴이 새빨개지고 환이 큭 웃었다. 되게 재미있어하는 것 같다. 점점 이 상황을 즐기는 것처럼 보이는 게, 아주 빛의 속도로 새 환경에 녹아드는 것 같았다. 하긴 저 남자를 당황스럽게 하는 건 세상에 몇 가지 안 될 거다.

"그렇군. 그동안 만난 남자들이 영 별로였나 봐. 총 몇 명이나 됐지?"

"그건 이모의 프라이드니까 말 못 해 줘요."

환과 노은이 결국 동시에 웃음을 터뜨리고 말았다.

"이, 이랑아, 프라이드가 아니라 프라이버시."

노은이 웃음을 깨물며 정정해 주자 이랑이 얼굴을 살짝 붉혔다. 아무튼 요즘 애들은 정말 대단하다.

"프라이드를 가질 정도로 많은 남자들을 거느렸다고 내 선에서 해석하지."

본부장님도 대단하시고.

"그런 거 아니란 거 아시잖아요. 어울리지 않으니까 질투 좀 그만해요."

"글쎄. 평생 질투에 질투를 거듭해서 더없이 질투에 어울리는 남자가 될 생각인데."

"아무튼 못 말려."

"와, 사랑싸움한다."

"사랑싸움이 아니라 애정 표현이라고 하는 거지. 이름이 이랑이라고 했나? 잘 들어. 난 애들한테 인기가 없어. 왜냐하면 재미가 없거든."

이랑이 고개를 갸웃했다.

"하지만 넌 꽤 예쁘고 귀여우니까 한 번 재미있어지도록 노력해 보마."

이번엔 이랑이의 얼굴이 빨개졌다.

"어디 가고 싶어? 말만 해."

거기선 아예 녹다운이 됐다. 저분 참, 애랑 친해지라고 했지 애를 반하게 만들라고 한 건 아닌데. 애한테까지 특유의 시크한 태도를 밀어붙여서 저렇게 단번에 환심을 사버리다니.

하지만 노은은 이 상황이 그저 즐거웠다. 워낙 인기가 많아서 웬만한 남자애한텐 눈길도 안 주는 도도하고 콧대 높은 이랑이 아가씨를 도대체 어떻게 더 반하게 할지, 노은은 사뭇 기대되는 바였다.

❋

세 사람은 동물원 데이트를 즐겼다. 사실 정확하게 말해서 데이트를 한 건 환과 이랑이었다. 노은은 어느 순간부터 뒤로 밀려나서 두 사람을 따라다니는 처지가 되었다.

이랑이는 언제부턴가 환에게 꼭 붙어서 환이 손을 잡아 주면 얼굴이 발그레해져서 그 손을 맞잡고, 환이 목말을 태워 주면 목말을 탄 채로 좋아하고, 환이 솜사탕을 사 주면 솜사탕을 먹으면서 좋아했다.

이환이 여심을 녹인 건 정말 10초도 걸리지 않았다. 대단히 다정하게 얘기하거나 크게 웃어 준 것도 아니었다. 그저 몇 마디 짧막짤막하게 신경 써 주는 게 다였음에도 이랑이는 이미 환에게 푹 빠진 것 같았다. 역시 얼굴 때문인가.

하지만 노은은 두 사람을 따라다니면서 느꼈다. 환은 자기가 할 수 있는 선에서 이랑이에게 최고로 다정하게 신경 써 주고 있단 걸. 그걸 이랑이도 느낀 건 아니었을까, 라고 생각하기엔 이랑이가 넋을 잃고 환을 쳐다보고 있을 때가 참 많았다. 저건 분명히 홀딱 빠진 얼굴이었는데, 마치 자신이 환을 볼 때 저런 표정이 아닐까 싶었다.

"아저씨, 앵무새예요. 앵무새!"

"그래. 새네."

"새 아니라 앵무새! 말도 해요. 아저씨, 말 시켜 봐요."

"이랑아 안녕, 해 봐."

"딴 거도요, 딴 거도!"

"명노은 못난이, 해 봐."

노은은 고개를 저었다.

"아저씨, 뱀이에요, 뱀!"

그렇게 새로운 동물을 발견할 때마다 이 녀석은 그저 아저씨만 부르며 그의 손을 꼭 잡고 쪼르르 달려갔다.

"이모 서운해. 삐졌다. 최이랑."

하지만 중얼거리며 따라가는 노은의 얼굴엔 말과 다르게 미소가 걸려 있었다.

뒤늦게 도착해 보니, 환과 이랑은 엄청난 굵기의 뱀이 자고 있는 유리 벽 앞에서 똑같이 학구적인 표정으로 안을 지켜보고 있었다. 둘 다 어찌나 심각하고 진지한지, 마치 환이 이랑의 삼촌 같았다. 오늘 처음 만났는데 어쩜 저렇게 표정이 똑같을까?

"아저씨, 뱀은 정말 코끼리를 통째로 삼켜요?"

"통째로 삼키지."

"그럼 목이 안 찢어져요?"

"안 찢어져."

"왜 안 찢어져요?"

"잘 늘어나니까."

"왜 잘 늘어나요?"

"안 찢어지려고."

"그렇구나. 그럼 뱀 안에 들어간 코끼리는 어두워서 어떡해요? 무섭지 않아요?"

"안 무서워."

"왜 안 무서워요?"

"그게 약육강식의 세계니까."

"아, 약육강식. 그게 뭐예요?"

"나중에 배울 거야. 공부 열심히 해."

"근데 왜 책에선 무섭게 뱀이 코끼리를 잡아먹는 그림을 그려놨어요?"

"그건 생텍쥐페리한테 물어봐."

"생텍…… 으으, 너무 어렵다. 그냥 아저씨가 물어봐 주면 안 돼요?"

러브머신

"그런 건 스스로 해야지. 어린애가 벌써부터 남한테 그런 걸 미루면 못 써."

"알았어요. 이랑이가 물어볼게요."

"그래. 대신 불어 잘해야 한다. 프랑스 사람이거든."

"와! 이랑이 엄마도 프랑스에 있는데!"

"잘됐네. 잘 배워 둬라."

"네!"

무엇일까, 저 대화의 방향은……. 게다가 둘 다 더없이 진지했다. 환은 무심하게 대충대충 대답해 주는 것 같았지만 그래도 이랑이의 질문을 하나도 무시하지 않고 다 받아 주었다. 애들은 호기심이 많아서 질문이 많다. 그래서 노은도 가끔은 끊임없이 이어지는 질문 세례에 지치곤 했는데.

그렇게 두 사람은 수많은 질문과 대답을 하며 동물원 대부분을 둘러보았다. 노은도 즐겁게 두 사람을 따라다녔다. 그리고 저녁까지 맛있게 먹은 후 집으로 돌아오는 길, 이랑이는 피곤했는지 차 안에서 꼬박꼬박 졸다가 잠이 들었다.

뒷자리에서 노은이 쌔근쌔근 잠든 이랑이를 무릎에 안은 채 운전하고 있는 환에게 말했다.

"고마워요. 이랑이한테 잘해 줘서. 온종일 진짜 삼촌보다 더 다정하게 대해 줬잖아요."

"진짜 삼촌은 아니지만 이모부니까."

노은의 얼굴이 붉어졌다.

"이, 이랑이도 재미있었나 봐요."

"나도 재미있어서 혼났어."

"진짜요?"

"그래. 정말 즐거웠어. 아이들은 시끄러운 존재인 줄로만 알았는데 귀여워서 안절부절못했지."

"에이, 오버."

"진짜야. 즐거웠어. 애가 참 예쁘고 착하네."

노은은 괜히 자기가 더 뿌듯했다.

"이랑이도 당신을 좋아하는 것 같았어요."

"당연한 소릴. 애가 이모를 안 닮아서 남자 보는 눈이 있어."

노은이 흘겨보자 환이 피식 웃었다. 집 근처에서 차가 서자 환이 운전석 문을 열고 나와 이랑이를 안고 내리는 노은을 도와주었다.

"이리 줘. 내가 안을게."

"그건 좋지만, 지금 집에 가면 엄마 아버지가 그냥 보내 주지 않을 것 같은데."

"음, 그건 좀 곤란하군. 정식으로 인사드리는 게 더 낫겠지?"

"제 생각도 그래요. 그러니까 이랑이 방에 눕혀 놓고 바로 나올게요."

"그래. 그럼 대문 앞까지만."

환이 조심스럽게 이랑이를 건네받았다. 품으로 쏙 들어오는 이랑이 환도 사랑스러웠다.

"아이는 참 신기해."

"이 세상 모든 아이들은 천사라잖아요."

"그래. 그런 의미에서 우리도 천사 열 명쯤 낳자."

"뭐예요, 그건."

노은은 당황을 숨기며 얼른 이랑이를 받아 들어 집 안으로 들어갔다. 애 피곤하게 온종일 뭐하러 끌고 다니느냐는 엄마의 잔소리를 뒤로 한 채 안방에 이랑이를 눕혔다. 잠든 머리카락을 쓸어 주고 가만히 이불을 덮어 주려는데 이랑이가 반짝 눈을 떴다.

"이모 나 안 자고 있었다?"

노은은 어이가 없어 이랑이의 코를 아프지 않게 꼬집었다.

"못 살아. 정말. 요 여우."

이랑이 까르르 웃었다.

"안 피곤했어?"

"응! 하나도 안 피곤했어. 엄청 재미있었어."

"그래? 이모는 조금 삐졌는데. 이모랑은 놀아 주지도 않고."

이랑이 헤헤 웃었다. 노은은 그런 이랑이의 뺨을 양손으로 장난스럽게 비볐다.

"그래서. 우리 이랑이 점수는 몇 점이야?"

왠지 긴장이 됐다. 어이없을 정도로 가슴이 쿵쿵 뛰는데 이랑이 아주 어른스러운 얼굴로 대답했다.

"그 정도면 합격이야. 걱정 안 해도 되겠어. 이랑인 이모부완전 좋아!"

밖으로 나온 노은은 시동을 켜 놓은 환의 차에 탔다.

"잘 재웠고?"

"네, 이랑이가 당신 완전 좋대요."

"날 싫어하는 여자는 없다고 봐야지."

"못 말려. 암튼 오늘 이랑이랑 잘 보낸 것처럼 우리 부모님도 당신을 만나면 분명 좋아할 거예요. 같이 가도 좋다고 허락도 해 주고."

환이 고개를 끄덕이며 노은을 안았다.

"그래. 그랬으면 좋겠다. 다음 주에 인사드리고 그다음엔 내 부모님 만나러 가자."

"네……."

"쉽지 않은 분들일 거야. 하지만 내가 옆에 있으니까 너무 겁 먹진 말고."

"겁먹지 않아요. 긴장은 되지만 잘할게요."

"너무 잘하려고 할 필요는 없어. 그저 하나만 생각해. 넌 네 집에서 사랑받으며 자란 귀한 사람이고 내가 더없이 사랑하는 소중한 사람이야. 상대방이 비록 터무니없이 냉정한 눈을 하더라도, 네가 얼마나 소중한 사람인지 생각하고 당당하게 행동해. 나머진 내가 해결할 테니까."

그의 새어머니에 대한 말이리라.

"아버진 아마 많이 사랑해 주실 거야."

노은이 고개를 끄덕였다.

누군가를 사랑하기 위해서 한쪽이 무작정 모든 걸 감수해야 할 필요는 없다. 하지만 그녀는 자신이 할 수 있는 한 다 감수해 볼 생각이었다. 왜냐하면 그는 그럴 만한 가치가 있는 사람이니까. 그리고 그런 그가 아주 많이 사랑해 주기에 자신 역시 가치 있는 사람이 됐으니까.

그의 사랑을 받음으로써 내가 나를 사랑하는 마음이 더욱 커졌다. 사랑은 서로가 성장하는 것이라던가. 노은은 자신에게 좋은 영향을 끼쳐 주는 그가 고마웠다.

"명노은, 우리 행복하자. 세상 그 어떤 여자보다 더 행복하게 해 줄게."

"내가 행복하게 해 줄게요."

환이 부드럽게 웃었다.

"그런데 뱀은 왜 코끼리를 통째로 삼켜요?"

노은이 문득 장난기가 돌아서 묻자 환이 어이없다는 표정을 지었다.

"그게 궁금했어?"

"부러웠거든요. 이랑이랑 알콩달콩 얘기하는 거."

"글쎄, 왜 통째로 삼킬까? 아마도 내가 널 통째로 삼키고 싶어 하는 이유랑 같지 않을까?"

이런 분위기를 만들려고 한 말은 아니었는데.

"그러고 보면 뱀은 참 욕심쟁이야? 하지만 내가 그 파충류에게 동조하게 될 날이 올 줄이야."

"무, 무슨 동조를……."

그 순간 보조석의 시트가 덜컹 뒤로 넘어갔다. 환이 곧바로 노은의 위로 올라와 은밀하게 그녀의 팔에 키스하며 중얼거렸다.

"난 정말 가끔 진심으로 널 통째로 삼켜 버리고 싶을 때가 있거든. 바로 지금처럼."

그가 노은의 가슴을 만지며 키스했다. 노은은 마음이 이끄는 대로 그를 받아들였다. 확실히 이환은 욕심쟁이다. 그 욕심의 대상은 명노은.

내가 사랑하는 사람이 똑같이 나를 사랑해 주는 기적이 일어날 줄은 정말 몰랐다. 하지만 그 기적은 지금 현재 진행 중이었고 앞으로도 변함없이 이어질 것 같다.

차 안에서 두 사람은 끊임없이 사랑을 속삭이며 서로를 만지고 키스했다. 어쩌면 이 떨림도 언젠가는 무뎌지거나 사라지는 건 아닐까? 그건 연애를 하는 사람들의 보편적인 걱정. 하지만 노은은 그런 걱정은 하지 않아도 될 것 같다고 생각했다. 아무리 많은 시간이 흘러도 자신은 그를 보고 떨릴 것 같기에.

차 안의 열기가 점점 더해졌다.

뜨겁다. 미칠 것처럼 뜨거웠다.

에필로그 - 러브 머신

조선 시대에 만들어진 어떤 무덤에서 자신의 머리카락으로
짚신을 지어 남편의 주검 옆에 묻은 젊은 미망인의 시가 발견
되었다고 한다.

여보. 다른 이들도 다 우리처럼 이렇게 서로를 어여뻐 했을까요?

환의 소망도 그것과 같았다. 그도 나중에 노은과 호호백발
노부부가 되었을 때 서로를 바라보며 그 말을 하고 싶었다. 서
로에게 그렇게 말하면서 한평생을 마감하는 것처럼 행복한 일
이 또 어디에 있을까?
노은의 집에 인사를 드리러 간 날은 그가 맛본 세상에서 가
장 행복한 날 중의 하나였다. 그녀의 부모님은 모두 어질고 정

많고 상냥했다. 일면식도 없는 그에게 그저 딸이 사랑하는 상대라는 사실 하나만으로 가장 귀한 손님으로 대해 주었다.

하지만 미소 속에는 딸에 대한 걱정, 그리고 딸이 행복하게 잘 살기를 바라는 애틋한 바람이 그대로 묻어났다. 환은 진심으로 노은의 행복을 다짐하고 그것을 행동으로 옮기는 것밖에 그 은혜에 보답할 방법이 없었다. 노은을 이만큼이나 예쁘게 키워 자신에게 맡겨 주는 분들에게 당장 해 드릴 수 있는 게 너무도 적었다.

"우리 애가 겉만 다 컸지 할 줄 아는 게 아무것도 없어요. 그저 사랑하는 마음으로 부족한 부분 덮어 주고 허물이 있으면 감싸 줘요. 그렇다고 무조건 져 주기만 하란 소리는 아니에요. 잘못된 부분이 있으면 고쳐 주기도 하고 그렇게 서로 이끌어 주고 보듬어 주다 보면 서로에게 좋은 인연이 되지 않겠어요?"

노은의 어머니 말이 환의 가슴에 남았다. 그분들의 마음을 가슴에 가득 담고 나오면서, 환은 또 한 번 다짐했다. 무슨 일이 있어도 서로를 지켜 주다 보면 어른들의 말씀처럼 더없이 좋은 인연으로 행복하지 않을까.

그리고 환은 노은을 자신의 부모님에게 소개시켰다. 미리 부탁드렸던 대로, 그의 아버지는 노은에게 호의적이었다. 인자한 미소로 노은을 받아 주고 감싸 주었다. 그럼에도 환은 그날 내내 긴장하고 있었다. 태임이 그의 아버지 옆에서 위선적인 미소를 띤 채 앉아 있었으므로.

아버지의 질문에 노은이 살갑고 예의 바르게 화답하며 저녁

식사 자리는 물 흐르듯 흘러갔다. 다만 태임과 환만이 서로를 의식하면서 묘한 기류를 흘리고 있었다. 그의 아버지가 먼저 서재로 들어가고, 태임이 티타임을 갖자며 노은과 환을 정원으로 초대했다.

"이렇게 잘 어울리는 두 사람이 나란히 앉아 있으니 나도 참 기분이 좋구나. 환이 표정도 밝고 말이다. 저런 표정은 처음 본 것 같은데."

환이 태임을 흘끗 쳐다봤다. 별로 자신은 이 집에서 밝은 표정을 한 적이 없었다. 노은이 옆에 있는 이 순간마저도 말이다.

"결혼식 끝나면 바로 미국으로 넘어간다고 했니?"

"네, 어머님."

노은의 대답에 환도 흠칫하고 태임도 묘한 표정을 지었다.

"어머님이라……. 그 소리 참 듣기 좋구나."

"차향이 참 좋아요. 감사합니다."

환은 노은이 태임에게 그렇게까지 노력할 필요가 없다고 생각했다. 차라리 아무 말도 하지 않기를 바랐다. 자신이 사랑하는 여자가 저 여자 앞에서 잘 보이려는 언행을 하는 것 자체가 싫었다. 저 여자는 상대방이 잘해 주면 그걸 좋은 방식으로 돌려주지 않는다. 물 흐르듯 자연스럽게 그 마음을 역으로 이용하는 여자다. 그래서 환은 지금 당장이라도 노은의 손을 잡고서 이곳을 나가고 싶었다.

"너도 우리 집 사람이 될 테니 숨길 이유는 없겠지. 어차피 우리 사이에 대해서도 들었을 테고. 환이랑 나, 우리가 참 어려운 사이다. 난 말이야. 환이랑 잘해 보고 싶었단다."

환은 입에서 쓴맛이 나는 것 같았다. 자리를 박차고 일어나려는 순간 노은이 웃으며 애교 띤 목소리로 말했다.

"앞으로도 시간은 많으니까 그렇게 해 주시면 저도 편할 것 같아요, 어머님."

환이 멈칫했다. 태임은 입술을 살짝 끌어올리는 것으로 답했다. 하지만 찻잔으로 그 입술이 가려지자 뚫어지듯 노은을 주시하는 날카로운 눈빛만 남았다.

"그러니 나더러 잘하라는 소리처럼 들리는구나."

"아, 아니에요. 제가 어떻게 그런 말을……. 그냥, 저희 둘이 연애한 얘기 잠깐 말씀드려도 될까요?"

"그래. 한번 들어 보자. 재미있겠네."

"저희도 처음엔 정말 어려운 사이였거든요. 보통의 연인들이 모두 그렇듯이 저희도 마음 아프고, 가슴 졸이고 가끔 가슴이 얼얼할 정도로 슬프고……. 하지만 그렇게 어렵지 않았다면, 그런 어려움이 없었다면 바라봐 주는 눈길 하나가 이렇게 소중한지, 얼마나 이 만남이 감사한 일인지 알지 못했을 거예요. 다정하게 위로해 주는 한 마디에 이렇게 두근거리는 일도 없었을 거고요. 과정이 어려웠기 때문에 지금 제가 세상에서 가장 행복한 사람이라는 걸, 외롭지 않고, 함께 있어서 기쁘단 걸 깨달을 수 있었어요."

태임도 환도 아무 말도 하지 않았다. 태임은 왜 노은이 저런 소리를 하고 있는지 궁금해하는 표정이었지만, 환은 이상하게 노은의 마음을 어렴풋이 알 것 같았다. 노은이 말을 이었다.

"저 잘할게요. 앞으로 제가 이 사람을 사랑하는 만큼 어머님도, 아버님도 사랑하고 또 최선을 다할게요. 어머님께서도 제가 이 사람에 비해서 많이 부족한 사람 같겠지만 저 예쁘게 봐주세요."

노은이 웃었다. 하지만 환은 그녀가 지금 울고 있단 걸 알았다. 아마 이 집에 오기 전까지 수없이 긴장하면서도 이런저런 고민 끝에 그를 위해서 이런 말을 하기로 결정했으리라. 천천히 손을 뻗어 노은의 손을 잡았다. 그녀를 일으켜 세우고 태임에게 깍듯하게 인사했다.

"먼저 가 보겠습니다."

"환아."

"잘해 보고 싶었다는 그 말 한 번 믿어 볼게요. 마지막으로."

"진심이야."

"그래요. 한번 믿어 볼 테니까 그 말 지켜 주세요. 이번 믿음만 깨지지 않는다면 저도 더 이상 당신을 거부할 이유는 없습니다. 저는 이제 좋은 것만 생각하면서 살아가기에도 시간이 부족하거든요. 누군가를 미워하고 부정하며 살아갈 시간 같은 거 없습니다."

태임은 아무 말도 하지 않았다. 그녀가 지금 어떤 마음을 먹고 있다고 한들, 환은 자신이 먼저 이 표면적인 평온을 비틀고 뒤틀어 버릴 마음은 없었다. 왜냐하면 노은이 자신에게 만들어 준 기회였기 때문에.

그녀가 태임의 앞에서 한 건 단 하나였다. 그녀가 얼마나 환을 사랑하는지, 그리고 환이 얼마나 그녀를 사랑하는지 그걸 알려 준 것뿐이었다. 그래서 서로가 서로에게 얼마나 가치 있고 귀중한 사람인지. 그에 비해 부족한, 이라고 표현한 그녀가 얼마나 환을 아끼고 소중해하는지.

그거면 충분했다. 사람이 사람을 구원하는 방법은 여러 가지다. 그중 노은은 누구도 상처 입히지 않고서, 가장 평화로운 방법으로 태임의 앞에서 이환이라는 남자를 사랑받아 마땅한 남자로, 누군가에게 미움받을 이유가 없는 남자로 만들어 주었다.

"가자, 노은아."

환의 말에 노은이 그를 바라보다가 고개를 끄덕였다. 태임에게 예의 바르게 인사하고 그와 함께 돌아섰다. 태임이 뒤에서 말했다.

"나도 마지막까지 너와 척을 질 이유는 없다. 네가, 아니 너희들이 준 기회를 나도 한 번은 잘 써 보고 싶구나. 진심이야. 그동안 미안했다."

환은 멈칫했지만 태임을 돌아보진 않았다. 미안하다는 사과 한마디로 덮을 수 있는 시간이고 기억이던가! 하지만 그걸 공격하고 몰아붙이지 않는 것만으로도 자신은 그녀에게 최대의 관용을 베푼 것이라 생각했다. 무언으로 태임의 말을 수용해 준 것이다.

"그리고 승혜 일은 너 때문이 아니었다. 그 애가 널 떠나고 자기 아버지의 성화로 약혼한 상대가 실은 굉장히 폭력적인 남자였다고 하더구나. 나도 나중에 알게 된 사실이었어. 승혜는 파혼하고 싶어 했지만, 그 애 부모는 아무것도 모르고 남자 쪽 집안에서 경제적인 지원을 얻을 수 있단 이유로 밀어붙였다고 하더구나. 승혜 아버지 사업이 그때 많이 힘들어졌거든. 실질적인 이유는 그것 때문이었어."

환은 굳은 듯 멈춰 서 있었다. 노은은 자신의 손을 잡고 있는 그의 손이 부르르 떨리는 게 느껴져서 그를 올려다봤다. 환이 턱을 부들부들 떨며 천천히 고개를 숙였다.

"이제 와서…… 평생을 죄책감에 괴로워했는데 그걸 이제 와서 말하는 겁니까? 다 알고 있었으면서?"

"미안하다."

환은 이를 악물고서 노은을 데리고 밖으로 나갔다. 나오자마자 노은이 환을 멈춰 세웠다.

"잠깐만요."

승혜에 대한 얘기는 최근에 그에게 들어서 알고 있었다. 그럼에도 오늘 태임에게 들은 말은 적잖이 충격이었다. 승혜의 일이 환에게 얼마나 괴롭고 무서운 영향을 끼쳤는데 그 뒤에 또 다른 속사정이 있었다니.

오로지 자신 탓이라고 생각했던 환의 허탈함을 대체 어떻게 위로할 수 있을까? 겨우 풀리려던 태임과의 관계가 다시 경직될 것도 걱정되었다. 물론 과거의 진실을 알게 되어 그의 족쇄가 풀린 건 다행이었지만, 태임은 너무 심한 걸 숨기고 거짓말로 일관했다.

"저기…… 괜찮으세요?"

노은이 그의 이마를 만지려고 하자 환이 먼저 자신의 손으로 이마를 꾹 눌렀다.

"그래. 괜찮아."

하지만 고개를 들었을 때 그는 다행히 그나마 밝은 표정이었다. 아니, 힘내려고 애쓰는 것 같았다.

"다 끝난 일이야. 지나간 일이야. 이제 와서 다시 괴로워지는 건 정말 싫다. 너무 힘들었거든. 그 시간을 다시 반복하는 거, 정말이지 무섭다."

노은은 환의 말뜻이 이해가 돼서 그를 토닥여 주고 싶었다. 얼마나 힘겨웠으면 저렇게 말할 정도일까.

"본부장님."

"용서해야지. 아니 하는 척이라도 해야지. 복수는 복수를 낳을 뿐이라고, 온갖 매체에서 떠들어대잖아. 어때? 이 정도면 참 마음 넓은 남자 아닌가?"

노은이 환의 뺨을 양손으로 감싸고 고개를 끄덕였다.

"정말로, 최고로 마음 넓어요. 대단해요."

"놀리는 것 같은데."

"그럴 리가요. 정말로 다행이에요. 근데, 어유, 떨려서 미치는 줄 알았어요. 내가 무슨 말을 했는지 기억도 안 나요."

노은은 그를 더 힘들게 하고 싶지 않아 얼른 화제를 돌렸다.

"그런 것치곤 아주 달변이던데."

"그렇게 생각해요? 정말?"

"나 때문에 그렇게 가슴 아프고 얼얼할 정도로 슬퍼했을 줄은 몰랐고 말이지."

노은이 입을 삐죽거렸다.

"그걸 모르는 건 정말 무심한 거다. 그렇게 얼굴에 대놓고 써 놓고 다녔는데."

"그랬나? 그런데 난 왜 내가 더 아프고 슬펐던 것 같지?"

"그거야말로 제가 몰랐네요."

"실은…… 아니야. 내가 너한테 못 해 준 것만 떠올라서 생각할 때마다 참 많이 미안하고 가슴이 아프다."

"이상하다. 난 본부장님이 나한테 잘해 준 것만 떠오르는데. 그래서 참 많이 행복하고 기쁜데."

환이 애틋하게 노은을 끌어안았다.

"저 사람 말, 믿어도 되겠지?"

"믿어 봐요. 믿는 덴 돈 안 들잖아요. 그리고 본부장님 말처럼 우린 앞으로 좋은 것만 생각하며 살기에도 시간이 부족한데 언제 의심까지 해요? 그러려면 일부러 짬을 내야 하는데 그건 우리 시간이 아깝잖아요."

환이 못 말리겠다는 듯 노은의 머리를 큰 손으로 쓸자 노은이 혀를 쏙 내밀며 웃었다.

"가자."

"네."

"넌 이제 내 거야. 맞지?"

"음……."

"아, 내가 네 거였지?"

"네!"

환이 웃었다. 노은이 그의 허리를 꼭 끌어안고 폭 감싸이듯 몸을 맞대 왔다. 환은 그런 노은을 사랑스럽다는 듯이 바라보며 차로 향했다. 손 안에 만져지는 노은의 가느다란 팔과 보드라운 피부에 환은 점점 감정이 솟구쳐 올랐다. 한 번 뜨거워진 몸은 쉽게 식지 않았다.

그래서 그녀를 자신의 집으로 데리고 가자마자 현관에서부터 안았다. 노은의 턱을 잡고 깊숙이 키스하자 갑작스러운 입맞춤에 잠깐 당황하는 것 같더니 곧 함께 열중했다. 서로의 옷을 벗기며 침실로 향한 두 사람은 누가 먼저랄 것도 없이 서로의 입술을 탐하며 침대로 쓰러졌다. 환이 가까스로 입술을 떼어내고서 노은의 턱을 잡은 채로 물었다.

"이번 건 좀 수위가 좀 깊었지? 확실히 야했어. 우리 방금 큰일 치르고 왔는데 말이야."

그 말에 할딱거리며 그를 쏘아보는 노은의 얼굴이 그렇게 사랑스러울 수가 없었다.

"그럼 수위를 좀 낮춰 주시는 게 어때요?"

"그건 또 어려운데."

"그럼 어떻게 하는 건지 내가 알려 줄까요?"

그녀의 눈동자가 반들반들해졌다. 환이 어깨를 으쓱하곤 고개를 끄덕이자, 그녀가 아주 지긋이 환을 들여다보았다. 누군가를 아주 좋아하고 있는, 정말로 소중하게 생각하는 애정 어린 눈으로 그를 바라본 것이다. 환의 목울대가 크게 움직였다. 그 눈빛에 바로 허리 아래가 아플 정도로 뻐근해지고 말았다.

"끝. 이렇게 하면 되는 거예요. 이런 눈빛 하나만으로도 진심은 전해지기 마련이니까."

생긋 웃는 그녀가 예뻐서 미칠 것 같았다.

"다시 한 번만 해 봐."

그녀의 어깨에 얼굴을 비비며 간절하게 다시 한 번 사정했다.

"지금 그 눈, 아니 그 표정, 한 번만 더 해 줘."

단지 한 사람으로 인해 자신이 꽉 채워지는 기분. 그걸 어떻게 설명하면 좋을까? 노은은 거절하지 않고 다시 티 없이 맑고 진실한 눈으로 그를 바라봐 주었다. 환이 그녀를 와락 안았다.

"자, 잠깐만……."

"그냥, 잠시만 가만히 있어. 그냥 안고만 있을 테니까 이러고 잠시만 있자."

그녀의 몸에서 힘이 풀어지는 게 느껴졌다. 환은 노은을 안은 채 가슴에서 일고 있는 울렁거림을 가까스로 견뎠다. 조금이라도 더 간직하고 싶었다. 그 깊고 따스한 시선의 여운을 잠시라도 더 자신의 것으로 누리고 싶었다. 처음 그녀의 눈물은 그의 몸 어딘가를 건드렸지만 이제는 그녀의 모든 것이 그를 전부 건드렸다.

언제 다시 키스를 시작했는지 모르겠다. 어느 순간 보니 환은 그녀를 미친 듯이 탐하고 있었다. 그녀의 가슴을 만지고 그녀의 입술을 아프도록 빨고 할 수 있는 모든 방법으로 애무했다. 그녀의 긴 머리카락이 촉촉하게 젖어 예쁜 목선에 달라붙었다. 그 윤기 나는 머리카락을 입술로 하나하나 빨아가며 옆으로 치우고 귓불을 깨물어가며 키스했다.

시트에 펼쳐진 검은 머리카락, 멈추지 못하고 쏟아지는 숨결, 매달리듯 그의 팔뚝을 긁고 있는 투명한 손톱, 열기로 달아오른 뽀얀 살갗, 초점을 잃어 희미해진 눈동자. 안아달라는 듯 잔뜩 흐트러져 있는 그녀를 보고 있는 것만으로도 이미 그는 고통스러울 정도로 욱신거렸다. 그녀의 신음에 귀가 멀 것 같았다. 더 이상 참기가 힘들었다.

"이제 안는다."

촉촉한 윤기를 머금은 노은의 다리를 벌리고 삽입하려는 순간, 그녀가 갑자기 환에게 키스하며 일어나 앉았다. 반대로 그를 쓰러뜨리고는 그의 배 위에 올라타서 내려다보자 환의 심장이 지끈했다.

"어쩌려는 거지?"

"유혹하려고요."

미열로 발갛게 상기된 그녀의 얼굴이 지금까지 본 어떤 모습보다 유혹적이었다. 그녀가 그를 바라보며 그의 몸을 만졌다. 환은 가해지는 자극에 이를 악물었다. 잇새로 조금씩 신음이 새어 나갔다.

그녀의 도톰한 입술이 그의 가슴을 건드리고 유두를 깨물자 그의 근육에 핏줄이 불거졌다. 그녀의 손이 아래로 내려가 단단한 그의 것을 건드리다가 살짝 쥐자 환은 그대로 낮은 신음을 삼켰다. 잔뜩 긴장한 온몸의 근육이 단단해졌다. 결국 참지 못한 그가 노은을 눕히려 했지만 그녀가 막았다.

"이제부터 시작이에요."

환의 눈동자가 세차게 흔들렸다. 심장이 쿵쿵 뛰었다. 그의 가슴을 양손으로 눌러 꼼짝도 못 하게 한 채로 그녀가 천천히 내려앉으며 단단하게 선 그의 욕망을 그녀의 안으로 조금씩 삼켜 갔다. 그 표정과 느낌에 환은 어쩔 수 없이 거친 호흡을 훅 토해 내고 말았다.

"며, 명노은, 너……."

그가 잇새로 내뱉었다. 하지만 열락에 찬 그녀의 표정에 그는 결국 무너지고 말았다.

"하……."

힘겨운지 미간을 찌푸린 채로 완전히 그의 것을 몸 안으로 다 품은 후에야 노은은 긴 탄식 같은 한숨을 내쉬었다. 턱을 뒤로 젖힌 그녀의 몸이 부르르 떨렸다. 노은이 그를 품은 채 움직이기 시작했다. 그녀의 움직임에 따라 환의 머릿속에서 쾌락의 불꽃이 터졌다.

그녀의 긴 머리카락이 물결쳤다. 둥근 젖가슴을 가린 머리카락도 같이 흔들렸다. 환은 완전히 넋이 나간 표정으로 그런 그녀를 바라보다가 그녀의 젖가슴을 확 움켜쥐었다. 노은이 밭은 호흡을 뱉었다. 환의 손에 더욱 힘이 들어갔다.

말랑말랑한 젖가슴은 그가 쥐는 대로 모양이 변했다. 미치도록 부드러운 질감을 느끼며 손가락으로 지문을 남기듯 그 매혹적인 열매를 어루만지자 그녀가 더욱 자극적인 신음을 흘렸다.

"명노은, 넌 대체 뭐지?"

환이 땀에 젖은 얼굴로 뜨겁게 노은을 바라보며 물었다. 그녀가 열기로 꽉 찬 몽롱한 눈으로 그를 내려다봤다. 그 눈동자를 바라보는 것만으로도 환은 머릿속이 어떻게 되는 것 같았다.

"전 그냥 평범한 카피라이터죠. 하지만 당신을 홀린 여자이기도 하죠."

환의 눈동자가 신비로운 뭔가를 보듯 빛났다.

"그리고…… 당신을 사랑하게 된 여자."

"하아."

"그날…… 당신이 손수건을 건네줬던 그 순간부터 하루에 수십 번 이상 당신 생각만 한 것 같아요. 정말이지 억울하지만, 억울한 대로 좋았어요. 행복했어요."

그녀의 눈동자가 촉촉해졌다. 환의 마음도 울컥했다. 결국 그대로 일어나 앉아 자신의 허벅지에 앉은 노은의 엉덩이를 꽉 움켜쥐었다. 그녀를 위아래로 흔들었다. 흔들어 가며 아래에서 위로 찔러 올렸다. 이성이 마비되는 것 같았다. 여유는 없었다.

갈증이 느껴져 노은의 입술을 덮쳐 타액을 빨아들였다. 찔러 올릴 때마다 온몸으로 전달되는 쾌락에 정신이 나갈 것 같았다. 격렬한 정사에 혼이 빼앗기는 것 같았다.

억센 힘으로 노은의 엉덩이를 틀어쥐며 더욱 거세게 몰아붙였다. 그녀의 가슴에 얼굴을 묻고 젖가슴을 빨았다. 입술을 벌린 채 입안으로 들어왔다가 사라지고 다시 들어왔다가 사라지는 사랑스러운 그녀의 열매를 맛봤다. 스칠 때마다 단물이 묻어나는 것 같았다. 달콤하다. 고소하다. 너무도 향기가 좋다.

온몸을 와삭와삭 깨물어 먹어 버리고 싶었다. 알 수 없는 파괴 욕구에 환은 노은의 몸을 뒤집고서 자궁 끝까지 찔러 올렸다. 그녀가 고통을 참지 못해 울음 같은 비명을 질렀다.

"아앗! 너, 너무 깊어요."

본능적으로 앞으로 기어 달아나려는 노은의 허리를 확 붙들었다. 거친 숨을 토해 내며 그녀의 어깨를 깨물었다. 노은이 엎드린 채 헐떡거리며 턱을 치켜들었다.

"읏! 그, 그만……."

"미안해."

상체를 숙이며 노은의 등을 따뜻하게 끌어안아 주었다. 작은 새처럼 파르르 떨며 시트를 움켜쥐는 그녀가 그렇게 안타까울 수 없었다. 하지만 이건 자신이 멈출 수 있는 상황이 아니었다. 노은이 결국 흐느꼈다.

"쉬이. 너 울면 나 큰일 나는 거 알지?"

"하, 하지만……."

환의 혀가 노은의 척추 마디마디를 짚어가며 그 위로 음란한 신음을 뿌렸다.

"겁내지 말고 그냥 느껴. 느끼는 거야……."

"아아……."

"좋아?"

"모, 몰라요."

"좋은 거야. 그렇지?"

"으응……."

"대답한 거다."

"아, 좋아……. 좋아요……."

부드럽게 움직여 주자 그녀가 점점 앞으로 무너져가며 피어오르는 쾌락에 자신을 맡겨 갔다. 환도 전신을 관통하는 희열을 느꼈다.

"아, 좀 더 빨리……."

"아주 마음에 드는 대답이야."

환이 속도를 올렸다.

"다리에 힘줘."

"아앗! 흑!"

"명노은, 내가 얼마나 널 사랑하는지 알지?"

"머릿속이…… 엉망이……."

"대답해 봐. 알아, 몰라?"

"아, 알아요."

"그래, 그렇게 허리를 들어. 잘하고 있어. 미치겠다, 노은아."

그녀가 자신을 꽉 조였다. 열기가, 미칠 것 같은 쾌락이 그를 잠식해 갔다. 그녀의 팔이 후들후들 떨리고 이마가 시트에 닿았다. 환은 그때마다 다시 일으켜 세우며 더욱 거칠게 그녀를 몰아붙였다. 그녀의 표정이 쾌락으로 변해 가는 걸 하나도 남김없이 지켜보았다.

지금 이 순간은 그저 그것뿐이었다. 흐르듯 매끄러운 그녀의 허리선, 동그랗고 하얀 엉덩이와 활처럼 유연하게 휘어지는 등, 그 등에서 어지러이 달라붙어 움직이는 반짝이는 머리카락까지, 그 어느 것 하나 그를 흔들지 않는 게 없었다. 결국 견딜 수 없어져 노은의 한쪽 팔을 꽉 붙잡은 채 부서뜨릴 듯 속도를 높이다가 그녀의 안에 토정했다. 심장에서 불꽃이 튀는 것 같았다.

눈물에서 시작된 사랑. 하지만 이제 그녀가 한 방울의 눈물이라도 흘리면 안절부절못하게 되었다. 하지만 노은은 환에게 여전히 생각지도 못한 놀라움을 주었다.

가령 이런 것이었다. 울면 다 통한다고 생각했는지, 가끔 떼를 쓸 때나 원하는 것이 있을 때 우는 척하며 장난을 치는 것이다. 그럴 때면 환은 온몸에서 맥이 탁 풀리는 것처럼 속절없이 그녀에게 조종당해 원하는 건 다 들어주곤 했다. 그렇게 대단한 걸 요구하는 것도 아니었다. 가끔 물을 떠다 달라고 하거나, 계단 오르기가 힘들다며 업어달라고 칭얼거리면서 우는 척 장난을 쳤다.

그런 장난을 하며 하루하루를 보내고 있었다. 이제 환에게 눈물은 더 이상 고통이나 슬픔이 아니란 걸 확인하려는 건지도 모르겠다. 아니, 그냥 철없이 떼를 쓰는 것일 수도 있었지만 아무튼 그녀가 그런 장난을 치며 칭얼거리면 그냥 확 잡아먹고 싶었다. 누가 뭐라고 해도 두 사람을 연결해 준 것은 눈물이었다. 그의 가슴에 고인 아픈 눈물을 희석해 준 것도 그녀.

어쩌면 불가능할 줄 알았던 그녀와의 사랑. 정말 어려우리라 생각했는데, 지금 그녀는 자신의 곁에 있었다.

두 사람은 아주 예쁘고 하얀 고양이를 바라보는 강아지의 사랑에 빠진 눈망울을 주제로 광고를 만들었다. 고양이에게 순정을 바치는 강아지의 영상이 단편영화처럼 회사 사옥의 전광판을 통해 흘러나왔다. 환이 그 광고를 만들고 노은이 광고에 카피를 입혔다. 차례대로 자막이 떴다.

다른 이들도 다 우리처럼 이렇게 서로를 어여뻐 했을까요?
모든 불가능한 사랑을 포기하지 마세요.

결혼식을 마치고 환과 노은은 가족과 지인들의 전송을 받으며 출국 게이트를 빠져나갔다. 거기엔 아직 애매한 표정의 태임도 있었고, 낮은 미소를 띤 환의 아버지와 손수건으로 눈물을 찍는 노은의 부모님, 재경까지 많은 사람들이 있었다.

노은이 다시 한 번 모두를 돌아보았다. 앞으로 아주 많이 보고 싶고 그리워질 얼굴들이었지만, 노은은 힘껏 웃으며 마지막까지 환한 표정을 지었다. 그리고 그녀 옆엔 든든하게 곁을 지켜주는 환이 있었다.

그녀가 그를 올려다봤다. 사랑할 땐 마치 온몸이 기계인 것처럼 지치지 않고 풀가동 되는, 마치 섹스를 위해 맞춤형으로 제작된 듯한 남자. 하지만 이젠 섹스를 할 때 외에도 어떻게 해야 여자가 기뻐하고 행복해하는지 아는 사랑의 전문가가 된 것 같은 이 남자.

그래서 그는 사랑을 위해 태어난 것 같은 남자였다. 그야말로

러브머신

러브 머신. 내 사랑, 내 남편, 영원한 나의 이환 본부장님, 다른 이들도 다 이렇게 우리처럼 서로를 어여뻐 해 줄까요?

'그랬으면 좋겠어요. 그럼 모두가 우리처럼 행복할 테니까.'

This love story is over. but Love is forever

s snapping of jaw

m by a pack of

could hear somethin

furious crash that shoo

followed by another.

filled his nostrils, coming

himself to swallow down hot bile

Got to block them out . . . *can't reach*

Sam thought but . . . desperately searc

작가 후기

러브 머신.

어떻게 해야 여자가 기뻐하고 행복해하는지 아는, 사랑의 전문가가 된 것 같은 이 남자. 사랑을 위해 태어난 것 같은 남자.

그런 남자를 그리고자 이 글을 시작하게 되었습니다. 역시 19금 쪽으로만 흘러서 고민이 많았습니다. 다행히 편집부의 조언 덕에 너무 19금 쪽으로만 집중하지 않고 감정도 보여 줄 수 있게끔 조정된 것 같아 안심입니다.

'눈물'이란 소재도 언젠가는 한번 써 보고 싶었던 소재입니다.

만일 내가 무엇인가로 돌아온다면 눈물로 돌아오리라.
너의 가슴에서 잉태되고 너의 눈에서 태어나,
너의 뺨에서 살고 너의 입술에서 죽고 싶다. 눈물처럼.

인터넷에선 〈눈물, 작자 미상〉이라고 되어 있는 이 멋진 시는 곽경택 감독의 '사랑'이란 시나리오의 첫 장에 쓰여 있던 글귀였습니다. 오랫동안 가슴에 남아 있다가, 이번에 노은과 환을 연결해 주는 매개체로 되살아났습니다.

　　우는 얼굴이 예쁜 여자. 그런 여자가 이상형인 남자.

　　문득 아픈 사랑 이야기가 나올 것 같단 생각이 퍼뜩 떠올랐거든요. 하지만 애초에 생각만큼 슬프고 절절한 사랑 이야기는 나온 것 같지 않아 좀 씁쓸합니다.

　　다음 이야기는 정말 절절하고 아릿한, 아프면서도 달달한 이야기를 써 보고 싶은데 가능할지 모르겠습니다.

　　얼마 전에 몸이 많이 아팠습니다. 건강이 가장 중요하구나, 하고 생각하게 된 계기가 되었습니다. 건강해야 사랑도 하고 즐거운 시간도 갖고 행복할 수도 있는 게 아닐까요? 모든 분들 건강하시기를 바랍니다.

《러브머신》을 마치며.
이정숙 드림.